AF295086

Sabrina Hüsken träumt in warmen Sommernächten am liebsten von fernen Ländern, Kulturen und der fantastischen (Unter)Wasserwelt. So vielseitig wie die Menschen sind auch ihre Geschichten. Sie alle haben jedoch eines gemein: Eine ordentliche Portion Gefühl darf nicht fehlen.
Auf Instagram (Brina.Booksandmore) nimmt sie die Community mit auf ihre Reisen und den spannenden Weg der Schriftstellerei.

Sabrina Hüsken

Wer braucht schon Weihnachten?

Erstausgabe November 2023

Copyright © 2023 dp Verlag, ein Imprint der
dp DIGITAL PUBLISHERS GmbH
Made in Stuttgart with ♥
Alle Rechte vorbehalten

WER BRAUCHT SCHON WEIHNACHTEN?

ISBN 978-3-98778-605-1
E-Book-ISBN 978-3-98778-582-5

Covergestaltung: Dream Design – Cover and Art
Umschlaggestaltung: ARTC.ore Design
Unter Verwendung von Abbildungen von
shutterstock.com: © nevodka, © ibom, © Chipmunk131,
© Sensvector, © TatyanaKar
Lektorat: Manuela Tengler
Satz: dp DIGITAL PUBLISHERS GmbH
Druck und Bindung: Books on Demand GmbH, Norderstedt

*Für Oliver, meinem plätzchenliebenden
Weihnachtsgrinch.*

Kapitel 1 – Boden, tu dich auf

Tagesbruch, der (auch Tagebruch, Tagbruch): spektakulärer Gruß aus der Vergangenheit des Bergbaus, der einen mit zeitlicher Verzögerung erreicht und für aufregende Momente sorgt. Aufgrund unzureichender Dokumentation oft in Gegenden anzutreffen, in denen niemand damit rechnet.

„Verdammte Scheiße!" Ich betrachtete meine Hose, an der die Wasserfontäne, die mich voll erwischt hatte, in Rinnsalen hinablief. Den Kerl in seinem fetten SUV interessierte es null die Bohne, dass ich dank seiner freundlichen Unterstützung nun wie ein begossener Pudel anmutete. Meine Haare klebten in breiten Strähnen an meiner Stirn. Nicht, dass ich vorher eine Frisur gehabt hätte, denn es schüttete wie aus Eimern und bei dem Sturm half mein Mini-Regenschirm nur wenig. Seufzend stellte ich mich in einen Hauseingang und inspizierte das Unheil. Jetzt war ich nicht nur nass, sondern auch teilweise mit Dreck bespritzt. Natürlich ist so eine Regenpfütze kein sauberes Quellwasser.

Super. Ganz großes Kino. So konnte ich unmöglich bei der Weihnachtsfeier aufkreuzen. Obwohl ich nun endlich eine echte Ausrede hatte, war mir nicht wohl bei dem Gedanken, die Feier zu versäumen. Ich arbeitete noch nicht lange in der Werbeagentur und tat mich sowieso schwer, in dem eingeschworenen Team Fuß zu fassen. Jetzt fürs Umziehen umzudrehen und mich wieder auf den Weg zu machen, hieße zu spät zu kommen und möglicherweise den gesamten Abend der guten Stimmung hinterherzuhinken wie ein angeschossenes Reh. Oder ein begossener Pudel.

Außerdem hatte ich keine Lust, Jamal im Hausflur zu begegnen – dann lieber nass bis auf die Unterwäsche zur Feier. Mit einer winzigen Frage hatte er den bis dahin entspannten Nachmittag, den wir ausgiebig miteinander ausgekostet hatten, verkompliziert. „Können wir über uns reden, Leonie?"

Über uns. Bei diesen Worten war es mir eiskalt den Rücken hinuntergelaufen, denn es gab kein uns. Nicht so, wie jeder es sofort im Sinn hatte. Diese romantische Gefühlsduselei mit der Heirat als Höhepunkt einer jeden Beziehung, drolligen Kindern und dem ganzen Schwachsinn. Statt Jamal zu antworten, hatte ich den armen Kerl vertröstet und mich hastig für die Weihnachtsfeier fertiggemacht. Ich wollte nicht über unsere Beziehung reden, hatte ich nie gewollt, würde ich nicht wollen. Alles war perfekt, wie es lief. Unkompliziert, heiß.

Ich schüttelte den Kopf, Regentropfen flogen in alle Richtungen. Anscheinend stand ich allein mit dieser Meinung.

Während ich meinen Gedanken nachhing und gleichzeitig fieberhaft nach einer Lösung für meine durchweichten Klamotten suchte, fiel mein Blick zu einer kleinen Boutique auf der gegenüberliegenden Straßenseite. Wie ein sonnenbeschienenes Juwel leuchtete sie zwischen den grauen Hausfassaden. Fehlte nur noch der Engelschor, der diese Entdeckung anpries. Das Lädchen war mir vor ein paar Wochen bereits aufgefallen, aber zum einen hatte mir die Zeit für einen Bummel gefehlt, zum anderen hatte ich dem Braten nicht getraut. Die Gegend war – nun, wie sollte ich ausdrücken – nicht die Beste für ein hübsches Lädchen mit hochwertiger Kleidung. Dönerbuden und orientalische Restaurants zur Linken, ein Ausblick auf die Zukunft des Viertels. Eine verwaiste Kneipe sowie eine Filiale der Stadtsparkasse zu Rechten, Relikte aus längst vergessenen Tagen.

Was solls, dachte ich, die Not ist groß.

Ich überquerte die Straße und huschte in den Laden. Ein Glöckchen an der Oberkante der Tür verkündete meine Ankunft, wenige Sekunden später lugte eine Mittvierzigerin hinter der Ladentheke hervor. Sie trug eine rundglasige Brille mit breitem knallblauen Rand und ein farblich abgestimmtes grobes Strickkleid, das ein paar Speckröllchen betonte. Ich ignorierte die anfliegende Frage der skeptischen Stimme in meinem Kopf, ob sie mir eine gute Beraterin sein könnte, denn ihr stand das Kleid wirklich gut.

„Himmel, was ist denn mit Ihnen passiert?", fragte sie mich frei heraus.

Ich schnaubte und fasste die Situation zusammen: „Typ mit zu großem Auto, zu kleinem Penis und ein zu tiefes Schlagloch mit zu viel Wasser."

Sie lachte und ihre Augen blitzten vergnügt. „Verstehe. Das Wetter macht seinem schlechten Ruf alle

Ehre. Ich finde, es könnte sich etwas zusammenreißen. Egal, was kann ich für Sie tun?"

„Ich brauche dringend etwas Weihnachtsfeiertaugliches, schaffe es aber nicht mehr nach Hause, um mich umzuziehen."

„Ah! Da habe ich genau das Richtige!" Mit triumphal erhobenem Zeigefinger marschierte sie in Richtung des Kleiderständers, der sich hinter mir befand.

Als ich die grell gemusterten Weihnachtspullover entdeckte, schwante mir Übles. „Es darf ruhig etwas klassisch sein. Bitte keine Rentiere, Weihnachtsmänner …"

„Tannenbäume?", fragte die Verkäuferin und zog eine cremefarbene Bluse hervor, auf der Hunderte kleiner Tannenbäume abgebildet waren, die aus der Ferne als dunkelgrüne Punkte durchgehen würden.

„Die gefällt mir", antwortete ich zu meiner eigenen Überraschung. „Ich mag die Millefleurs-Optik und das Dezente." Schon inspizierte ich die Bluse aus der Nähe und befühlte den Stoff. „Seide?"

„Satin. Ist günstiger, aber trägt sich ganz wundervoll."

„Klingt gut. Haben Sie dazu eine passende Hose oder einen Rock? Oh, und passende Ohrringe? Goldene Creolen oder so etwas?"

„Aber natürlich." Sie grinste verschwörerisch und innerhalb weniger Minuten war ich um ein festliches Outfit reicher und mein Bankkonto fast zweihundert Euro ärmer. Um einem neuerlichen Regenfontänenfiasko vorzubeugen, rief ich mir ein Taxi. Die Wartezeit im Laden überbrückten wir mit Small Talk über das Wetter, das, wie sie bereits erwähnt hatte, in den letzten Tagen wirklich grässlich war, und den Trend zu hässlichen Weihnachtspullovern, der sich auch in diesem Jahr ungebrochen fortsetzte. Egal, wo man war, man kam an diesen Dingern nicht vorbei.

Wir verabschiedeten uns mit der Überschwänglichkeit Verbündeter, die einen guten Plan geschmiedet hatten und besten Wünschen für die bevorstehenden Weihnachtsfeiertage. Hoffentlich würde ihr Fest besser werden als meines. Die Messlatte hing niedrig, lag quasi auf dem Boden.

Mit Jamal hatte ich unseren obligatorischen Anti-Weihnachten-Filmemarathon geplant, doch der stand nach seiner romantischen Eröffnung in den Sternen. Und selbst wenn ich ein Bein verlöre oder einen Karibikurlaub gebucht hätte, vor einem Mittagessen mit der buckeligen Verwandtschaft konnte ich mich nicht drücken. Was das anging, waren mein Bruder und seine ach so reizende Ehegattin Isabella unerbittlich. Der erste Weihnachtsfeiertag gehörte der Familie. Ob man sich verstand oder nicht, spielte keine Rolle. Bei dem Gedanken daran drehte sich mir der Magen um. Da war der heutige Abend als Fremdkörper im neuen Team ein wahres Vergnügen.

„Wo soll's denn hingehen?", fragte der Taxifahrer im tiefsten Ruhrpottregiolekt.

„Auf die Rüttenscheider. Zum *Gin & Jagger*."

„Ecke Martinstraße?"

„Passt."

Er nickte, stellte das Taxameter an und düste los. Beseelt über die glückliche Wendung und dem guten alten Zufall, dem ich zu verdanken hatte, dass mein Blick im rechten Moment die Boutique erhascht hatte, lehnte ich mich ins Polster und betrachtete das triste Grau der vorbeziehenden Gebäude. Dunkle Regenschlieren verfärbten die Fassaden. Die Stadt war anders, wenn es regnete. Lauter und bedrückender. Kein Wunder, dass das Ruhrgebiet nach Jahrzehnten der Zechenschließungen immer noch mit seinem schmutzigen Image kämpfte. Neulich hatte ich mich von Dortmund nach Duisburg über die Herzschlagader des Ruhrpotts gestaut, die A40. Graffitibeschmierte Lärmschutzwände, hinter denen verwitterte Mehrfamilienhäuser hervorlugten wie neugierige Kinder am Nachbarszaun.

Der Wetterfrosch orakelte Schneeregen bei zwei bis drei Grad für die kommenden Tage. Wieder keine weiße Weihnacht. Zu warm, zu nass, zu sehr Ruhrgebiet.

Mir war das egal. Bruce Willis würde auch bei Schneeregen die Welt vor Terroristen retten.

„Soll nur schütten", sagte der Taxifahrer, als hätte er meine Gedanken gelesen.

„Hab ich auch gehört."

„Machste nix. Meine Kinners haben sich so gefreut. Die Jüngste kriegtn Schlitten. Wenn nich Schnee kommt, müssen wa zur Skihalle fahren. Da is in den Ferien Halligalli."

„Vielleicht wird es ja noch was." Ich schenkte ihm ein aufmunterndes Lächeln, das er mit einem Nicken quittierte. Um sich vorzustellen, dass in der Skihalle Wände wackelten, genügte die Fantasie einer Amöbe.

Wir näherten uns schweigend dem Szenestadtteil Essens. In Rüttenscheid steppte das gesamte Jahr der Bär. Ein Restaurant grenzte ans andere, und wer nicht die hippsten oder leckersten Gerichte präsentierte, konnte die Ladentür dauerhaft abschließen. Als im Teammeeting der Vorschlag aufgekommen war, ins *Gin & Jagger* zu gehen, waren alle Feuer und Flamme gewesen, vor allem wegen der umfassenden Getränkekarte. Ich mochte das kosmopolitische Flair. Während ich grübelte, welchen Drink ich mir als Erstes genehmigen würde, blubberte das Radio vor sich hin.

„Ker, is denn das zu fassen?" Der Taxifahrer trommelte mit den Fingern auf das Lenkrad und schüttelte heftig den Kopf, dass seine mittellangen Haare flogen.

Da ich von einer rhetorischen Frage ausging, reagierte ich nur mit einem unbestimmten Laut.

„Wo soll'n dat noch hinführen? Die verdammte Stadt is ein einzigster Schweizer Käse."

Ich bekam eine Gänsehaut, während mein Gehirn in Gedanken seine Grammatik korrigierte. Ich liebte den Ruhrpott, meine Heimat, aber unsere Sprache war schon speziell. Insbesondere seitdem ich in der Agentur arbeitete, hatte ich diesen Tick, meine Mitmenschen ständig in Gedanken zu verbessern. Trotz seiner Ausdrucksweise war es ihm gelungen, meine Neugierde zu wecken. „Was ist denn los?"

„Schon wieder ein Tagesbruch. Oben in Altenessen."

Ich horchte auf. „Wo genau?"

Der Taxifahrer zog die Stirn zusammen wie eine Ziehharmonika, was ihn gleich zehn Jahre älter aussehen ließ. „Irgendwas an der Altenessener Straße, Ecke Stankeitstraße oder so." Er schielte zu mir rüber. „Wo wohn' se denn?"

„Ziemlich genau da", erwiderte ich mit schwacher Stimme.

„Oh."

„Ja. Oh."

Betretenes Schweigen.

Schließlich ergriff der Taxifahrer das Wort: „Soll ich umdrehen?"

„Nein, nein. Ich ruf meine Vermieterin an, die wohnt im Haus und ist so gut wie immer da. Wenn etwas passiert ist, weiß sie es." Mit klammen Fingern fummelte ich das Handy aus meiner Handtasche und schaute aufs Display. Vier verpasste Anrufe. Allesamt von Frau Nolte, besagter Vermieterin. Mir rutschte das Herz in die Hose und anscheinend gleich die Fassung aus meinem Gesicht, denn dem Taxifahrer entwich ein weiteres „Oh". Er musste mich aus den Augenwinkeln beobachtet haben.

„Ja. Oh. Bitte drehen Sie doch um", sagte ich mit tonloser Stimme.

Damit hatte sich die Weihnachtsfeier erledigt. Rasch schrieb ich eine Nachricht in die Chatgruppe und fügte den Link aus den Lokalnachrichten hinzu, um meiner Absage Gewicht zu verleihen, weil mich das schlechte Gewissen, auf den letzten Metern abzusagen, zwickte. Egal wie wenig Lust ich auf die Feier verspürt hatte: Die Gelegenheit, das Team in neutralem Umfeld kennenzulernen, würde sich so schnell nicht wieder bieten. Während die Häuser an uns vorbeizogen, drückte ich mit zittrigen Fingern auf zurückrufen. Frau Nolte ging sofort dran und berichtete mir aufgelöst, dass der Tagesbruch ein riesiges Loch in die Straße direkt vor unserer Haustür gerissen hatte.

„Vor einer halben Stunde bebte der Boden. Ich dachte mir, das sei ein Erdbeben. Bleib ruhig, Marianne, leg dich unter einen Tisch. Sie müssen wissen, das hab ich mal in einer Dokumentation gelernt. Wer hätte geglaubt, dass die Erde hier beben würde? Wobei, damals irgendwann in den 80ern hat die Erde schon mal gewackelt wie so ein Wackelpudding. Seitdem hab ich 'nen Riss in der Küchenwand. Mein Mann, Gott hab ihn selig, hat ihn nie ausbessern lassen. Warum weiß nur der liebe Gott allein." Wenn Frau Nolte loslegte, kam kein Buchstabe dazwischen. Mir blieb kein Raum für eine klugscheißerische Bemerkung, dass ein Tagesbruch kein Erdbeben sei. „Jedenfalls, das müssen Sie sehen! Mehrere Meter Durchmesser! Die ganze Straße ist abgesackt. Zack, einfach weg, als wäre unten drunter nichts. Unfassbar. So etwas hab ich noch nie gesehen! Ich bin Augenzeugin, müssen Sie wissen. Also, nicht so ganz direkt, aber fast. Ich stand im Türrahmen, weil ich hab's so schlimm in den Knien und da schien mir der Tisch wirklich unpraktikabel. Tja, jedenfalls, jetzt wissen die, dass dort mal ein Schacht war", endete sie mit hörbarer Erschütterung. „Ist denn das zu glauben?"

Das war leider nicht ungewöhnlich, denn über viele Bergbaustollen fehlten bis heute Aufzeichnungen. So war es in der Region keine Seltenheit, dass sich ein Loch im Boden auftat, nachdem das Überbleibsel des Bergbaus unter der Erde in sich zusammengebrochen oder der permanente Druck von Gebäuden auf der Oberfläche zu groß geworden war. Allein die Bombenfunde aus dem Zweiten Weltkrieg schafften es ähnlich häufig in die Lokalpresse.

„Was ist mit dem Haus? Dürfen wir rein?", fragte ich.

„Wir sind beim Willi nebenan in der Kneipe. Niemand darf das Haus betreten. Sie müssen wissen, das

Loch reicht bis fast zur Fassade und bei dem Schietwetter sehen wir das Ausmaß nicht. Vermutlich haben sich Risse gebildet. An der Hausfassade, meine ich. Was soll ich denn bloß tun?"

Das war eine ausgezeichnete Frage. Zwar übte das Problem eine gewisse Faszination aus und ich fing an, mir den Kopf darüber zu zerbrechen, aber eine Lösung hatte ich leider auch nicht parat. „Ich bin in zehn Minuten da", sagte ich stattdessen und wimmelte die gute Dame ab.

„Ausgerechnet kurz vor Weihnachten." Der Taxifahrer brachte damit den Kern des Dramas auf den Punkt.

Kapitel 2 – Manta Rot-Weiss

Mantaschale, die: Pommes frites rot/weiß; Kartoffelstreifen mit viel Mayonnaise und Ketchup; typisches Gericht in Ruhrgebiets-Pommesbuden – gern in Verbindung mit dem Ausruf: „Pommes?" Um nicht als Tourist aufzufallen, empfiehlt sich, die folgende Antwort zu verwenden: „Ich bin die Pommes!"

Frau Nolte hatte nicht übertrieben. Unsere Straße wies eine Kuhle auf, um die eine großzügig provisorisch errichtete Absperrung prangte. Zwei Autos hingen kopfüber in ebenjenem Loch, ihre Hecks ragten mahnend in die Höhe. Schaulustige mit Regenschirmen und Wettermänteln hatten sich versammelt. Überraschenderweise besaßen sie Anstand, sie ließen die Polizei ihre Arbeit tun.

Der Krater umfasste mehrere Meter und reichte von einer Häuserreihe zur gegenüberliegenden, sodass insgesamt sechs Mehrfamilienhäuser betroffen waren. Darunter auch das, in dessen erster Etage sich meine Wohnung befand. Niemand außer den Fachleuten durfte die Häuser betreten und wenn ich mich richtig an vergangene Presseberichte erinnerte, musste sich die Stadt vermutlich unter Hinzuziehung der *RAG* –

vormals unter dem einprägsameren Namen „Ruhrkohle AG" bekannt – nun um die Beseitigung des Schadens kümmern. Der Laden war auf ewig verpflichtet, dafür zu sorgen, dass das Ruhrgebiet nicht im Grubenwasser ersoff. Mein Mitgefühl hielt sich in Grenzen, denn ohne den Raubbau am Erdboden wäre das Ruhrgebiet heute keine Buckelpiste. Und ja, mir war bewusst, dass die Region heute anders aussähe, vielleicht nie eine Metropolregion geworden wäre, wenn nicht pfiffige Herren wie Franz Haniel während der Industrialisierung Löcher gebuddelt hätten.

Ich betrachtete einige Minuten die Lage, dann ging ich zu Willis Kneipe. Es war eine dieser Spelunken, die seit meiner Kindheit existierten – und zwar unverändert. Äußerlich versprach das Gebäude mit seinen grünlichen Fensterscheiben, die in gewölbten Quadraten angeordnet waren, dem altmodischen sonnengebleichten Schriftzug und den verglasten Öffnungszeiten, an die sich niemand hielt, eine Zeitreise in die Vergangenheit, die sich im Innenteil mit bemerkenswerter Konsequenz fortsetzte. In der Ecke stand ein alter Spielautomat, der in allen Farben dieser Welt blinkte und ab und an nervtötende Geräusche von sich gab, voller Hoffnung, jemand würde sich erbarmen und einige Euros in ihm versenken. Seit Jahren herrschte in Kneipen ein striktes Rauchverbot. Obwohl sich alle daran hielten, kroch der Qualm von Jahrzehnten aus jeder Ritze. Wenn man ehrlich war, sollte das Gebäude weggesprengt und neugebaut werden.

Ich entdeckte Frau Nolte sowie die anderen Mieter unserer Hausgemeinschaft an einem Tisch in der Ecke.

Jamal fehlte. Ob er bei einem Freund war? Oder im Fitnessstudio? Vielleicht wusste er gar nicht, was sich gerade in unserer Straße abspielte.

„Da sind Sie ja", begrüßte Frau Nolte mich, als würde es für die Situation einen Unterschied machen, ob ich anwesend war oder nicht.

„Guten Abend zusammen", grüßte ich in die Runde und ließ mich auf das durchgesessene Polster mit feschem Achtziger-Jahre-Muster eines wackeligen Holzstuhls nieder. „Wie schaut's aus?"

„Nicht gut", sagte Bernd, bärtiger Typ, erstes Obergeschoss. „Heute Abend dürfen wir auf keinen Fall zurück in die Wohnungen. Wir müssen auf den Experten warten, der sich die Häuser anguckt. Wann der da sein wird, ist unklar."

„Na super." Ich seufzte.

Bernd nickte mit düsterer Miene. „Uns wurde geraten, woanders unterzukommen. Die sind lustig." Er deutete auf eine Box zu seinen Füßen, die mir zuvor nicht aufgefallen war. Zwei grüne Augen schauten zurück. „Mit Begleitschutz durfte ich gerade noch rein, um Mimi rauszuholen."

Die Katze sah ich zum ersten Mal. „Sonst hat niemand Haustiere?"

Alle schüttelten den Kopf. Immerhin.

„Haben Sie jemanden, bei dem Sie wohnen können?", fragte Frau Nolte in neugierigem Tonfall einer für den Ruhrpott typischen Kissen-Omma (in Gedanken streiche ich ein *M*, wie gesagt, unsere Mundart ist besonders). Jene Kissen-Ommas (oder Oppas – das zweite *P* selbstredend streichen!) hängen den gesamten Tag auf einem geblümten Kissen gestützt halb kopfüber aus

dem Fenster, um die Straße mit Argusaugen zu hüten.
Vor Wochen hatte mich die personifizierte Überwachungskamera im Hausflur abgefangen und gefragt,
was denn aus dem netten jungen Mann geworden sei,
der eine Zeit lang bei mir gewohnt hatte. Ich hatte ihr
von unserer Trennung im Sommer erzählt, dabei allerdings wohlweislich verschwiegen, dass es mir sehr gut
ging und ich das Leben in vollen Zügen genoss. Am
liebsten mit Jamal. Kissen-Großeltern haben die unangenehme Eigenart, gleichzeitig Klatschbasen zu sein.

Seit dieser Unterhaltung hatte sich etwas in Frau Noltes Blick verändert. Mitleid und Missbilligung hatten
sich eingeschlichen. Wenn es nach ihr ging, waren
Frauen nicht dafür geschaffen, allein zu leben. Sie hatten einen Mann zu umsorgen, eine Familie großzuziehen. Das Konzept Freundschaft Plus würde sie monieren und sonntags für meine Seele beten.

„Ich kenne ein, zwei gute Hotels, da rufe ich mal eben
an.“

Sie machte große Augen. „Ob Sie da ein bezahlbares
Zimmer finden? Sie müssen wissen, morgen ist schließlich das Konzert.“

„Welches Konzert?“

„Na, das von André Rieu in der Philharmonie! Sie kennen doch wohl André Rieu!“

„Natürlich! Ich bin ja nicht vom Mond.“ Mühsam unterdrückte ich ein Augenrollen, erhob mich und trat einen Schritt zur Seite, damit die anderen sich ungestört
weiterhin im Kreis drehen konnten.

„Was machen Sie?“, fragte Frau Nolte.

„Ich rufe die Hotels an.“ Meine Vermieterin betrachtete mich, als wäre ich minderbemittelt. Dabei verstand ich sehr genau, wie sich die Anwesenheit eines Superstars auf Essen und die Nachbarstädte auswirkte. Morgen Abend würde um die Philharmonie herum Ausnahmezustand herrschen. Aber ich war obdachlos: Grund genug, einen Versuch zu wagen. Während ich die Nummer googelte, fragte ich mich, ob in so einem Fall die Stadt für die Unterbringung sorgen musste. Oder diese Ewigkeitsgesellschaft. Oder sprangen die nur im Ernstfall ein? Obwohl Bergbauschäden und Funde von Fliegerbomben ihren Stammplatz in den lokalen Medien hatten, wusste ich überraschend wenig über die Vorgehensweise. Klar, Anwohner mussten ihre Häuser verlassen. Wohin? Wie lange? Da verlor sich die Spur.

„Die Kosten werden bestimmt übernommen", mutmaßte Frau Nolte, worauf ich innehielt. „Später, meine ich, wenn alles geklärt ist. Erst müssen wir in Vorkasse gehen. Sie müssen wissen, so ein Hotel kann einem auch eine Rechnung ausstellen. Das hat mein Sohn mir mal erzählt, denn Sie müssen wissen, der reist sehr viel. Dienstlich leider nur. Er sieht nie viel von den wunderbaren exotischen Orten, an die es ihn verschlägt. Armer Kerl, hat das Paradies vor der Zimmertür und keine Zeit, es sich anzusehen. Jedenfalls, vielleicht bekommen Sie das Hotel überredet Ihnen das Zimmer auf Rechnung zu geben. Oder die Stadt stellt ein Schreiben aus, mit dem Sie ein Zimmer anmieten können. Sie machen das schon. Ich bin jedenfalls heilfroh, dass ich bei meiner Schwester unterkommen kann. Sie müssen wissen, die Gute wohnt in Bochum. Erst kürzlich hat die Arme erzählt, dass ihr Garten abgesackt ist. Da sagte ich noch zu ihr, ‚Hilde', sagte ich, ‚du Arme, jetzt ist der

Rasen ganz buckelig.' Daraufhin meinte sie, ‚Marianne, macht nichts, wir bekommen alle einen Buckel im Alter.' Daraufhin haben wir gelacht und sie hat den Gärtner kommen lassen. Aber eins können Sie mir glauben: Die Stadt ist noch durchlöcherter als unsere. Da gibt es keinen Quadratmeter, der nicht vom Bergbau zerfressen ist. Und kürzlich hat meine Hilde dann noch erfahren, dass man auch noch das abgestandene Grubenwasser hat anheben lassen. So etwas können die doch nicht einfach machen! Und wussten Sie, dass ..."

„Warum sollte denn die Stadt das Zimmer bezahlen?", fiel ich ihr ins Wort. Im hintersten Winkel meines Gedächtnisses erinnerte ich mich an eine Reportage. „Bei alten Bergbauschäden kommt die *RAG* für die Kosten auf?" Die *RAG*-Aktiengesellschaft war ein, jedenfalls für mich, undurchsichtiges Konstrukt aus diversen Sparten, zu denen bis vor einigen Jahren auch der Energieriese *Evonik* gehört hatte. Der ganze Energiebereich wurde ausgegliedert, sodass die Klimaschützer, die regelmäßig vor der Firmenzentrale von *Evonik* am Hauptbahnhof demonstrierten, nicht mehr das Problem der *RAG* waren. Wenn ich mich richtig erinnerte, war zur Abdeckung ebensolcher Fälle, wie wir ihn nun erlebten, eigens eine Stiftung ins Leben gerufen worden. Gerade als meine Gedanken sich in der Firmengeschichte der Ruhrkohle verhedderten, antwortete Frau Nolte im düsteren Tonfall, der Nostradamus alle Ehre machte: „Von denen hört man nichts Gutes. Ob wir unser Geld wiedersehen?"

Dass ich bis hierher nicht einen Cent ausgegeben hatte, behielt ich für mich, denn natürlich waren ihre

Sorgen berechtigt. Die Klärung der Kosten war elementar wichtig, insbesondere für den Fall einer Sanierung des Hauses. Nach Weihnachten, wenn sich der Staub gelegt hatte, würden wir unsere Antworten bekommen, davon war ich überzeugt.

Ich nutzte Frau Noltes rhetorische Geldfrage, der Bernd ins Netz gegangen war, und telefonierte mit dem *Atlantik Kongresshotel* an der Messe. Dass sie mich nicht allein für die Frage, ob ein Zimmer für morgen Abend frei war auslachten, grenzte an ein Wunder. Im *Arosa* erreichte ich niemanden, das *Ghotel* und das *Premier Inn* waren ausgebucht. Im *Motel One* landete ich immerhin in der Warteschleife, was zarte Hoffnung in mir weckte.

„Sind Sie noch dran?", meldete sich die Stimme am anderen Ende der Leitung, die das Bild eines maximal zwanzigjährigen Azubis mit wuscheligem braunem Haar heraufbeschwor.

„Ja."

„Wir hätten da noch die Juniorsuite frei."

Mein Puls beschleunigte sich. Endlich, ein freies Zimmer! Die Preise im *Motel One* lagen an regulären Tagen bei unter einhundert Euro die Nacht, da würde die Suite bestimmt nicht mehr als maximal zweihundert Euro kosten. Immer noch sündhaft teuer, keine Frage, und weit über dem, was ich eigentlich bereit war auszugeben und was ich ausgeben konnte, ohne im Dispo zu landen. Aber hey, eine Suite! Da wäre genug Platz für … ja, das war überhaupt die Idee! Ich würde Jamal fragen, ob er mich begleiten würde, sobald ich herausgefunden hatte, wo er steckte. Wir könnten uns Naschkram aufs Zimmer bestellen und dort unseren Filmmarathon gucken und …

„Hat die Suite eine Badewanne?", rutschte mir die Frage heraus.

„Selbstverständlich. Darf ich Sie einbuchen?"

„Ja!" Mein Herzschlag beschleunigte sich.

„Mit Frühstück?"

„Sehr gern!" Das wurde immer besser.

„Auf Kreditkarte?"

Ich kramte meine Karte hervor und begann euphorisch, ihm die Ziffern vorzulesen, da fiel mir ein, dass er mir den Preis noch gar nicht genannt hatte. „Was kostet das Zimmer?"

„Fünfhundertneunundvierzig Euro und fünfzig Cent."

„Wie bitte?" Mir fiel die Karte aus der Hand.

„Fünfhundertneunundvierzig Euro und fünfzig Cent."

Entschuldigen Sie, ich wollte keine Anteile kaufen, schoss es mir durch den Kopf. Deutlich kleinlauter antwortete ich. „Oh, dann lieber nicht."

„Schönen Abend noch", antwortete der Wuschelkopfazubi und legte auf.

Verdammter André Rieu mit seinem scheiß guten Violinspiel und seinem smarten Mona-Lisa-Schmunzeln. Dem würde ich eine gepfefferte Mail schicken.

Sollte ich Jamal fragen, wo er untergeschlüpft war? Während der Gedanke sich formte, hatte ich bereits Jamals Kontakt geöffnet, doch mein Daumen schwebte über dem Anrufsymbol, als würde eine unsichtbare Kraft ihn hindern, das Display zu berühren. *Können wir über uns reden?* Mist, Mist, Mist. Warum war alles so verzwickt?

Schließlich wählte ich Annas Nummer. Wenn eine Person auf diesem Planeten Rat wusste, dann meine beste Freundin. Nach zwei Mal tuten ging sie dran. In knappen Worten erzählte ich ihr, was passiert war.

„Du weißt, du hast immer einen Platz bei uns", sagte sie in einem Tonfall, aus dem ich die Einschränkung bereits heraushörte. „Aber Nils ist seit gestern Abend da und blockiert dein Zimmer – also das Gästezimmer. Du weißt schon. Dieser Raum, in dem sonst niemand pennt außer dir. Ich musste sogar das Bett neu beziehen." Sie gluckste. Erinnerungen an lustige, bunte, gesellige Abende, die darin geendet hatten, dass ich vor Müdigkeit oder Trunkenheit in ihrem alten Jugendzimmerbett gelandet war, prasselten auf mich ein. „Wenn du willst, kannst du natürlich auf dem Sofa schlafen. Ist nicht sehr bequem, aber besser als nichts. Wann dürft ihr denn wieder ins Haus?"

„Keine Ahnung. Wir hoffen, dass der Statiker oder wer auch immer morgen kommt und die ganze Sache schnell begutachtet. Sieht ziemlich übel aus. Ich will nicht pessimistisch sein, nur glaube ich nicht, dass sich so schnell etwas tun wird. Erst recht nicht vor oder während Weihnachten." Ich seufzte. Die Vorstellung, tagelang bei Anna auf dem Sofa zu schlafen, umgeben von einem festlich geschmückten Tannenbaum, Kerzen- und Lebkuchenduft, missfiel mir. Sie schien mein Zögern zu spüren.

„Was ist mit Jamal? Ihr könntet euch zusammentun? Immerhin habt ihr ja sonst auch keine Probleme mit …"

Ich überging die Anspielung. „Keine Ahnung, der ist verschwunden.“

„Wohin?“

„Weiß nicht.“

Anna schnaubte. „Dein Ernst? Wir leben im einundzwanzigsten Jahrhundert – du besitzt so ein Ding, mit dem du nicht nur durch Instagram scrollen kannst, sondern auch telefonieren. Es sei denn … was ist los?“

„Es ist kompliziert“, antwortete ich zögerlich.

„Seit wann das denn?“

„Seit heute. Hör mal, können wir darüber in Ruhe quatschen? Ich kann mich nicht an ihn hängen. Auch nicht, falls er irgendwo ein Hotelzimmer aufgetan und eine freie Betthälfte hat.“ Das folgende Schweigen ließ mir genug Raum, mir ihren Gesichtsausdruck vorzustellen. Wir kannten uns seit Kindestagen. Ich sah sie bildlich vor mir, die hochgezogene rechte Augenbraue krönte ihren prüfenden Blick und bildete einen harten Kontrast zu ihren sonst freundlichen weichen Gesichtszügen.

„Na schön“, grummelte sie. „Ich komme drauf zurück.“

„Einverstanden. Ich will dir nichts verheimlichen, nur gerade muss ich gucken, wie ich die Sache regle. Vielleicht fahre ich nach Düsseldorf und gehe dort in ein Hotel. Hier bekomme ich keines, das bezahlbar ist“, sagte ich, während mein Blick zur Decke glitt. Ob Willi Gästezimmer hatte?

„Bist du bei Trost? Das kostet ein Vermögen über die Feiertage, egal wo. Ich habe vorhin noch auf Radio Essen gehört, dass superviel los ist im Ruhrgebiet. Düsseldorf wird nicht anders sein. Die Leute kommen nach

Hause, um Weihnachten zu feiern. Überall sind Veranstaltungen und viele verlängern ihren Aufenthalt ins neue Jahr."

„Auch wieder wahr."

„Was ist mit deinem Bruder? Der hat 'ne fette Butze in Bredeney", warf sie ein, als wüsste ich nicht, wo mein Bruder wohnte. Ich stöhnte. Willi – ich sollte ihn eindeutig fragen, ob er eine Besenkammer im nicht ausgebauten Dachgeschoss hatte. „Ausgerechnet du fragst mich, ob ich sie noch alle habe? Mir reicht's schon, dass ich am ersten Weihnachtsfeiertag dort aufschlagen muss. Die vier Stunden werden die Hölle. Du weißt, wie Isabella aufdreht. Du erinnerst dich an diese eine Geschichte mit den Servietten? Wahr. Oder an den Braten, der zwei Minuten zu lange im Ofen war? So etwas von wahr. Alles muss perfekt sein, vom Sims bis zum Keller. Wie in einer dieser amerikanischen kitschigen Liebeskomödien, die du dir immer reinziehst."

„Hach, die sind schön", sagte Anna im schwärmerischen Tonfall.

Jetzt verdrehte ich doch noch die Augen, was sie nicht sehen konnte, aber als beste Freundin garantiert fühlte. „Mag sein. Glaub mir, wenn du das live erlebst, verfliegt der Zauber. Das ist wie eines dieser megageilen Fotos auf Instagram von Sehenswürdigkeiten, die den Eindruck vermitteln, man steht bei Sonnenuntergang ganz allein am Schiefen Turm von Pisa. Und wenn du da bist: Pustekuchen."

„Ich denke, du solltest deinen Bruder fragen. Vielleicht könnt ihr euch aus dem Weg gehen. Hat der nicht sogar einen Gästetrakt?"

„Du meinst eine Einliegerwohnung."

„Ist dasselbe“, behauptete sie mit felsenfester Überzeugung.

„Überhaupt nicht. Du stellst meinen Bruder als Bonzen dar, der ein …“, ich suchte nach dem richtigen Wort, „… ein Anwesen mit Park und je ein Haus für die Gäste und das Gesinde hat.“

„Er ist Scheidungsanwalt. Ist der Gedanke so abwegig?“

Erneut seufzte ich und dachte an die opulente Stadtvilla, die sich mein Bruder vor Jahren im besten Stadtteil Essens gegönnt hatte. Sieben Zimmer plus einer Einliegerwohnung in der Größe einer Stadtwohnung. Neben den großzügig geschnittenen Zimmern buhlten der Wintergarten, der parkgroße Garten mit dem Seerosenteich und dem Pavillon im römischen Stil sowie das Schwimmbad um die Wette. Wann immer ich mich in einem der drei Bereiche aufhielt, verliebte ich mich aufs Neue. Natürlich hatte Christoph die Bude kernsanieren lassen und ausschließlich Materialien von bester Qualität verwendet. Marmorboden, Stuck an den Decken – und zwar nicht den billigen aus Styropor, sondern echter Gipsstuck, für den er irgendeinen besonderen Künstler beauftragt hatte. Nicht, dass ich meinem Bruder sein bescheidenes Heim neidete oder dort hätte leben wollen, aber so dann und wann ins eigene Schwimmbad mit Gartenblick einzutauchen oder im Winter am Kaminfeuer ein Buch zwischen Palmen zu lesen, hatte was. Wäre nicht der ständige Zwist mit der lieben Familie. Alles in mir sträubte sich, ihn anzurufen und um Obdach im Gesindehaus zu bitten.

„Ich hab ihm geschrieben“, sagte meine Freundin beinahe nebensächlich.

Ich hörte auf, die Rillen zwischen den eiche-rustikalen Wandpaneelen zu zählen, und horchte auf. „Wem?"

„Deinem Bruder. Er sagte, ich soll dir ausrichten, dass du deinen Arsch zu ihm bewegen sollst. Natürlich darfst du bei ihnen wohnen, du bist immerhin seine Schwester."

„Verarschst du mich?"

„Ich käme nie auf die Idee."

Entgeistert starrte ich auf das vergilbte Filmplakat von *Manta Manta* an der Wand, das schief zwischen dem neunzehnten und dreiundzwanzigsten Paneel hing. Til Schweiger und Tina Ruland, alias Bertie und Uschi, lächelten mit dem gelben Opel Manta im Vordergrund auf mich nieder. „Jetzt im Ernst."

„Das ist mein Ernst", erwiderte Anna trocken.

„Mein Bruder würde nie sagen, ich solle meinen Arsch zu ihm bewegen. Ich bin mir nicht mal sicher, ob das Wort in seinem Wortschatz Gebrauch findet."

Anna lachte. „Erwischt." Ich atmete aus. „Den Arsch hab ich hinzugefügt, auch wenn ich mir sicher bin, dass er weit unflätigere Wörter im Repertoire hat. Der Rest ist wahr. Fahr zu ihm, Leo. So schlimm wird's schon nicht werden."

Ich wusste nicht, ob ich sie knutschen oder erwürgen sollte.

Kapitel 3 – Hier eine Girlande, da ein Lebkuchen

Girlande, die: langes, meist in durchhängenden Bogen angeordnetes Gebinde und Gebimsel aus Blumen, Blättern, Tannengrün oder ähnlichem Killefitt, vorwiegend zu Dekorationszwecken.
Nachtrag „Killefit(t)": regionaler Begriff für Unsinn, dummes Zeug oder Gedöns.

„Ich muss heute ins Büro", verkündete mein Bruder mit einem perfekt gebräunten Toast in der Hand, auf dem die optimale Menge Marmelade gleichmäßig in einem weihnachtsroten Farbton glänzte. Hinter ihm, knapp über seinem Kopf schwebend, zierte eine goldene Girlande in gleichmäßigen Bögen die Wand. Wie sie befestigt war, war mir ein Rätsel. Ebenso wie die Frage, wo man solch stilvolle Girlanden kaufen konnte.

Ich trank einen Schluck Kaffee und ließ die Gesamtsituation auf mich wirken.

Wie sich herausstellte, hatte meine verräterische beste Freundin Christoph tatsächlich gefragt, ob ich bei ihm unterkommen könnte, und er hatte, ohne mit der Wimper zu zucken, zugestimmt. Entweder war ihm entfallen, dass seine Frau und ich – nun, sagen wir – nicht auf einer Wellenlänge surften, oder es war ihm egal. Am Ende des Tages lag ich in einem weichen Pyjama im frisch bezogenen Bett, umhüllt von einer feinen Wolke Weichspüler, weshalb mir die Aussicht, die nächsten Tage oder gar Wochen hier zu sein, plötzlich viel weniger schlimm erschien. Ich hatte geschlafen wie ein Baby und saß gut erholt am Frühstückstisch mit Weihnachtsservietten. Selbstredend mit dezentem auserwählten Goldmuster, nicht kitschige Weihnachtsmänner, wie ich sie im Discounter gekauft hätte.

Isabella hatte meinem Bruder Toasts geschmiert, mir aber, gütig wie sie war, die Aufgabe selbst überlassen, weshalb sich Marmelade und Brot im Verhältnis 50:50 die Waage hielten.

„Am Sonntag? Vor Weihnachten?", fragte ich verblüfft. „Ich dachte, du hast bis Heiligabend frei."

Christoph schnaublachte. „Du machst Witze. Hast du eine Ahnung, was nach Weihnachten los sein wird?"

„Nein?" Bisher hatte ich das große Glück besessen, nie einen Anwalt konsultieren zu müssen. Nicht einmal meinen Bruder für Winzigkeiten wie Geld einklagen von einem Lieferdienst oder einer Fluggesellschaft. Die Angelegenheiten hatten sich immer von selbst gelöst, entweder in Gutscheinform oder weil ich die Sache ruhen ließ. Na schön, vielleicht wäre es gut gewesen, das ein oder andere Mal eine Mail von meinem Bruder verfassen zu lassen.

„Von wegen Fest der Liebe", spottete er. „An Weihnachten gibt es so viele Streits wie sonst nicht im gesamten Jahr. Du ahnst nicht, was man als Ehepartner alles falsch machen kann, um am Ende im Gericht zu landen. Da kann sich die Kanzlei vor Anfragen kaum retten. Ich muss Dutzende Unterlagen für den Ansturm vorbereiten."

„Klingt logisch", murmelte ich und biss ein großes Stück Marmelade mit Toast ab. Doch eher 60:40 auf Seite der Marmelade. Ich spülte mit einem Schluck Milchkaffee nach. „Ich habe ab heute frei."

„Wie schön", sagte mein Bruder mit Blick auf die Uhr. „Dann kannst du Isabella beim Dekorieren helfen."

Ich verschluckte mich an meinem Kaffee und hustete. Christoph musterte mich skeptisch. „Alles in Ordnung?", fragte er, worauf ich abwinkte.

„Geht schon. Ich ..."

Mein Satz blieb unbeendet, da Christoph nachsetzte: „Da wird sie sich freuen. Das Haus sieht immer toll aus." Kurz leuchteten seine Augen wie die eines kleinen Jungen, der zum ersten Mal unter dem prächtigen Weihnachtsbaum einen Haufen Geschenke entdeckte, die alle für ihn bestimmt waren. Dann trübte ein Schatten das Leuchten. Obwohl er Isabellas Einsatz das Haus in ein Winterwunderland zu verwandeln, wertschätzte, beschlich mich das Gefühl, dass an der Sache ein Haken war.

„Wusste gar nicht, dass du ein Fan von Kitsch bist", sagte ich betont locker, um über das, was ich glaubte, gesehen zu haben, hinwegzugehen.

Er zuckte mit den Schultern, den Blick erneut auf sein Smartphone geheftet. Mit flinken Fingern beantwortete er eine Mail. „Seit ich in New York war, darf's ein bisschen mehr sein."

Mein Blick huschte erneut zum güldenen Wandgebilde und dann zur Lichterkettenorgie am Küchenfenster, die abends so hell leuchtete, dass die Deckenlampe keine Verwendung mehr hatte. Ein bisschen. Aha. Ist klar.

Ich wog ab. Wenige Stunden Aufwand im Tausch für den tagelangen Haussegen. Verlockend. Die Deko quoll bereits jetzt aus jeder Ritze, da wären wir rasch fertig.

Ich hatte ohnehin nichts vor außer zu warten. Das ging auch, während ich Saugnäpfe ans Fenster klebte. Sollte sich etwas bei uns am Haus tun und es neue Erkenntnisse geben, würde sich Frau Nolte bei mir melden. Wenn auf sonst nichts Verlass war in dieser Welt, darauf schon. Außerdem hatten Christoph und Isabella mich bei sich aufgenommen. Bei der Deko zu helfen war das Mindeste. „Ich helfe ihr", sagte ich in einem Anflug von Dankbarkeit und Pflichtgefühl.

„Da wird sie sich freuen", wiederholte mein Bruder geistesabwesend. „Bis später."

Bevor ich antworten konnte, hatte er sich seine sündhaft teure Aktentasche aus feinstem Leder geschnappt und war aus der Küche verschwunden. Ich lehnte mich zurück und betrachtete das Speisedomiliz, das der schnöden Bezeichnung Küche nicht gerecht wurde. Vor der Sanierung waren der Kochbereich und das Esszimmer durch eine Wand voneinander getrennt gewesen. Keine Frage, das hier war nicht die legendäre Villa Hügel, Stammsitz der Industriellenfamilie Krupp. Dennoch fiel es mir leicht, mir betriebsame Bedienstete vorzustellen, die eifrig in der Küche die nächste Mahlzeit für ihre Herrschaften zauberten. Mir gefiel die offene Küche gut. Vermutlich würde Isabella meist allein am Herd hantieren, weil Christoph viel und lange arbeitete. Diese schweineteure Stadtvilla war das Ergebnis seiner harten Arbeit. Die beiden entsprachen in jeder Hinsicht einem Klischee, und jedes Mal, wenn ich bei ihnen war, erinnerten sie mich an meine Rolle als schwarzes Schaf in der Familie. Beim Vergleichsquartett ging ich in den Kategorien ‚Mann‘, ‚Kinder‘ und ‚Haus‘ leer aus. Da gab es nicht einmal eine spleenige Katze, die es anzubeten galt. Alles, was ich besaß, war ein durchschnittlich bezahlter Job in einer Werbeagentur, den ich vermutlich im nächsten Jahr kündigen würde, weil ich irgendeinen Grund finden würde, mir einen neuen zu suchen, denn in den letzten Jahren war es immer so gelaufen. Ich hasste die Villa, weil sie mir solche miesepetrigen Gedanken aufdrängte. Hastig kippte ich den Kaffee hinunter und stand auf. „Dann wollen wir mal“, sagte ich zu mir selbst und begab mich todesmutig auf den Weg zur Schneekönigin.

Isabella stand auf einer siebensprossigen Leiter im Wohnzimmer. Vor ihr befand sich der prächtigste Weihnachtsbaum ganz Essens. Majestätisch streckte die Tanne ihre Arme in alle Richtungen, als bitte sie um Erleuchtung.

„Warum dekorierst du den oberen Teil nicht von der Empore?“, fragte ich mich nähernd.

Isabellas Blick huschte kurz zu mir rüber, ehe sie sich wieder dem Stern zuwandte, den sie an der Baumspitze fixierte. „Die Leiter ist sicherer“, antwortete sie. „Was hast du da an?“

Ich sah an mir hinunter. In Ermangelung alternativer Kleidung hatte ich mir die Klamotten, die ich gestern in der Boutique erstanden hatte, übergeworfen.

„Ich habe dir frische Kleidung hingelegt."

„Hab ich gesehen. Wirklich nett, aber ..."

„Kein Aber. Leonie, diese Bluse ist zerknittert und müffelt nach abgestandenem Qualm. Ich will gar nicht erst wissen, wo du dich herumgetrieben hast oder ob du rauchst. Zieh sie aus und leg sie in den Wäschekorb. Dann ist sie zum Weihnachtsessen frisch und du kannst sie anziehen, wenn sie dir so gut gefällt."

Ich schloss meinen Mund, der gerade aufgeklappt war. Mein erster Impuls war, sie aufzuklären, dass ich die letzte Person auf diesem Planeten war, die rauchte. Aber ich hatte mir fest vorgenommen, die bevorstehenden Tage zu überleben. Gleich am ersten Tag auf sein Recht zu beharren und zu streiten, erschien mir keine gute Basis zu sein. „Isabella, ich danke dir. Ich weiß es wirklich zu schätzen, dass du mir etwas von dir hingelegt hast", log ich. „Trotzdem werde ich meine eigene Kleidung tragen."

Jetzt sah sie die drei Meter der Leiter entlang auf mich hinab, eine Girlande in ihren frisch manikürten Händen. Ihr rechtes Handgelenk zierte ein feiner goldener Armreif, der mit weißen Steinen besetzt war. Ich tippte auf Diamanten und überlegte, ob das Schmuckstück mehr wert war, als ich im Jahr verdiente. Sie trug eine hellgoldene Seidenbluse und eine dunkelrote, hoch geschnittene Hose, die ihre schmale Taille betonte. Ihr schwarzes Haar hatte sie zu einem Zopf gebunden, wie ich. Der Unterschied von ihr und mir war, dass jedes

Haar und jeder Zentimeter Stoff ihr gehorchte und genau dort saßen, wo sie sitzen sollten. Im Vergleich zu ihr mutete ich an wie ein Bauerntrampel. Ich kannte niemanden, der eine bessere Figur auf einer Leiter machte als meine Schwägerin.

„Leonie, ich sage es einmal und dann nicht wieder. Deinem Bruder zuliebe haben wir dich aufgenommen und es ist das Mindeste, dass du dich uns ein kleines bisschen anpasst. Ich erwarte nicht viel von dir, aber ein vernünftiges Erscheinungsbild ist wohl kaum zu viel verlangt.“

„Biest“, murmelte ich leise.

„Wie war das?“

„Ich sagte: Schade, dass du mich so siehst. Ich dachte, das Outfit würde dir gefallen.“

Mit verengten Augen betrachtete sie mich. „Die Bluse ist in der Tat hübsch. Aber knubbelig, wie gesagt. Und sie stinkt nach Kneipe. Zieh dich um, Leonie. Und dann reich mir die Kugeln an.“

Am liebsten würde ich dir eine Kugel verpassen, dachte ich auf dem Weg zurück in den Gästetrakt.

Der Weg führte mich durch Flure mit hohen Decken und Echtholzboden, die größtenteils von edlen Teppichen verdeckt wurden. Teure Gemälde hingen an den Wänden. Farbflecken, die einen Kunstkenner in Euphorie zu versetzen mochten, mich Banausen jedoch ratlos zurückließen.

Vor einigen Wochen war ich durch die Dauerausstellung des *Museum Folkwang* flaniert. Die alten, teils düsteren Gemälde hatten mich schier in ihren Bann gezogen. Ich blieb stehen und betrachtete ein Kunstwerk, dessen goldener Rahmen einen starken Kontrast zum abstrakten Motiv bildete. Blautöne wirbelten wild durcheinander. Vielleicht sollte es den Himmel oder das Meer darstellen oder das wirre Innenleben des Künstlers widerspiegeln. Ich suchte nach einer Signatur und fand Initialen, die ich mit viel Fantasie als *B* und *K* identifizieren konnte. Irgendetwas hatte es. Nur was, das wusste ich nicht. Mein Blick verließ die Welt innerhalb des Rahmens, streifte über eine wohl platzierte Pflanze, neben der ein weißer Beistelltisch stand, auf dem zwei Architekturmagazine wie zufällig lagen. Ich wusste, sie waren absichtlich dort drapiert. Keine Familienfotos, kein Krimskrams. Ich bezweifelte, dass es mir gelingen würde, nicht jedem Raum eine persönliche Note aufzudrücken, selbst wenn ich den Platz für weiße Wände hätte. Bei mir gab es kaum freie Wandfläche. Alles war zugekleistert mit Postern von Banksy und Warhol und den Orten, die ich bereist hatte. Italien, Spanien, Schottland und Island. Anna hatte meine Wohnung treffend kommentiert: Nichts passte zusammen, was erstaunlicherweise dazu führte, dass alles harmonierte.

Früher hatten in Christophs Zimmer Poster von Wildtieren gehangen – lange, bevor er sich den juristischen Irrungen und Wirrungen verschrieben hatte und erst Familien –, dann Scheidungsanwalt geworden war.

Wann waren wir Geschwister derart auseinandergedriftet?

Die Gänsehaut unter der dünnen Bluse erinnerte mich daran, dass Isabella mir befohlen hatte, mich umzuziehen. Ich schnüffelte am Ärmel, der nach Aschenbecher roch. Schnaubend straffte ich die Schultern. Was bildete die sich ein? Nur weil ich hier für die Dauer des Tagebruchdramas unterkam, hieß das lange nicht, dass sie mich ankleiden konnte wie eine Puppe.

„Hey Leonie“, erklang plötzlich eine mir sehr vertraute Stimme hinter mir. Eine Stimme, die ich seit Jahren nicht mehr gehört hatte, aber immer und überall wiedererkannt hätte. Abrupt blieb ich stehen und hielt vor Spannung den Atem an. Dann: „Wie geht es dir?“

Jetzt gab es keinen Irrtum mehr. Ich drehte mich um, und vor mir stand Matteo Russo mit seinem schiefen, jungenhaften Lächeln. Wie vertraut mir sein ovales, schmales Gesicht mit dem hohen Haaransatz war, von dem aus sich die dunkelbraunen Locken kess ins Gesicht stürzten. Ich schluckte mühsam, denn Mund und Hals hatten urplötzlich ihre Flüssigkeitsproduktion eingestellt. In meinem Kopf purzelten alle schlagfertigen Antworten übereinander, die mir einfielen. Heraus brachte ich nur ein tonloses: „Was machst du denn hier?“

Sein Lächeln rutschte ab und er kratzte sich mit einer Hand verlegen am Hinterkopf. „Na, Weihnachten mit euch feiern.“

Das Überraschungsmoment war überwunden. „Hast du sie noch alle? Wir dachten, du wärst tot oder zumindest verschollen“, fauchte ich ihn an. „Du warst zwei Jahre verschwunden und niemand wusste, wohin. Jetzt stehst du auf einmal auf der Matte und sagst, dass du Weihnachten feiern möchtest? Echt, wie verkorkst kann man sein?“ Die Worte waren draußen, bevor ich sie zurückhalten konnte. Der alte Groll, von dem ich geglaubt hatte, ich hätte ihn gut im Griff, floss heiß und gemein durch meine Adern. Das Aufkreuzen von Isabellas Cousin kam unerwartet und unerwünscht. Nach ihr stand Matteo gleich auf Platz zwei der Liste von Menschen, die mir den Buckel hinunterrutschen durften. Und zwar mit Schwung.

Ich verschränkte die Arme vor der Brust und starrte ihn an.

Matteos Augen weiteten sich. Einige Herzschläge musterten wir einander, loteten die Standpunkte aus, wägten ab. Die Luft flirrte zwischen uns.

Er sah schlecht aus, müde und mit tiefen Schatten unter den Augen, als hätte er eine schwere Zeit, durchzechte Nacht oder eine lange Reise hinter sich, die ihm körperlich viel abverlangt hatte. Das erschien mir neu an ihm. Zu meinem Verdruss nahm ich den Impuls wahr, ihm über die weiche Haut zu streichen. Wohl in der Hoffnung, das Dunkle würde verschwinden und das zum Vorschein bringen, was mir vor einer gefühlten Ewigkeit so gut gefallen hatte. Seine Haare waren länger geworden, wilder, ungezähmter und bildeten einen interessanten Kontrast zu seinem höflichen Auftreten.

Mein schlechtes Gewissen regte sich, aber die Hitzewellen in mir hinderten mich daran, auch nur ein einziges Wort zurückzunehmen.

Matteo überging mein wenig kooperatives Verhalten. „Weißt du, wo Isabella ist?"

„Im Wohnsaal. Sie dekoriert ein exorbitant großes Nadelgehölz."

Das entlockte ihm ein Schmunzeln. Fältchen bildeten sich an seinen Augen. Ja, er war gealtert. „Du hast dich nicht verändert, Leonie. Wir sehen uns später."

Dann ging er in die Richtung, aus der ich gekommen war. Ich starrte ihm hinterher, dem Geist aus der Vergangenheit, bis er außer Sichtweite war. Ratlos und verwirrt stand ich im Flur, weil meine Beine ihren Dienst verweigerten. Langsam beruhigte sich mein Puls, und mein Gehirn verarbeitete das soeben Erlebte.

Matteo Russo war hier. In diesem Haus. An Weihnachten.

Genau wie vor zwei Jahren. Mühsam gelang es mir, die Erinnerungen und Empfindungen, die seine Anwesenheit in mir heraufbeschworen, zu verdrängen. Stattdessen konzentrierte ich mich auf das Misstrauen, das wie immer verlässlich zur Stelle war, wenn etwas nicht lief, wie ich es erwartete. Warum war Matteo hier? Das Fest hatte ihn nie interessiert.

Auf die Luftleere starrend, die seine Abwesenheit hinterlassen hatte, murmelte ich: „Aber du, du hast dich verändert, Matteo Russo. Und ich finde heraus, warum du wirklich hier bist."

Kapitel 4 – Kaschmirkuschelweich

Kaschmir, der: exorbitant weiches, besonders glattes, glänzendes Kammgarngewebe, aus dem sündhaft teure Kleidungsstücke hergestellt werden, die in Konsequenz eines Zusammenstoßes mit dickflüssigem Eierpunsch oder Beerenmarmelade unwiderruflich ruiniert sind. Weiterführende Erläuterungen siehe auch unter: „Isabella bringt mich um".

Auf dem Bett lag ein Kaschmirpulli in hellem silbergrau und eine weit geschnittene schwarze Hose. Dazu zusammengewürfelte Unterwäsche: Ein Bustier, das rasch verzieh, wenn Frau eine andere Größe trug als die Besitzerin sowie ein Spitzenhöschen, passend zur Hose in Schwarz. Socken lagen ebenfalls dabei. Glatte dünne Dinger, bei deren Anblick meine Zehen gefroren. Ich konnte mich nicht erinnern, wann ich mich in meinem Leben jemals unwohler gefühlt hatte. Die Erkenntnis für Tage, gar Wochen oder – wenn es ganz übel lief – Monate meine Wohnung nicht zu betreten, war ein Witz zu dem Widerstand, den ich bei der Vorstellung Isabellas Kleidung zu tragen spürte. Allein auf dem Kaschmirpulli prangte in dicken, unsichtbaren

Lettern *sündhaft teuer.* Ich hatte tierische Angst, ihn zu ruinieren.

Wollte ich den Haussegen wahren, hatte ich jedoch keine Wahl. Rasch zog ich mich aus und die Unterwäsche an. Eines musste ich meiner Schwägerin lassen: Beides passte sehr gut. Die Hose bekam ich über Schenkel und Hüfte und sogar den Knopf zu, ohne mir in den Bauch zu zwicken. Natürlich schmeichelte sie mir weniger, wie sie es bei Isabella getan hätte. Vermutlich handelte es sich bei den Stücken um Schrankleichen. Fehlkäufe, die zu schön waren, um sie zu entsorgen.

Für einen flüchtigen Moment hatten die Kleidungsstücke für willkommene Zerstreuung gesorgt. Jetzt waberten meine Gedanken erneut zurück zu Matteo. Warum war er hier? Und was viel wichtiger war: Wo hatte er die letzten zwei Jahre gesteckt?

Ich war noch nicht im Wohnzimmer angekommen, da hörte ich Isabella und Matteo laut und angeregt diskutieren. Wie zwei Betrunkene auf einem Schiff schwankten sie zwischen Italienisch und Deutsch. Ich verstand genug, um Isabellas Unmut herauszuhören. Am liebsten hätte sie Matteo vor die Tür gesetzt. Ich schlich mich an und lauschte.

„Das kannst du nicht tun, ich bin deine *famiglia*." Melodisches, flehentliches Italienisch von Matteo.

Dann Isabella: „Wie siehst du überhaupt aus? Gibt es da, wo du warst, keinen Friseur?" Kurze Pause. Seufzen. Ob sich Isabella zu einem Augenrollen hinreißen ließ? Schwer vorstellbar. Schließlich knickte sie ein. „Na schön. Du kannst bleiben. Aber du wirst dich nützlich machen und ich will keine Widerworte hören. Du wirst dich benehmen. Wenn dich jemand fragt, wirst du dir irgendeine Ausrede einfallen lassen oder ablenken, das dürfte dir nicht schwerfallen. Sag ihnen, dass du … was weiß ich, dir fällt schon etwas ein. Unter keinen Umständen wirst du erzählen, wo du tatsächlich warst. *Capito?*" Matteo zögerte offenbar. „Matteo, haben wir uns verstanden?"

Himmel, dachte ich, wenn die jemals eine gendergerechte Neuauflage von *Der Pate* verfilmten, hätte ich einen Vorschlag für die Hauptrolle. Mit klammen Fingern rieb ich mir die Arme, um die Gänsehaut zu vertreiben.

„Ja." Pause. „Wir machen es, wie du willst."

„Sehr schön. Willkommen zu Hause, Matteo." Isabella klatschte in die Hände, was mein Stichwort war, den Raum zu betreten. „Ah, Leonie. Wie passend. Matteo kennst du noch?"

Ich warf Matteo einen flüchtigen Blick zu und nickte. „Wir sind uns vor zwei Jahren auf der Weihnachtsfeier begegnet."

„Richtig", sagte sie mit dem lobenden Tonfall einer Lehrerin. „Nun, es kam ein wenig überraschend, aber Matteo wird für die Feiertage ebenfalls bei uns wohnen. Gut, dass wir uns damals für dieses Haus entschieden haben, nicht für das kleinere die Straße runter."

Bei dem erwähnten Konkurrenzgebäude handelte es sich um eine Stadtvilla mit circa eintausend Quadratmeter Grundstück, in dem eine fünfköpfige Familie mit zwei Hunden und einem Zirkus leben könnte. Ein bissiger Kommentar kitzelte mir auf der Zunge, blieb dort aber kleben, weil Matteo meine Aufmerksamkeit auf sich zog.

Ein überraschter Ausdruck huschte über seine ernste Miene. „Du wohnst hier?“

„Vorübergehend, ja.“

„Seit wann?“

„Gestern.“

„Warum?“

Wortlos bedeutete ich ihm mit einem intensiven Blick: nicht hier, nicht jetzt. Wenn er nicht endlich die Klappe hielt, würde Isabella Lunte riechen.

„Ist das ein Problem für euch?“, fragte sie irritiert über unseren Schlagabtausch. Mit verengten Augen musterte sie uns beide.

„Nein“, sagten Matteo und ich zeitgleich.

„Gut. Ich will keinen Unfrieden in meinem Haus, erst recht nicht an Weihnachten.“ Sie wandte sich ab. Das Gespräch war beendet.

Matteo zuckte gleichgültig mit den Schultern, schenkte mir ein schiefes Lächeln und verließ das Wohnzimmer, bevor ich reagieren konnte.

Isabella nestelte an einer Christbaumkugel, bei der sich der Aufhänger verbogen hatte. Während ich mich fragte, wie voll man einen Baum hängen konnte und wie ich es die nächsten Tage mit Matteo unter einem Dach aushalten sollte, flüsterte sie gedankenverloren in das Tannengrün hinein: „Es muss alles perfekt sein.“

Mich beschlich das Gefühl, nicht mehr erwünscht zu sein. Nicht auf die Art, die ich vorher empfunden hatte, weil ich mich deplatziert fühlte und Isabella keine Gelegenheit ausließ, mir zu sagen, wie dankbar ich ihr und meinem Bruder sein musste. Ohne die beiden wäre ich in einer schäbigen Notunterkunft untergebracht worden, die die Stadt vermutlich für all jene armen Seelen ohne Alternativen organisierte.

Vielmehr fühlte ich mich, als würde ich einen intimen, sehr persönlichen Moment stören, obwohl Isabella diejenige war, die mich gebeten hatte, ihr zu helfen – sofern man ihren befehlerischen Tonfall als Bitte auslegen wollte. Den Tannenbaum schmücken – das war der Grund, weshalb ich hier stand. Sie hatte mich schließlich angefordert. Doch zwischen dem Zeitpunkt, in dem ich mich umgezogen hatte, und jetzt war die Stimmung gekippt. Obwohl ich nicht konkret ausmachen konnte, woran es lag, spürte ich, dass ihr Gemütswandel nichts mit Matteos Auftauchen zu tun hatte, auch wenn es naheliegend schien. Da war etwas anderes, etwas, das ich nicht greifen konnte und das absolut keinen Sinn ergab, denn Isabella hängte bloß mit akribischer Präzision Dekoration in den Baum.

Auf leisen Sohlen schlich ich davon, bedacht, auf den glatten Socken nicht zu rutschen. Erst als ich den Flur betrat, traute ich mich, tief durchzuatmen und das bedrückende Gefühl abzuschütteln. Matteo lehnte an der Wand, ein Bein angewinkelt, mit dem dunklen Socken am perlweißen Putz. Wenn Schneekönigin Isabella das sähe, würde sie ausflippen.

Matteo, wie oft habe ich dir gesagt, die Füße bleiben auf dem Boden?!

Es folgte ein Bild von klebrigen, dreckverkrusteten Kinderhänden, das sofort wieder verpuffte. Beim besten Willen: Es gelang mir nicht, mir in dieser kühlen Villa Kinder vorzustellen. Solange Christoph anwesend war, erschien mir die Kälte erträglicher, aber jetzt? Fröstelnd strich ich über den feinen Kaschmir.

„Alles in Ordnung?", erkundigte sich Matteo.

„Alles bestens." Wenn ich nicht aufpasste, würde lügen zur neuen Gewohnheit werden.

Er stieß sich ab und kam auf mich zu. „Ich wusste nicht, dass du hier wohnst."

Ich zuckte mit den Schultern. „Woher auch? Wir haben seit Jahren nichts voneinander gehört." Er wich meinem Blick aus. „Und selbst wenn, weiß ich nicht, ob ich dir das gesagt hätte." Obwohl ich mich um einen neutral-freundlichen Tonfall bemühte, schwang ein Funken Bitternis mit, der mir selbst nicht schmeckte. Matteo sollte nicht hören, was ich nicht fühlen wollte. Neutralität, ich brauchte dringend Neutralität.

„Verstehe", murmelte er und sah mich wieder an. „Hör mal, Leonie, wegen damals ..."

Ich winkte ab. „Darum geht's nicht. Ich bin nicht ganz freiwillig hier, sagen wir's mal so."

Mit gerunzelter Stirn sah er mich an, seine Augenringe schimmerten lila. „Wie darf ich das verstehen?"

„Das Haus, in dem ich wohne, hat einen Bergbauschaden. So kurz vor Weihnachten ist eine Menge los in der Stadt und die Hotelzimmer sind unbezahlbar, sofern man überhaupt eines bekommt. Deswegen bin ich also hier."

Meine Aussage brachte ihn zum Lachen. „Und ich dachte, du würdest die schönste Zeit des Jahres mit deinem Bruder und der Familie verbringen wollen."

„Machst du Witze?"

„Absolut nicht. Eigentlich bist du gern hier. Du magst den Ganzen – wie hast du es genannt? – Weihnachtszirkus. Die Lichter, die Musik, das Gebäck. Du tust nur so, als wäre das nicht der Fall. Ich wundere mich, dass du immer noch damit durchkommst, denn für mich ist die Sache ziemlich offensichtlich. Vielleicht wecken ein paar Tage unter Isabellas Fittichen den Weihnachtswichtel in dir. Ehe du dich versiehst, ziehst du um die Häuser, um Kindern Freude zu schenken."

Ich schnaubte spöttisch. „Garantiert nicht! Ich hasse Weihnachten und diese auf Harmonie versessenen Menschen, die das ganze Jahr über kein ordentliches Familienleben auf die Kette kriegen, aber dann an Weihnachten einen auf weltbeste Sippschaft machen. Nein. Danke. Ich bin nur hier, weil ein Gästezimmer frei war." Maximal noch wegen der Häppchen und des hervorragenden Bratens.

„Na klar, red dir das nur ein. Ich kenne dich. Tief in deinem Inneren liebst du die Weihnachtswochen. Die Zeit mit den Liebsten, Weihnachtsmarktbesuche, die Vorbereitungen auf das Fest der Liebe, besinnliche Stunden. Nicht zu vergessen die Ruhe, die einkehrt, Lebkuchen und Plätzchen und der Duft, der durch das Haus wabert. Und ich wette, du würdest liebend gern unter einem Mistelzweig geküsst werden."

„Von dir, ja?", entgegnete ich spitz. Was bildete dieser aufgeblasene Wichtigtuer sich ein?

Er zuckte mit den Schultern. „Warum nicht?"

Ich starrte ihn sprachlos an. Zu perplex, um Widerworte zu geben. Dann suchte ich nach Anzeichen eines Scherzes: ein Zucken in seinen Mundwinkeln, eine Augenbraue, die einen Millimeter in die Höhe gerutscht war. Nervöse Hände oder wippende Füße. Nichts. Absolut nichts. Entweder hatte er eine Schauspielschule besucht oder er meinte das absolut ernst.

„Misteln sind Schmarotzer, die ihren Baumwirten das Leben aussaugen." Mit den Worten drehte ich mich auf dem Absatz um. Bloß weg hier!

Matteos heiter-neckendes Lachen folgte mir wie eine Parfümwolke und wurde erst von der Tür der Gästewohnung gestoppt, die laut hinter mir ins Schloss krachte. Mit wild pochendem Herzen presste ich den Rücken gegen die Tür, als befürchtete ich, Matteo würde sie aufstoßen und in die Wohnung kommen, um mich weiter mit total abstrusen Sachen aus der Deckung zu locken.

Noch eine Woche bis zum großen Weihnachtsfest – wie sollte ich die Zeit bis dahin überstehen?

Kapitel 5 – Auch Stechpalmen haben Dornen

Stechpalme, die: Baum oder Strauch mit glänzenden, immergrünen, häufig dornigen Blättern, auch Ilex. Mit den roten Früchten – die selbstredend nicht essbar sind – repräsentieren sie die weihnachtstypischen Farben. Im Wald als Unkraut verschrien, bringt es im örtlichen Blumenhandel die Kasse zum Klingeln. Vgl. auch: Blickwinkel.

„Wenn du Feierabend hast, kannst du den Türkranz abholen. Der Laden ist ganz in der Nähe", sagte Isabella, während sie ein Backblech erlesenster Plätzchen sanft auf der Arbeitsplatte abstellte und die Topflappen zur Seite legte. Der Duft von Zimt und gebackener Orange weckte Erinnerungen an ein Weihnachten, an dem Mutter sich redlich Mühe mit den Vorbereitungen gegeben hatte, Vater aber länger im Schichtdienst festhing und erst kam, als das Essen verkocht war. Nur die kalten Plätzchen waren genießbar geblieben.

„Bis wann hat er geöffnet?", fragte ich.

„Achtzehn Uhr."

„Das wird knapp. Wir haben sehr viel auf der Arbeit zu tun. Ich muss ein wichtiges Projekt abschließen."

Isabella verengte die Augen, als wolle sie meine Aussage überprüfen. Ich schluckte. „Matteo könnte ihn abholen?", schlug ich vor.

„Der hat anderweitige Verpflichtungen."

„Was für Verpflichtungen?", fragte ich hellhörig.

„Er kümmert sich um die Außenbeleuchtung." Ernsthaft? Das waren seine Verpflichtungen in diesem Haus? Noch mehr Lichtergedöns anbringen, damit die Urlaubsflieger den Garten mit der Landebahn des Flughafens verwechselten? Dafür sollte ich mich abhetzen?

„Das könnte er nicht unterbrechen?", hakte ich nach.

„Das möchte ich nicht. Die Beleuchtung ist wichtig. Heute ist der einzige Tag der Woche, an dem es nicht regnen soll." Für einen Moment wirkte Isabella in sich gekehrt, sie schien ihre Optionen abzuwägen. Schließlich verkündete sie mit der unglücklichen Miene eines Menschen, der sich selbst um seine Angelegenheiten kümmern musste: „Dann muss ich zusehen, wie ich es einrichte."

Ich wusste, sie manipulierte mich. Den Leuchtkram über meine Arbeit zu stellen war für sich genommen schon eine Frechheit. Aber ich konnte mich nicht gegen das schlechte Gewissen wehren, dass mich stetig daran erinnerte, für die Dauer meines Aufenthalts freundlich sein zu wollen. Ich wohnte immerhin gratis in ihrem Haus, ein Abstecher zum Blumenladen war das Mindeste. Gleichzeitig spürte ich eine kindische Bockigkeit, denn schließlich war es nicht mein Problem, dass sie Sachen bestellte, die sie abholen musste. Hätte die

Straße nicht beschlossen, sich in die ewigen Jagdgründe des Bergbaus zu verabschieden, wäre ich zu Hause und eine Abholung durch mich keine Option. Praktischerweise war ich allerdings anwesend und konnte direkt in Isabellas gesamte Planung eingespannt werden.

„Ich kann den Kranz in der Mittagspause abholen …“

„Hervorragend!“, rief Isabella und klatschte in die Hände. Von Trauermiene keine Spur mehr. „Ich gebe dir Geld mit.“

Während sie irgendwohin verschwand, um die Moneten zu holen, stibitzte ich mir ein Plätzchen vom Blech, das mit der Temperatur genau an der Grenze zur Genießbarkeit kratzte. Köstlich!

Isabella tauchte mit dem Geld wieder auf, entdeckte den dunklen Fleck von geschmolzener Butter auf dem Backblech, wo nun eine Delikatesse fehlte, und warf mir einen vorwurfsvollen Blick zu. Zu meiner großen Überraschung tadelte sie mich nicht.

Hatte ich da etwa ein Schmunzeln in ihren Mundwinkeln gesehen?

„Falls sie rote Amaryllis und Stechpalmenzweige haben, bring bitte welche mit.“

„Wie viele?“, fragte ich, während ich in meinem Gedächtnis nach einem Bild einer Amaryllis kramte. Das waren diese sattroten Sternblumen, die aus einer wachsummantelten Wurzel wuchsen, oder?

„So viel, wie du für das Restgeld bekommst.“

„Gut.“ Die Blumenverkäuferin würde schon wissen, was zu tun war. „Noch etwas?“

„Nein, das wäre alles.“

Ich sah auf die Uhr. „Ich muss los. Bis heute Abend.“

„Bis dann." Mit einem Fuß im Flur hörte ich, wie sie meinen Namen sagte, unaufgeregt, nicht laut. Ich wandte mich ihr zu und sah sie fragend an.

„Wie schmecken die Plätzchen?", fragte sie.

„Wie Weihnachten."

Sie bedachte mich mit einem abwägenden Blick. „Was bedeutet das?"

„Dass sie sehr gut sind, Isabella."

„Ich dachte, du kannst Weihnachten nicht ausstehen", erwiderte sie irritiert über meine positive Aussage zu ihrer Backkunst.

„Plätzchen gibt es zu jeder Jahreszeit", erklärte ich meinen Standpunkt. „Sie werden häufig nur deshalb mit Weihnachten assoziiert, weil sie in erhöhter Konzentration anzutreffen sind. Taggenau mit Beginn der Adventszeit sind alle der Meinung, Mehl und Zucker und Butter zuhauf in kleine Kalorienbomben verwandeln zu müssen. Das hat mehr etwas mit Gefühlsduseligkeit zu tun statt mit christlichen Bräuchen. Ich würde sie auch im Sommer essen."

„Ob sie dann nach Weihnachten schmecken?", fragte sich Isabella und sah mich nachdenklich an. „Du hast eine interessante Sicht auf die Dinge, Leonie. Insbesondere, was diese Jahreszeit betrifft. Nicht alles ist nur schwarz oder weiß."

Ich sah meiner Schwägerin nach, die zurück in die Küche ging, um sich einem weiteren Plätzchenrezept zu widmen.

Irgendwie hatte sie es verdammt gut drauf, mir ihre Gedanken mit an die Hand und auf den Weg zu geben, als wären sie Kinder, die sie zum Spielen rausschickte. Vielleicht, dachte ich, würde auf diese Weise ein Teil von ihr die unterschwellige Kühle dieses Gemäuers verlassen.

Als ich das Foyer der Agentur betrat, brachen abrupt die Gespräche ab. Alle sahen mich an, weshalb ich fest davon ausging, ihnen Rede und Antwort stehen zu müssen. Ich wappnete mich für einen Fragenhagel, dem ich nicht standhalten würde, weil ich seit zwei Tagen nichts Neues zum Tagesbruch gehört hatte außer, dass „die Experten sich die Sache nun ansähen". Jeder, der eine vage Ahnung hatte, wie Ämter und Behörden arbeiteten, wusste, diese Aussage konnte bestenfalls bedeuten, dass wirklich jemand an der Sache dran war. Schlimmstenfalls befand man sich noch auf der Suche nach Fachleuten. Mit Blick auf den Kalender, der unaufhaltsam auf den Höhepunkt des christlichen Fests zusteuerte (jedenfalls wenn man die Umsatzzahlen des Einzelhandels betrachtete), tendierte ich zum realistischen Szenario: Vor Weihnachten würde sich nichts an der Baustelle tun.

Die Fragenflut blieb aus. Einige Kollegen nickten mir grüßend zu, andere wandten sich wieder ihrem Gesprächspartner zu. Niemand eröffnete ein Gespräch. Irritiert, weil ich mich innerlich auf den Eimer mit kaltem Wasser vorbereitet hatte, ging ich an der stylischen Mooswand vorbei zu meinem Arbeitsplatz. Für einen kurzen Augenblick glaubte ich, beobachtet zu werden, aber vermutlich bildete ich mir das nur ein. Allzu spannend war mein Erscheinen am Montag vor Weihnachten nicht. Nach und nach nahmen alle ihre Gespräche wieder auf. Ich hörte Wortfetzen von der Weihnachtsfeier, die bis in die Puppen gegangen war. Obwohl ich lustlos im Taxi gesessen hatte, fühlte ich einen Stich und musste mir eingestehen, dass ich mir wünschte, dabei gewesen zu sein. Niemanden schien es zu stören, dass ich die große Sause verpasst hatte, die im Irish Pub geendet hatte. Als ich gerade dabei war, mich in Gedanken über die diversen Gruppen und Gemeinschaften um mich herum und meine Nicht-Dazugehörigkeit zu verheddern, brummte mein Smartphone überlaut auf der Tischplatte.

Jamals Nachricht leuchtete unheilvoll auf dem sonst dunklen Bildschirm:

Können wir reden?

Mir zog sich der Magen zusammen. Alles in mir schrie: Nein, ich will nicht über uns reden! Können wir uns nicht einfach treffen und dort weitermachen, wo wir aufgehört haben? Du und ich und die Tüte Chips beim Fernsehen. Im Anschluss weniger Kleidung, mehr nackte Haut, heiße Küsse und wir beide ineinander verschlungen, bis wir am Limit waren?

Warum wollte er das Plus in unserer Freundschaft durch Gerede verkomplizieren? Jeder, der den Film mit Ashton Kutcher und Natalie Portman gesehen hatte, wusste, sobald Gefühle ins Spiel kamen, war nichts wie vorher. Ich mochte Jamal, sehr sogar. Wir waren langjährige Freunde, die mehr verband als eine unbewohnbare Bude in einer stinknormalen Wohngegend im Essener Norden (dem südlichsten Zipfel des Nordens – ein Detail, das Christoph unermüdlich betonte, weil er schwer ertrug, dass seine kleine Schwester im Essener

Norden und damit in den günstigeren Stadtteilen lebte).

Ich wollte nicht mit Jamal zusammen sein, denn die simple wie harte Wahrheit lautete: Ich war nicht in ihn verliebt.

Zögernd tippte ich:

Klar, wann denn?

Prompt kam die Antwort:

Heute Abend?

Ich schrieb:

Sorry, muss was für meine Schwägerin abholen.

Auf dem Display erschien die Info, dass Jamal schrieb. Ohne darüber nachzudenken, tippte ich:

Kann aktuell schlecht absehen, wann ich selbst über meine Freizeit verfüge, bin voll in Isabellas Weihnachtswahn eingespannt. Sorry. Melde mich!

In derselben Sekunde fühlte ich mich schlecht. Das war nicht meine Art. Jamal war ein netter Kerl. Er hatte nicht verdient, dass ich ihn vertröstete und mit seinen Gefühlen im Regen stehen ließ. Würde ich in seiner Lage sein und er in meiner, wäre ich hundertpro sauer. Dennoch scheute ich mich vor diesem Gespräch und versuchte, mein Gewissen zu beruhigen. Anna hatte mal zu mir gesagt: Leonie, du kannst es nie allen recht machen. Es wird immer einen Menschen geben, dem das, was du tust, nicht passt. Aber weiß du was? Das ist sein Problem, nicht deines. Du lebst nicht, um es anderen recht zu machen. Seine Erwartungen an dich sind das Problem.

Jamal antwortete mit einem schlichten

O. k.

Ich seufzte. Erstaunlich, wie viel Emotion in zwei Buchstaben mitschwingen konnte.

„Hast du die Präsentation fertig?", fragte Johanna. Ich zuckte zusammen und drehte das Smartphone um.

Meiner Kollegin war es gelungen, sich durch den dekorationsleeren Raum an mich ranzupirschen, und ich hoffte inständig, dass sie keinen Blick auf mein Smartphone erhascht hatte. Sie gehörte zu der Sorte Kolleginnen, die dank ihrer Neugierde stets wussten, was in der Firma los war und zwar lange, bevor die Betroffenen selbst davon ahnten.

„Noch nicht. Ich setze mich gleich dran."

„Gut. Ich möchte sie vorher sehen. Du bist ja noch nicht so lange dabei, aber ich sag dir, der Chef versteht keinen Spaß. Wenn wir den Auftrag nicht bekommen, sieht's im kommenden Jahr richtig düster aus."

„Wegen eines Auftrags?" Anscheinend hatte ich die Sache gewaltig unterschätzt, obwohl ich seit Tagen unermüdlich an nichts anderem arbeitete.

„Das ist nicht irgendein Auftrag, sondern *der* Auftrag. Wenn es uns gelingt, für die Stadt künftig das gesamte Marketing auszurichten, wäre das unser größter Kunde und das Auftragsbuch auf einen Schlag gefüllt.

Stell dir vor, wir würden die Plakate, Banner und Spots für alle Flächen gestalten. Das wäre grandios!" Johanna stützte sich auf meinem Schreibtisch ab. „Also, hau rein, ja?"

Ich nickte euphorisiert von dem Bild, das Johanna heraufbeschworen hatte. Einen Auftrag dieser Größenordnung zu angeln, noch dazu vor Jahresende, wäre eine Sensation. Mir war egal, warum die Stadt auf uns zugekommen war, obwohl sie eine eigene Marketingagentur unterhielt: Ich wollte den Job! Also schob ich das Smartphone sowie sämtliche Sorgen und Gedanken an Jamal, Matteo, die Wohnung und die Familie zur Seite und versank für die nächsten Stunden vollständig in der Präsentation.

Erst als sich das Smartphone mit einer Erinnerung meldete, kehrte ich aus der Welt der Werbeflächen und Kostenberechnungen zurück. Mein Nacken schmerzte, weil ich wie ein Affe auf dem Schleifstein auf meinem Schreibtischstuhl hockte, ein Bein angewinkelt, das andere um das Drehkreuz verschlungen. Mein Glück, dass sich der Kollege, der für die Arbeitssicherheit zuständig war, bereits in den Weihnachtsurlaub verpieselt hatte. Seit Tag eins ging er mir mit seinen Sitzplatzoptimierungen auf den Wecker.

„Blumenladen", teilte mir das Smartphone mit. Es war bereits die zweite Erinnerung. Die erste hatte ich geflissentlich ignoriert, da ich mich unmöglich in der Mittagspause hatte loseisen können.

Hastig sicherte ich die Präsentation zum eintausendsten Mal, dann fuhr ich den Computer runter und schnappte meine Sachen. Auf dem Weg zum Ausgang streckte ich meinen Kopf in Johannas Büro. „Bin fertig, kannst sie dir anschauen. Liegt auf unserem gemeinsamen Laufwerk unter Präsentationen im Ordner der Stadt Essen."

Johanna schaute mich überrascht an. „Du gehst schon?"

„Wir haben fast achtzehn Uhr", erwiderte ich. „Ich habe einen Termin."

„Wenn das so ist, schönen Feierabend."

„Danke, dir auch."

Ich rannte die Treppe hinunter. Keine Zeit für die Krücke namens Aufzug aus dem letzten Jahrhundert. So modern unser Büro war, so vorsintflutlich mutete das Gebäude an.

Wieder einmal regnete es, wieder einmal hatte ich keinen Schirm dabei. So viel zum Wetterbericht. Armer Matteo, der im Regen das nasse Gestrüpp illuminieren musste.

Hastig überquerte ich die Straße und bahnte mir meinen Weg zum Blumenladen, vorbei an mit Weihnachtsgeschenken beladenen Frauen und Männern, deren Gesichtsausdrücke finster und steif unter den Kapuzen und Schirmen lagen. Eine Mutter zerrte ihr schreiendes Kind an der Hand hinter sich her, an einer Straßenecke redeten Jugendliche lautstark aufeinander ein. Der eine schubste den anderen. Von irgendwoher erklang ein Martinshorn.

Das sollte sie sein, die schönste Zeit des Jahres?

Ich erreichte den Blumenladen just in dem Moment, als die Verkäuferin das Schild im Fenster von „geöffnet" auf „geschlossen" drehte.

„Nein, bitte, warten Sie!", rief ich.

Sie hielt inne und deutete auf die Uhr. Ich machte eine flehentliche Handbewegung und imitierte dann einen Strick, der sich um meinen Hals legte – inklusive heraushängender Zunge und verdrehten Augen. Durch die Scheibe hindurch hörte ich gedämpftes Lachen, dann öffnete die Verkäuferin die Ladentür.

„Ich möchte nicht für Ihren Tod verantwortlich sein“, sagte sie. „Na los, kommen Sie rein.“

„Vielen vielen Dank“, sagte ich. „Ich muss eine Bestellung abholen für Isabella Kolb.“

„Ah, ja. Ich hatte mich schon gefragt, was der Guten dazwischengekommen ist. Normalerweise ist sie sehr pünktlich.“

„Ich kam nicht eher bei der Arbeit weg.“

„Macht nichts. Die Bestellung ist fertig, warten Sie bitte kurz.“ Sie verschwand in einem Raum hinter der Ladentheke.

Im Halbdunkel warteten die reich verzierten Sträuße auf ihre Käufer, einer prächtiger und ausladender als der andere. Zwischen schlichten Topfpflanzen ragten goldene oder silberne Stecker in die Höhe, als wollten sie mit ihrer Festlichkeit die Aufmerksamkeit der Kundschaft erhaschen. Einige waren mit glitzernden Schleifen und Banderolen mit Weihnachtsgrüßen dekoriert. Merry Christmas, frohe Weihnachten und frohes Fest. In einer Ecke entdeckte ich einen großen Eimer, in dem frisch geschnittene Sternblumen standen. Ich identifizierte sie sofort als Amaryllis. Google sei dank.

„Das ist merkwürdig“, sagte die Verkäuferin, die gerade wieder den Verkaufsraum betreten hatte. „Ich kann die Bestellung nicht finden. Dabei bin ich mir sicher, dass ich die Gestecke für Frau Kolb heute früh fertiggestellt habe. Ich weiß genau, wie ich alles arrangiert habe." Sie runzelte die Stirn, knipste ein weiteres Licht an und trat hinter die Theke. „Entschuldigen Sie bitte das Chaos, das ist mir nun sehr unangenehm. Ich schaue rasch ins Auftragsbuch, vielleicht ist da ein Missgeschick passiert."

„Kein Problem", sagte ich, als wäre ich die Ruhe selbst.

Sie blätterte und studierte ihre Notizen. „Ah, die Blumen wurden heute Nachmittag bereits abgeholt", sagte sie erleichtert. „Meine Angestellte hat eine Notiz hinterlassen, dass die Abholung erfolgt sei, als ich kurz nicht im Laden war. Da wurden Sie wohl umsonst geschickt."

„Merkwürdig", murmelte ich und kramte bereits nach dem Smartphone. „Meine Schwägerin hätte mich bestimmt informiert, wenn sie die Blumen bereits erhalten hätte. Wissen Sie, wer hier war?"

„Leider nein."

Ich winkte mit dem Smartphone. „Kann ich kurz telefonieren? Ich möchte nur sichergehen, dass alles in Ordnung ist."

„Natürlich", sagte die Verkäuferin schmallippig, weil ich mal wieder alles hinterfragte. Ihr Blick huschte auf eine große Uhr im Vintagestil an der Wand, mittlerweile war es fast Viertel nach sechs.

„Tut mir leid", murmelte ich. Dann trat ich einige Schritte zur Seite, um Isabella anzurufen.

„Ja?", meldete sie sich.

„Hi, du, sag mal, ich bin gerade im Blumenladen. Aber die Verkäuferin meint, deine Bestellung wäre schon abgeholt worden. Hast du Matteo geschickt?"

Im Hintergrund dudelte Weihnachtsmusik. „Nein, da muss ein Irrtum vorliegen. Er war den ganzen Tag hier und hat an der Beleuchtung gearbeitet und beim Backen geholfen."

Ein Bild von Matteo kam mir in den Sinn, wie er in einem weißen alten Shirt an der Arbeitsfläche stand und Teig knetete. An seiner Wange klebte ein bisschen Mehl, da er sich zuvor mit dem Handrücken eine Locke aus der Stirn geschoben hatte. Die Sehnen an seinen Unterarmen traten bei jedem Kneten deutlich hervor.

„Klär das, Leonie", befahl die Eiskönigin vom anderen Ende der Leitung.

Das wärmende Bild von Matteo gefror. Blinzelnd realisierte ich, wo ich war und hörte, wie Isabella das Telefonat beendete.

„Und?", fragte die Verkäuferin.

„Von uns hat niemand die Blumen abgeholt", sagte ich, bemüht, meinen Ärger herunterzuschlucken und keineswegs an der armen Blumenhändlerin auszulassen.

„Während Sie telefoniert haben, habe ich mir die Unterlagen noch einmal angesehen. Eine andere Kundin hat eine ähnliche Bestellung aufgegeben wie Frau Kolb", erklärte sie. „Vielleicht ist es zu einer Verwechslung gekommen?"

Obwohl ich keine Schuld an dem vermeintlichen Missgeschick trug, verspürte ich den Drang, die Sache zu regeln. „Können Sie mir die Adresse sagen?"

„Das kann ich aus datenschutzrechtlichen Gründen leider nicht machen. Aber ich kann Ihnen anbieten, dass wir Frau Jägers Bestellung schnellstmöglich fertigstellen und Sie diese anstelle der ursprünglich beauftragten Ware erhalten. Bis auf einige wenige Details sind die Aufträge tatsächlich identisch. Wie gesagt, es tut mir leid, dass es zu diesem Missgeschick gekommen ist."

„Meine Schwägerin hat sehr spezielle Vorstellungen. Ich denke nicht, dass sie damit einverstanden wäre", mutmaßte ich. „Können Sie nicht einfach die Bestellung neu anfertigen?"

Die Blumenhändlerin lachte kurz auf, laut und hart. Ich zuckte zusammen, weil das Reißen ihres Geduldsfadens unerwartet kam. Bis hierher war sie die entspannteste Verkäuferin gewesen. Anscheinend hatte ich einen wunden Punkt getroffen. „Das wird nicht pünktlich fertig. Wenn ich jetzt beim Großhändler bestelle, kann ich froh sein, wenn er vor Weihnachten liefert. Am einfachsten wäre es, Sie würden Ihre Schwägerin überzeugen, die Bestellung der anderen Kundin zu nehmen. Sie sind fast identisch wie gesagt." Sie bedachte mich mit einem kühlen Blick.

„Na gut", gab ich klein bei. „Ich rede mit ihr und melde mich morgen bei Ihnen."

Sie nickte mit dem Schlüssel in der Hand. Ich wünschte ihr einen schönen Abend, was sie knapp erwiderte, und trat in das nasskalte Abendleben. Erst als ich sicher war, außer Sichtweite des Blumenladens zu sein, erlaubte ich mir ein triumphierendes Grinsen. Die Verkäuferin hatte sich verplappert.

Frau Jäger, dir statte ich gleich einen Besuch ab.

Schnell erinnerte mich Google daran, dass wir in einer Großstadt lebten und Jäger ein häufiger Nachname war. Die linke Hand um den heißen Kaffee geklammert, die rechte am Smartphone grübelte ich in der ganz und gar unlauschigen Ecke eines Cafés auf der Rüttenscheider Straße, wie ich Frau Jäger ausfindig machen konnte, ohne in den Blumenladen einzubrechen und das Auftragsbuch zu stehlen.

Das Geschäft befand sich fußläufig zu Christophs und Isabellas Villa, wenn man sich für einen Spaziergang nicht zu schade war oder keine Großbestellung unhandlicher Kränze schleppen musste. Ich versuchte, mich in die Logik meiner Schwägerin hineinzuversetzen. Isabella war jemand, der viel Wert auf Ästhetik legte. Hatte sie einmal die gewünschte Qualität gefunden, hielt sie lange daran fest. Seit Jahren pflegte sie eine zweiwöchige Samstagsbeziehung mit ihrem Stammfriseur, ihre Fingernägel wurden stets von derselben Designerin manikürt. Sie kaufte eine bestimmte Sorte Wein, den sie jedes Jahr zu Weihnachten anpries. Das familiengeführte traditionsreiche Weingut, das sie entdeckt hatte, lobte sie in höchsten Tönen. Isabella war jemand, der Empfehlungen weitergab, weil sie glaubte, das Leben ihrer Mitmenschen verbessern zu können. Ich konnte mir gut vorstellen, dass sie nicht müde wurde, ihre Nachbarn mit Tipps zu versorgen.

Natürlich waren das nur Mutmaßungen, Anhaltspunkte aus Puzzleteilen der letzten Jahre. Irgendwo musste ich anfangen. Nachdenklich tippte ich mir mit dem Löffel an die Lippe.

Ha! Das war's! Ich öffnete die Seite des digitalen Telefonbuches. Das gab es tatsächlich noch, unglaublich. Dort suchte ich nach Jägers und grenzte die Suche nach Privatpersonen ein. Dann suchte ich gezielt mit der

Umkreissuche in Isabellas Nachbarschaft. Zwei Treffer, Bingo. Edmund Jäger, Sanitärbetrieb seit 1967 und Rosalie Jäger. Das musste sie sein! Aufgeregt erstellte ich einen Screenshot, kippte den Kaffee runter und hinterließ einen Fünfer unter der Tasse.

Rosalie Jäger bewohnte eine reich geschmückte Stadtvilla am Ende der Straße auf der gegenüberliegenden Seite von Christophs und Isabellas Domizil. Die Villa funkelte im Schein der Lichterketten, prachtvoll kontrastierte sie zum wolkenverschleierten Nachthimmel. Immerhin, es regnete nicht mehr.

Zögernd betrachtete ich das schwere Schmiedetor, das dem Außenstehenden einen Blick auf die Einfahrt gewährte. Dann gab ich mir einen Ruck und klingelte. Einen Augenblick später beäugte ich mich selbst aus schräger Vogelperspektive im Nachtsichtmodus auf einem Display.

„Ja?"

„Ich möchte gern mit Frau Jäger sprechen. Mein Name ist Leonie Kolb."

„Kolb?"

„Mein Bruder und seine Frau sind Ihre Nachbarn", fügte ich hinzu, wobei ich mit dem Daumen hinter mich deutete.

„Ah. Natürlich. Einen Moment."

Im Haus angekommen bat mich Rosalie Jäger, die ungefähr in Isabellas Alter war, ins Wohnzimmer. Hier ging es ähnlich vorweihnachtlich zu wie bei meinem Bruder. Allerdings bewies Rosalie weniger Feingefühl für Details, wie mir schnell auffiel. Eine Lichterkette erstrahlte im warmen Weiß, eine andere in blassen

Orange. Natürlich waren das nur Kleinigkeiten, aber durch Isabellas Perfektionismus fiel mir der Unterschied sofort auf, obwohl die Lichterketten an unterschiedlichen Raumecken platziert waren.

„Möchten Sie etwas zu trinken?“, fragte Rosalie.

„Nein, danke. Ehrlich gesagt möchte ich gar nicht lange stören.“

Sie ließ sich auf einem weißen Ledersessel nieder und bedeutete mir, ebenfalls Platz zu nehmen. „Tun Sie nicht. Was verschafft mir die Ehre?“

Der Höflichkeit halber setzte ich mich auf das kühle Sofa. Dann erklärte ich mein Anliegen. „Nun, ich war vorhin in der Blumenmanufaktur, um eine Bestellung abzuholen. Anscheinend kam es heute zu einer Verwechslung, weshalb Ihnen Isabellas Bestellung ausgehändigt wurde.“

„So etwas aber auch.“

„Würden Sie mir die Gestecke bitte geben? Ihre Bestellung dürfte morgen oder übermorgen fertig sein.“

„Ich fürchte, das ist leider unmöglich“, sagte Rosalie, während sie geschickt Tee aus einer Porzellankanne in eine Tasse schenkte. „Wissen Sie, die Gestecke waren nicht für mich, sondern für meine Mutter. Ich habe sie ihr gleich heute vorbeigebracht. Sie hat sich sehr gefreut. Vor allem, weil sie noch schöner sind als in den Jahren zuvor.“

Ich atmete tief durch. „Meine Schwägerin hat mich gebeten, die Blumen heute abzuholen“, erklärte ich. „Sie ist aktuell sehr beschäftigt. Das Weihnachtsfest ist ihr sehr wichtig. Ich möchte sie ungern enttäuschen.“

„Dann nehmen Sie meine Bestellung“, schlug sie vor.

„Es ist nicht ihre Auswahl.“

Seelenruhig betrachtete sie mich über Tasse und Untertasse hinweg. „Das ist mir bewusst. Nur ich fürchte, wir können dieses Missgeschick nicht mehr rückgängig machen.“

So schnell wollte ich nicht aufgeben. „Vielleicht könnten Sie mit Ihrer Mutter reden, ob sie bereit wäre, die Kränze zu tauschen? Streng genommen sind es ja auch gar nicht die Richtigen.“

Sie senkte die Tasse. Ihre gesamte Haltung schrie: Ich will adelig sein, bin es aber nicht. „Das wissen Sie und ich, meine Mutter nicht. Sie hat sich sehr gefreut. Also nein, das werde ich nicht tun.“

„Aber ...“, setzte ich an.

„Und weil Sie wie ein netter Mensch wirken, der sich für seine Schwägerin ins Zeug legt, verrate ich Ihnen auch, warum ich das nicht tun werde.“ Sie legte eine dramatische Pause ein, bevor sie die Bombe platzen ließ. „Isabella Kolb ist ein Miststück. Sie hat es nicht anders verdient.“

Ich blinzelte. Für den Adel definitiv eine zu wenig hochgestochene Wortwahl.

„Damit haben Sie nicht gerechnet.“ Ein spöttischer Ausdruck huschte über ihre feinen Züge. Wer war nun das Miststück? „Sie haben richtig gehört. Ich kann Ihre Schwägerin nicht ausstehen. Sie hingegen, nun, ich frage mich, weshalb Sie sich für sie einsetzen. Jeder andere hätte die zweitbeste Bestellung genommen, schließlich ist es nicht Ihre Schuld und nicht Ihr Problem, sondern das der Blumenhändlerin. Sind Sie mit ihr befreundet?“

Ich stutzte. Innerhalb von Sekunden analysierte ich meine Optionen. Würde sie ihre Meinung ändern, wenn ich behauptete, mit der Händlerin befreundet zu sein? Wäre sie dann bereit, den Kram wieder abzuholen und zu tauschen? Wohl kaum. Nicht, nachdem sie erwähnt hatte, wie sehr sich ihre Mutter gefreut hatte. Ich entschied mich für die Wahrheit. „Ich war heute zum ersten Mal dort."

„Dann verstehe ich es wirklich nicht. Im Grunde ist es aber auch egal, da Sie nun einmal hier sind."

„Können Sie bitte noch einmal darüber nachdenken?" Ein letzter Versuch.

Rosalie nippte an ihrem Tee und dachte ernsthaft über meine Bitte nach. Dann schüttelte sie leicht den Kopf. „Meine Mutter ist schwer krank, vielleicht ist es das letzte Weihnachtsfest für sie. Ich möchte sie nicht enttäuschen. Tut mir leid, Sie werden Ihrer Schwägerin eine schlechte Botschaft überbringen müssen."

KAPITEL 6 – LICH-TERKETTEN UND LEUCHTGESINDEL

Lichterkette, die: Aneinanderreihung von Lichtern. Bevorzugter Einsatz in der dunklen Jahreszeit, aber auch in Sommermonaten, um deren Betrachter in festliche Stimmung zu versetzen. Form- und Farbvariationen beliebig, von weißer Eleganz hin zur kunterbunten Lichterorgie, die das Tragen einer Sonnenbrille erfordert.

„Leonie? Bist du das?"

Mit geschlossenen Augen blieb ich vor der Eingangstür der Kolbschen Villa stehen und atmete tief durch. Warum sollte ich auch das Glück haben, dass Matteo einfach an seiner Lichterkettenorgel weiterarbeitete, ohne mich zu bemerken?

„Ach, Matteo, hab dich gar nicht gesehen."

„Blendet ganz schön, was?" Er stieg von der Leiter und schlenderte auf mich zu. „Du bist spät dran. Soll ich dir beim Tragen helfen?"

Ich sah auf meine leeren Hände hinab. „Beim Tragen?"

„Der Kränze? Die sind bestimmt noch im Kofferraum", mutmaßte er.

„Oh. Tja, nein. Ich habe sie nicht bekommen. Es gab ein riesiges Missverständnis im Blumenladen." Ich berichtete in knappen Worten, was geschehen war, ließ dabei allerdings die abfällige Bemerkung Frau Jägers unter den Tisch fallen.

„Isabella wird's verstehen", erwiderte Matteo gelassen. Er lehnte lässig an die dichte Hecke gestützt, die bereits zur Hälfte mit der Lichterkette behangen war. Ich dachte, er hätte den Job längst erledigt. Langsam beschlich mich der Verdacht, dass Isabella einen niemals endenden Vorrat Weihnachtsgedöns besaß. In der Garage. Oder im Keller. Oh Gott, ein Weihnachtshorrorkeller. Mir stellten sich die Haare auf bei der Vorstellung.

Mühsam riss ich mich zusammen und kam auf das jüngste Problem zurück. „Darauf würde ich nicht wetten. Seit ich hier bin, ist es mir nicht ein einziges Mal gelungen, etwas zu ihrer Zufriedenheit zu erledigen", gestand ich ihm. „Selbst die einfachste Aufgabe wie Blumen abholen geht schief."

„Das ist nicht deine Schuld."

„Ändert das etwas am Ergebnis?"

Er schüttelte den Kopf. „Schätze nein. Soll ich mit reinkommen?"

„Um mich zu beschützen? Nein, danke, das schaff ich allein. Außerdem – hat sie dich nicht auf dem Kieker?"

„Wie kommst du drauf?", fragte er. „Sie ist meine Cousine, alles ist in Ordnung."

Schweigend sah ich ihn an, bis er schließlich seufzend einknickte. „Na gut, wem mache ich was vor? Isabella macht keine Luftsprünge über meine Anwesenheit. Sie denkt, ich wäre hier, um Ärger zu machen."

Ich lächelte zuckersüß. „Bist du hier, um Ärger zu machen?"

„Wo denkst du hin?" Er verschränkte die Arme vor der Brust. „Ich möchte mit euch Weihnachten feiern, das habe ich Isa auch schon gesagt. Egal, ob sie mir das glaubt. Letztes Jahr habe ich gemerkt, wie sehr mir die Familie fehlt und dieses Jahr, tja, da wollte ich mir das Fest nicht entgehen lassen." Matteo klang aufrichtig.

Dennoch kaufte ich ihm die Story nicht ab. „Warum hast du dich fast zwei Jahre nicht blicken lassen? Niemand wusste, wo du steckst. Du hättest wenigstens Isabella mal anrufen können." Oder mich, dachte ich angesäuert.

Matteo setzte zu einer Antwort an, in dem Moment öffnete sich mit einem lauten Quietschen das Tor zur Einfahrt.

„Das werde ich morgen ölen", sagte Matteo, den Blick auf den Audi geheftet, der im Schritttempo zur Garage fuhr.

„Du meinst, nachdem du mir geantwortet hast?"

„Wohl eher davor. Das Tor klingt schlimm", stellte er pragmatisch fest.

„Wie weit kommst du eigentlich mit deiner Strategie?", fragte ich ihn und fuhr ohne seine Antwort abzuwarten fort: „Weißt du, Matteo, die Wahrheit kommt immer raus."

„Das werden wir noch sehen." In seinen Augen entdeckte ich ein amüsiertes Funkeln. Für ihn war alles bloß ein Spiel.

„Findest du das witzig?" Wenn er so weiter machte, würde ich ihm die Lichterkette um die Ohren hauen.

„Schon, ein bisschen. Warum ist dir so wichtig zu wissen, wo ich war?"

„Das fragst du?!" Ich musste mich verhört haben.

„Guten Abend", sagte mein Bruder. „Gibt's ein Problem?"

„Nur wegen der Blumen", antwortete ich hastig. Fehlte noch, dass mein Bruder von Matteos und meinem Schlagabtausch erfuhr.

„Was ist mit denen?", wollte Christoph wissen. Unter seinem Arm klemmten Aktentasche und Mantel. Anscheinend war er direkt vom Büro nach Hause gefahren.

„Erzähl ich dir und Isabella gleich, dann muss ich die Geschichte nur ein weiteres Mal zum Besten geben."

Christoph besah mich mit hochgezogenen Augenbrauen und Ziehharmonikastirn. „Also schön."

Wir folgten ihm ins Haus.

Auf halber Strecke zur Küche, der Quelle des herrlichen Duftes, wandte ich mich Matteo zu. „Musst du nicht noch Tausende Glühbirnen prüfen und das Lichtergesindel im Garten verteilen?"

Irritiert sah er mich an. „Das was?"

Mein Bruder lachte. „Den könnten wir mal wieder schauen. Ich mag Chevy Chase in der Rolle. Herrlich. Allerdings hoffe ich sehr, dass du nicht so viele Lichterketten anbringen wirst, dass der Notstrom der Stadt eingeschaltet werden muss."

„Wovon redet ihr?“, fragte Matteo.

„Schöne Bescherung mit Chevy Chase, ein Klassiker aus den Neunzigern“, erklärte ich ihm. „Es ist – neben dem *Grinch* – der antiweihnachtlichste Weihnachtsfilm, den ich kenne.“

„Na ja, eigentlich ist es ein sehr klassischer Weihnachtsfilm“, sagte mein Bruder. „Clark will das beste Weihnachtsfest aller Zeiten ausrichten. Seine Absichten sind sehr nobel.“

„Es geht alles schief, was schief gehen kann“, warf ich ein.

„Was ihn auf skurrile Art realistisch macht“, argumentierte Christoph. „Hallo Liebling, es duftet fantastisch.“

Wir hatten die Küche erreicht. Isabella drehte sich mit einem strahlenden Lächeln zu Christoph um und gab ihm einen flüchtigen Kuss auf den Mund.

„Wie war die Arbeit?“, erkundigte sie sich.

„Viel zu tun“, antwortete Christoph. „Wie immer, das weißt du ja.“

„Du Armer.“

Himmel, dachte ich. Bitte, lasst mich aus diesem Albtraum erwachen und feststellen, dass es Samstagmorgen ist und die Welt und die Straße noch in Ordnung sind.

Matteo stupste mich an. „Süß, oder?“

Ich warf ihm einen giftigen Blick zu, woraufhin er leise lachend zum Spülbecken verschwand, um sich die Hände zu waschen. Ich beobachtete ihn und spürte das Vibrieren seines Lachens wie seichte Wellen in meiner Magengrube.

„Leonie, wo sind die Kränze?“

Ich schluckte und straffte die Schultern. „Also, es ist Folgendes passiert ...“

Während ich erzählte, wich jede Farbe aus Isabellas Gesicht und ihre Hände ballten sich zu Fäusten, die langen Fingernägel mussten schmerzhaft in die Handflächen drücken. Christoph hatte sich inzwischen seines Jacketts entledigt und mümmelte ein Plätzchen, während Matteo mit verschränkten Armen rücklings an der Küchentheke lehnte. Er starrte mich unablässig an, obwohl er die verdammte Geschichte bereits kannte. Warum verschwand er nicht einfach? Hatte die letzten zwei Jahre auch hervorragend funktioniert.

„Die Jäger hat also meine Kränze?“, fragte Isabella tonlos, nachdem ich geendet hatte.

„Ja. Also, nein, nicht mehr. Ihre schwerkranke Mutter hat sie. Sie meinte, sie hätte sich so darüber gefreut.“

„Ihre Mutter ist letztes Jahr gestorben, im Sommer“, antwortete Isabella in eiskaltem Ton. „Das Biest hat dich angelogen.“

„Oh“, murmelte ich kleinlaut. Scham erfüllte mich, weil ich ihr die Geschichte abgekauft hatte. Hätte ich nur auf mein Bauchgefühl gehört, das mir eindeutige Ziegenalarm-Signale geschickt hatte.

„Sie kann mich nicht leiden“, sagte Isabella. „Seit wir hierhergezogen sind, bin ich ihr ein Dorn im Auge. Würde mich nicht wundern, wenn sie das absichtlich eingefädelt hat.“

„Na ja, das kann ich nur schwer glauben. Dann müsste die Blumenverkäuferin involviert sein und die wiederum hatte mit der Ausgabe der Kränze nichts zu tun, weil sie zu dem Zeitpunkt gar nicht da war“, begann ich.

„Ach nein? Die Verkäuferin braucht nicht mit ihr unter einer Decke zu stecken. Es reicht ja, wenn Rosalie behauptet, die Kränze für mich abzuholen. Du hättest sie auch bekommen. Und warum auch nicht? Tja, du scheinst etwas zu vertrauensselig zu sein, Leonie.“ Sie faltete ein Backpergament, legte es in einer edlen Keksdose aus und stapelte akribisch Leckereien aufeinander. Auf mich sauer sein und aufräumen funktionierte also zeitgleich. Toll.

„Dass ich wegen ein paar blöden Kränzen belogen werde, war nun wirklich nicht absehbar!“

„Blöde Kränze, ja?“ Isabella hielt in der Bewegung inne und funkelte mich an. „Typisch diese Aussage von dir. Das sind nicht bloß Kränze. Jeder von ihnen greift traditionelle Weihnachtsbräuche auf, die wir in diesem Haus intensiv pflegen. Seit Jahren befasse ich mich mit dem Thema. Es hat lange gedauert, eine Blumenhändlerin zu finden, die meine Bestellungen genaustens umsetzt. Ich erwarte nicht, dass du das verstehst, Leonie, aber ich möchte, dass du das respektierst, solange du hier wohnst.“

„So, wie ich das sehe, respektiere ich dich und deinen Weihnachtswahnsinn sehr wohl, liebste Schwägerin. Die Einzige, die andere nicht akzeptiert, wie sie sind, bist du!“ Mit diesen Worten drehte ich mich um.

„Leonie! Wir sind noch nicht fertig.“

Ich verharrte einen Herzschlag und atmete tief durch, bevor ich mich ihr erneut zuwandte. „Doch, das sind wir. Darf ich dich freundlich daran erinnern, dass du nicht meine Mutter bist, Isabella? Ich muss mich nicht von dir anziehen oder maßregeln lassen und noch weniger muss ich mir von dir anhören, dass ich es verbockt habe, denn das stimmt einfach nicht! Ich wollte mich für eure Gastfreundschaft revanchieren und mich einbringen, allein deshalb war ich in dem Blumenladen. Dass die einer anderen Kundin deine Ware ausgeben, ist nicht meine Schuld. Trotzdem habe ich versucht, die Situation zu retten. Mit dem Ergebnis, dass ich unwissentlich zwischen die Fronten eines Nachbarschaftsklinschs geraten bin. Mir reicht's für heute, echt!" Vor Erregung rempelte ich mit der Schulter gegen den Türrahmen. „Verdammt!", entfuhr es mir.

„Lass sie", hörte ich meinen Bruder mit sanfter Bestimmtheit in meinem Rücken sagen, während ich mir die pochende Stelle am Oberarm rieb und Tränen der Wut wegblinzelte.

„Mi casa es tu casa, wie der Italiener immer meint", sagte Anna am anderen Ende der Leitung. Keinen Augenblick hatte ich es länger ohne sie ertragen. Während das Badewasser im Hintergrund einlief, hatte ich ihr mein Leid geklagt. „Du bist jederzeit willkommen."

„Das war spanisch, du Nase."

Sie lachte. „Hups. Na ja, die Aussage bleibt."

„Danke, ich will euch nicht zur Last fallen. Eure Bude ist ohnehin rappelvoll, da ist kein Platz für eine verkorkste Single-Lady."

„Du spinnst. Für deinen dürren Hintern ist immer noch ein Eckchen frei."

„Ich habe keinen dürren Hintern", entgegnete ich.

„Noch nicht. Wenn du dich weiter Isabellas köstlichen Plätzchen verwehrst, könnte es aber bald so weit sein. Was wohl Matteo davon hält?"

„Erstens: Ein Plätzchen hab ich direkt vom Blech genascht. Zweitens: Komm mir bloß nicht mit dem! Ich versuche seit gestern herauszubekommen, wo er gesteckt hat, aber er hüllt sich in Schweigen. Im Gegenteil! Er scheint es sogar witzig zu finden, dass ich nachfrage. Isabella dürfte mehr wissen, ich habe die beiden miteinander reden hören. Sie meinte, er solle sich etwas ausdenken, wenn er gefragt wird. Außerdem wird sie mir kein Wörtchen verraten, erst recht nicht nach dem Kranzdesaster mit ihrer Nachbarin. Wie überraschend: Die Nachbarin hasst Isabella.“

„Jetzt könnt ihr euch verschwestern. Du und – wie hieß sie gleich? ... Rosalie? Schöner Name.“

„Ja. Jäger. Rosalie Jäger. Ich komme mir vor wie in dieser amerikanischen Serie über die Hausfrauen und ihre Nachbarschaftsintrigen.“

„*Desperate Housewives*?“

„Genau die.“

„Du guckst zu viel Netflix“, sagte Anna.

„Absolut. Aber deswegen kann ich dich auch immer mit treffenden Vergleichen amüsieren. Hey, ich könnte in der Agentur campieren. Wir haben so einen kleinen Raum, den wir als Lager nutzen. Da passt ’ne Luftmatratze und ein Schlafsack rein und niemand würde etwas bemerken.“

„Du drehst durch.“

„Vermutlich hast du recht.“ Mit einem Seufzen ließ ich mich ins heiße Wasser sinken. „Außerdem gibt es dort keine Badewanne. Nicht mal ein Waschbecken, in das ich meinen Hintern versenken könnte.“

„Danke für dieses Bild!“, prustete Anna los. „Du, Süße, ich muss aufhören. Das Abendessen ist fertig. Halt mich auf dem Laufenden mit allem, ja? Insbesondere mit Matteo.“ Ich hörte ihr vielsagendes Augenbrauenwackeln durch die Leitung. „Ich will wissen, ob und wann da etwas zwischen euch läuft.“

„An dieser Stelle kann ich dir prophezeien: Da wird nichts laufen. Ich bin durch mit dem. Einmal die Finger zu verbrennen hat mir gereicht.“

„Ja ja“, erwiderte sie.

„Mein Mittelfinger grüßt dich.“

„Grüße zurück.“

„Tat gut mit dir zu quatschen“, sagte ich lachend.

„Dito.“

Ich tauchte mit dem Kopf unter und blieb dort einige Sekunden mit geschlossenen Augen, genoss die wohlige Wärme, die mich ummantelte wie eine liebevolle Umarmung, nach der ich mich in diesem Irrenhaus dringlichst sehnte. Lauschte dem Wasser und meinem gleichmäßigen kräftigen Herzschlag. Pock, pock, pock.

Das Klopfen wurde lauter, holte mich zurück an die Oberfläche.

„Leonie?“ Ein dumpfer Ruf drang durch die geschlossene Tür zu mir. Matteo. „Darf ich reinkommen?

„Ich bade gerade!“, rief ich. Schwungvoll stand ich auf und griff nach dem Handtuch. Schaumkroniges Wasser schwappte über den Rand der Wanne und bildete eine Lache am Wannenrand. Gerade als ich das Handtuch zugeknotet hatte, erschien Matteo im Türrahmen. „Was fällt dir ...“ Weiter kam ich nicht. Der Blick, mit dem er mich bedachte, ließ mich augenblicklich den Rest meiner Schimpftirade vergessen. Aus nassen Haarsträhnen entsprangen feine Rinnsale Wasser, das sich meinen Oberkörper hinab schlängelte, bis es vom

Frottee aufgesagt wurde. Mit tauben Fingern prüfte ich den Sitz des Handtuchknotens, denn so wie Matteo mich anstarrte, war ich mir nicht mehr sicher, ob nicht irgendwo ein Nippel keck aus seiner Umhüllung hervorblitzte. Aber nein, alles war eingepackt.

„Du starrst", flüsterte ich.

„Ich weiß", antwortete er kehlig.

Ich räusperte mich und stieg aus der Wanne, penibel darauf bedacht, nicht zu viel Haut zu zeigen. „Hat man dir keine Manieren beigebracht?"

„Doch, bestimmt." Er schloss die Augen, sein Adamsapfel hüpfte einmal, als er schluckte. Dann schaute er wieder auf, sichtlich gesammelter. „Entschuldige bitte. Ich warte im Wohnzimmer."

„Gut", sagte ich um Fassung ringend. „Bin gleich da."

Er ging vor und schloss die Tür hinter sich. Ich tauschte das Handtuch gegen einen plüschigen wadenlangen Bademantel, den ich absolut rutschsicher zuknotete. Die Haare trocknete ich rasch an und bürstete sie mir mit zittrigen Händen. Obwohl Matteo im Nebenraum war, spürte ich seine Präsenz. Instinktiv wusste ich, dass er weiterhin an mich dachte. Dass das Bild von mir sich auf seine Netzhaut gebrannt hatte. Genau wie sein Blick sich in meine. Falsche Richtung, ganz falsche Richtung. Wir mussten dringend auf eine sachliche Ebene zurück. Ich spritze mir kühles Wasser ins Gesicht, bevor ich ein letztes Mal tief durchatmete und ins Wohnzimmer ging.

Matteo lümmelte auf dem Sofa und wirkte so unbeteiligt, wie ich vorgab zu sein.

„Also, was willst du?", erkundigte ich mich milder, als meine Worte es vermuten ließen. Ich sank auf das gegenüberliegende Sofa. Ja, diese Einliegerwohnung – der Gästetrakt – verfügte über ein so riesiges Wohnzimmer, dass zwei Sofas gegenüber angeordnet waren. Ich hatte eindeutig den falschen Beruf gelernt.

„Isabella ist stinksauer", sagte Matteo. Er deutete auf eine Kanne Tee und ich winkte ab, woraufhin er ebenfalls auf eine Tasse verzichtete.

„Wäre mir fast nicht aufgefallen", entgegnete ich vor Sarkasmus triefend.

Er schmunzelte. „Sie ist nicht gewöhnt, dass ihr jemand Kontra gibt. Nicht auf diese Weise."

„Hat sie dich geschickt, um mir das auszurichten? Bist du nun der Isabella-Flüsterer? Soweit ich weiß, siehst du sie seltener als ich."

„Wir sind zusammen aufgewachsen." Das wusste ich längst. „Und nein, sie ahnt nicht, dass ich hier bin."

Ich runzelte die Stirn. „So?"

„Ich wollte dir einfach sagen, dass ich gut fand, wie du vorhin für dich eingestanden bist. Sie hatte nicht das Recht, wütend auf dich zu sein. Schließlich hast du versucht, die Sache zu retten. Für Isabellas Streit mit der Nachbarin kannst du nichts." Seine Worte schmeichelten mir. Vielleicht war ich sogar etwas stolz, auch wenn meine Aktion die Gesamtsituation verschlimmert hatte.

„Klingt fast wie ein Kleinkrieg."

Matteo winkte ab. „Das ist harmlos. Ein paar Zickereien."

„Hm."

„Jedenfalls, das war's schon." Er erhob sich.

„Dafür kommst du extra her? Das hättest du mir auch morgen früh sagen können." Als Matteo zur Seite blickte, wusste ich, da war noch mehr. Daher der Anflug vom gemeinsamen Teetrinken. „Sag schon."

Er seufzte.

„Matteo", warnte ich. „Ich habe keine Lust auf weitere Spielchen heute Abend."

„Also gut, schön, du hast recht. Da wäre noch etwas ..."

„Wusste ich's doch!"

„Aber nicht, was du denkst", erwiderte er hastig. Ich wusste nicht, was ich dachte. „Isa hat mich verdonnert, das Tafelsilber auf Hochglanz zu polieren. Ich hatte gehofft, du würdest mir Gesellschaft leisten. Ich poliere den Kram schon, keine Sorge. Du hast heute genug gearbeitet. Ich dachte nur, wir könnten ...", er rang nach den richtigen Worten, „... uns ein wenig unterhalten? Aber das war eine dumme Idee. Du hattest einen langen Tag und Ärger und siehst müde aus. Ich erledige das allein. Wird halb so schlimm." Seine Stimme überschlug sich beinahe und er wandte sich bereits zur Tür.

„Ich helfe dir", hörte ich mich zu unser beider Überraschung sagen.

Kapitel 7 – Wenn Cinderella das sähe

Ruhrpott, der: heute liebevoller Kosename für das Ruhrgebiet. Begriff geologischen Ursprungs, der auf den Kohleabbau und jenes Gefäß (=Pott) verweist, in dem die Kohle gelagert wurde. Kein existierendes Gefäß, in das man beispielsweise Erbsen oder Kartoffeln lagert.

Ich schielte zu Matteo hinüber, sog seinen Anblick regelrecht in mir auf. Hingebungsvoll polierte er mit einem winzigen Tuch, dessen Oberfläche auf merkwürdige Weise weder weich noch rau war, das kostbare Silber, das Isabella und Christoph zu ihrer Hochzeit geschenkt bekommen hatten. Erbstücke aus Italien.

Als er sich vorbeugte, um im schwachen Licht der Stehlampe seine Arbeit zu begutachten, fiel ihm eine Locke ins Gesicht, mechanisch strich er sie hinters Ohr. Ich folgte jeder seiner Bewegungen, selbst dem kleinsten Mikroimpuls.

„Für die Haarlänge wirst du nen Spruch kassieren", sagte ich.

„Und wenn schon." Er zuckte mit den Schultern.

„Ist dir egal, was die anderen denken?"

„Die meisten sind mir egal, ja. Nicht alle." Er sah von seinem Löffel auf und bedachte mich mit einem Blick, den ich nicht recht zu deuten wusste. Sein Gesicht lag im Dunkeln, weil er mit dem Rücken zur Stehlampe saß. Wir hatten auf das große Deckenlicht verzichtet. Insgesamt schrie die gesamte Szenerie mehr nach Kerzenlicht denn nach Festtagsbeleuchtung. Ab und an tanzten Lichtreflexionen vom Silber auf seiner Haut wie Sternschnuppen am Himmel. Sein Haar die Wolken.

Ich mochte diese Wolken, die Watte so sehr. Im schummrigen Licht wirkte es beinahe schwarz. An Weihnachten vor zwei Jahren war nachmittags die Sonne rausgekommen, was der weihnachtlichen Grundstimmung einen Dämpfer verpasst hatte. Aber ich erinnerte mich vor allem daran, wie das Sonnenlicht einen Schimmer in die Locken gepinselt hatte und ich wusste, sie waren tiefbraun, nicht schwarz. Ich erinnerte mich an alles. Rasch wandte ich mich wieder dem Löffel zu, an dem ich seit Minuten polierte. „Hat was von Cinderella, oder?", fragte ich. Schnell das Thema wechseln.

„Fragt sich nur, wer von uns beiden die Hauptrolle spielt", antwortete Matteo und grinste. „Ich nehme an, Isabella ist die böse Stiefmutter?" Vage deutete er auf den schweren Koffer mit den nicht enden wollenden Lagen Silberbesteck links zu uns. Wir hatten einiges vor.

„Natürlich, wer sonst?"

„So, wie du mich behandelst, seit ich hier bin, könntest du für die Rolle vorgesehen sein."

„Was?" Perplex ließ ich den Löffel sinken und starrte ihn an. Wie bitte? Ich, die Stiefmutter?

Matteo ließ den halb polierten Löffel sinken. „Komm schon, Leonie. Wenn wir im Märchenjargon bleiben, bist du die Eiskönigin."

Die Uhr im Hintergrund tickte laut. Eine Sekunde, zwei, drei. Dann schüttelte ich meine Versteinerung ab. „Ich weiß nicht, was du meinst", log ich, ohne rot zu werden. „Aber falls du darauf hinauswillst, dass ich mir redlich Mühe gebe, mich meinem Schicksal zu fügen und in Isabellas Winterwunderland einzufinden, ohne etwas kaputtzumachen, dann ja. Dann habe ich mich wohl in meiner Rolle eingefunden."

Er lachte leise und schüttelte den Kopf, als könne er nicht glauben, was er gehört hatte. Als wäre der Gedanke vollkommen absurd. „Bin ich so unerträglich?"

„Muss ich darauf antworten?"

„Ja."

„Ehrlich?"

„Wäre nett", sagte er.

Da war es wieder, dieses schelmische Grinsen.

„Ich will nicht nett sein", konterte ich. Seit meiner Ankunft war ich Isabellas Buhmann für alles, was schiefging. Dass Matteo nun unsere Rollen tauschte und ich die Böse sein sollte, traf mich hart. Ein einziger Satz aus seinem Mund genügte, um meine Schutzhülle zu durchbohren. Eh ich mich versah, war ich wieder auf 180. „Ich habe keinen Bock auf diesen Zirkus, auf das ganze Rumgehampel an Weihnachten, auf Heucheleien und Familienstreitereien. Warum sitzen wir einen ganzen Abend hier und polieren angelaufenes Silber, für das sich das gesamte Jahr niemand interessiert?

Das ist alles eine Riesenshow, Matteo. Und wofür? Genau! Nur damit die anderen denken, Isabella und Christoph führen ein perfektes Leben in einem perfekten Haus." Ich deutete vage um mich herum. „Sie machen uns allen etwas vor, hast du das nicht gecheckt?"

„Doch, aber ..."

Ich ließ ihn nicht zu Wort kommen. „Was wäre so schlimm daran, wenn jemand ein paar Flecken entdecken würde, ein paar Risse in ihrer Fassade? Was ist so schlimm daran, nicht perfekt zu sein? Einen Job zu haben, den man nicht liebt, aber mit dem man Geld zum Leben verdient. Oder Single zu sein. Oder zur Miete zu leben oder einen Freund zu haben, mit dem man ab und an in die Kiste hüpft? Warum kann niemand in dieser vermaledeiten Familie ein alternatives Lebensmodell akzeptieren?" Ich endete mit einem tiefen Seufzer. Schlagartig fehlte mir die Kraft für ein imposantes Ende meiner spontanen Rede. Ich legte den glänzenden Löffel zurück in den Besteckkasten, den ich wild geschrubbt hatte.

Matteo räusperte sich. „Das war sehr ehrlich?"

Die Unsicherheit in seiner Stimme ließ mich aufhorchen. Er rang mit einer Antwort, schien ein, zwei Ideen zu haben, die er wieder verwarf. Setzte immer wieder neu an.

Leise fragte ich. „Schlimm?"

„Nein, nein, überhaupt nicht. Mir war nur nicht klar, dass du eine Zynikerin bist. Woher kommt das?"

„War schon immer so", antwortete ich ausweichend. Unter keinen Umständen, wirklich unter absolut keinen Umständen, würde ich nun einen Seelenstriptease vor ihm hinlegen, nur damit er mich mitleidig angucken konnte. Ich hasste Weihnachten und dabei würde es bleiben. Ende. „Ich würde mich eher als Realistin bezeichnen."

„Weihnachten hat mehr zu bieten als Heucheleien."

„Nicht in diesem Haus."

Wir sahen einander an. Die Zeit stand still. Nichts in seinem Gesicht verriet, was in ihm vorging und seinen eigentümlichen Blick konnte ich nicht deuten. Was dachte er? Was ging in ihm vor? War ich ebenso undurchsichtig für ihn wie er für mich?

Bevor die Stille unangenehm werden oder ich zu sehr ins Glotzen geraten konnte, schnappte ich mir eine geschwärzte Gabel und widmete mich ihr mit voller Hingabe. Eine ganze Zeit arbeiteten wir, jeder verloren in seiner eigenen Gedankenwelt. Ich spürte seine Präsenz überdeutlich. Hörte ihn atmen, glaubte seinen Herzschlag zu spüren, der kräftig gegen seine Brust schlug und die Luft zum Vibrieren brachte. Natürlich war das Quatsch, aber das Gefühl seiner Nähe, diese Vertrautheit zwischen uns, die fühlte sich verdammt real an. Und mir schmeckte sie gar nicht.

„Du hast einen Freund?" Der Bann war gebrochen.

„Was?"

„Du hast einen Freund erwähnt, mit dem du ab und an Sex hast."

„Nein!" Hitze schoss mir in die Wangen.

„Nein was?" Matteo funkelte mich herausfordernd an.

„Das habe ich nicht gesagt. Es war nur ein Beispiel von vielen für einen Lebensstil, den Isabella verpönt. Bei ihr muss alles nach Schema F ablaufen: Verlieben, heiraten, Kinder kriegen, eine vorbildliche Ehe führen. Sie schmiert Christoph sogar seinen Toast morgens! Ich frage mich, wie sie das aushält."

„Jeden Morgen Toast zu schmieren?" Er zwinkerte, ich ging drüber weg.

„Diese Fassade aufrecht zu halten!"

„Du glaubst, sie spielt das nur?", fragte er ernsthaft überrascht.

„Schwer vorstellbar, dass sie glücklich ist."

„Nur, weil sie etwas angespannt ist? Das ist sie immer kurz vor Weihnachten. Auf mich macht sie einen ganz normalen Eindruck", erwiderte Matteo achselzuckend. „Du hast recht, bei ihr läuft alles, wie es soll. Eine Bilderbuchehe in einem Traumhaus. Da können wir beide wohl nicht mithalten."

Zum ersten Mal hörte ich eine Spur von Traurigkeit, die mich milder stimmte. „Muss ja auch nicht", lenkte ich ein, meinen Ausbruch bereits bereuend. „Möglich, dass ich mich gerade ein klitzekleines winziges bisschen aufgeregt habe, aber ich meinte das ernst: Jeder sollte sein Leben auf die Weise führen, die ihm gefällt, egal, was das Umfeld sagt", sagte ich. Matteo deutete bei winzig einen verschwindenden Abstand zwischen Daumen und Zeigefinger an. Die Geste entlockte mir ein Lächeln.

Schließlich fuhr ich fort: „Ich meine, wir leben in modernen Zeiten. Da darf eine Frau arbeiten und sich in ihrem Job wohl fühlen, sie darf Kinder bekommen – oder sich bewusst dagegen entscheiden. Man darf lieben, wen man will. Vielleicht nicht überall auf der Welt, aber hier schon. Wir sind insgesamt auf einem guten Weg zu erkennen, zu verstehen und zu akzeptieren, dass es nicht nur das eine patentierte Lebensmodell gibt, das zu allen passt."

„Klingt gut", meinte Matteo. „Vielleicht gibt es dann noch Hoffnung."

Mir lag auf der Zunge, zu fragen, wofür er Hoffnung brauchte, was ihn beschäftigte, woher plötzlich der Anflug von Melancholie kam.

Bevor ich mich dazu durchringen konnte, lachte Matteo leise. „Wenn nicht, muss ich ein ernstes Wörtchen mit dem Typen reden." Seine Stimmung wechselte schneller als die Lichterkette ihre Farbe im Blinkmodus.

Verwirrt blinzelte ich. „Welchen Typen?"

„Der, der dich flachlegt."

Perplex starrte ich ihn an und dann schoss mir eine Extraportion Hitze in die Wangen, wofür ich meinen verräterischen Körper hasste. „Das geht dich gar nichts an", zischte ich.

„Ach nein?" Er grinste frech.

„Nein, verdammt!" Schwungvoll fand die Gabel ihren Weg zurück in den Koffer, wo sie zitternd liegen blieb. „Niemanden geht an, mit wem ich was tue! Isabella nicht, meinen Bruder nicht und dich, Matteo Russo, am allerwenigsten!" Mittlerweile stand ich mit wild pochendem Herzen und heftig bebender Brust vor ihm. Wütend starrte ich auf ihn hinab. Kurz verspürte ich den Impuls, ihm sein süffisantes Lächeln aus dem Gesicht zu fegen. Meine Finger umklammerten die Stuhllehne und meine Brustmuskeln schmerzten vor unterdrückter Wut.

Seelenruhig und weiterhin mit diesem frechen, rotzigen, nervenaufreibenden Lächeln auf den Lippen schaute Matteo zu mir hoch. Ich fühlte mich wie ein spannendes Experiment, das er fasziniert beobachtete. Gleich würde ich die Lehne durchbrechen. „Endlich", murmelte er leise, „ist die Eiskönigin aufgetaut." Und dann sehr sanft: „Hallo, Leonie."

Da wurde mir klar, dass er mich mit voller Absicht provoziert hatte, ich war ihm in die Falle getappt. „Du …" Mir fiel kein originelles Schimpfwort ein, was mich noch wütender machte. Ich wollte cool und tough reagieren, wollte ihm zeigen, was für ein Vollpfosten er war. Stattdessen fauchte ich: „Kindskopf! Viel Spaß beim Polieren!"

Das Poliertuch traf ihn mitten im Gesicht. Überrascht wich er zurück und wäre beinahe gestürzt, weil der Stuhl ins Kippeln geriet. Im letzten Moment fand Matteo die Balance. Ich drehte mich nicht um. Auch nicht, als ich glaubte, er würde meinen Namen flüstern.

Wir wussten beide, weshalb ich ihm die kalte Schulter zeigte und falls er glaubte, er könnte mit mir flirten oder wer weiß was anstellen, irrte er sich gewaltig. Ein zweites Mal ließ ich mich nicht von ihm abservieren.

Kapitel 8 – Stille Grubenwasser sind tief

Grubenwasser, das: Wasser, das mit dem Tief- und Tagebau in Kontakt steht und durch die Wasserhaltung zutage gefördert wird. Ewigkeitsaufgabe im Ruhrgebiet, das ohne das Abpumpen und Ableiten des Grubenwassers zu fast einem Fünftel unter Wasser stünde, nachdem der Bergbau den Pott tieferlegte wie einen stylishen Opel.

„Wer oder was ist dir denn über die Leber gelaufen?", fragte Christoph, den ich auf dem Weg zu meiner Wohnung beinahe über den Haufen gerannt hätte. Im letzten Moment war er mir geschickt ausgewichen. Relikt seiner Zeit als Fechter.

„Ach, nichts."

„Interessant, wie dein Nichts aussieht, Schwester. Möchtest du drüber reden? Bist du noch wütend?"

„Nicht direkt. Eher frustriert. Er ist so ein verdammter Idiot, das ist alles." Als Christoph irritiert dreinsah, wurde mir klar, dass wir von unterschiedlichen Personen sprachen. „Oh, du meinst Isabella. Wegen der

Kranzgeschichte. Nein. Ja. Weiß nicht." Ich warf frustriert die Hände in die Höhe. Wurde das zur neuen Marotte, dass ich mich nicht mehr gescheit ausdrücken konnte? Tief ein- und ausatmen. Sammeln. Neuer Versuch. „Ich bin ein bisschen angefressen. Ich habe wirklich versucht, mich einzubringen und dieses blöde glitzernde Weihnachtsgemüse zu organisieren. Dafür, dass sie mit ihrer Nachbarin Streit hat, kann ich nichts."

„Das hast du vorhin auch gesagt – du hast recht, es ist nicht deine Schuld", erwiderte Christoph. Das ließ mich aufhorchen. „Isabella ist vor Weihnachten sehr gestresst. Sie gibt sich größte Mühe, uns allen ein wundervolles Fest zu bescheren. Rosalie ist nicht besonders gut auf Isabella zu sprechen."

„Ach was."

„Leonie", warnte Christoph.

„Tschuldige."

Er nickte bestätigend. „Die beiden waren mal ziemlich gut befreundet. Auch wir Männer. Das ist nun leider mit dem Streit der Frauen hinfällig."

„Aha? Meinte Isabelle nicht vorhin, die Jäger hätte sie von Anfang an auf dem Kieker gehabt?" Eine überraschende Wendung im Kranz-und-Mistel-Fall.

Christoph atmete geräuschvoll aus und für eine Millisekunde glaubte ich, den Ansatz eines Augenrollens zu erspähen, aber in der spärlichen Flurbeleuchtung blieb ein Restzweifel. Die gesamte Villa befand sich im Ruhemodus. „Das erzählt Isa, weil sie insgeheim immer gehofft hat, die beiden könnten ihre Freundschaft kitten." Plötzlich wirkte Christoph wie jemand, der sich an bessere Zeiten erinnerte. Zeiten, die nie mehr wiederkamen. „Es war diese besondere Art von Freundschaft, von der man glaubt, sie hält ein Leben lang. Rosalie war deine Anna. Als wir herzogen, haben Rosalie und Thomas uns mit offenen Armen willkommen geheißen, uns zu sich eingeladen, wir waren zusammen im Urlaub. Eigentlich hättest du sie von einigen Fotos wiedererkennen müssen.“

Ich kramte in meinem Gedächtnis und erinnerte mich vage an einige Urlaubsfotos, die Christoph mir vor zwei oder drei Jahren an Weihnachten von einer Safari in Afrika gezeigt hatte. Je mehr ich das Bild festhielt, desto klarer wurde es. Es war vor zwei Jahren gewesen. Das Jahr, in dem ich Matteo kennenlernte. Kein Wunder, dass sich mir andere Ereignisse eher ins Gedächtnis gebrannt hatten.

„Ihr wart in Kenia auf Safari. Die Fotos waren toll.“ Ich wünschte, ich hätte das Geld, die Zeit und die passende Begleitung für eine solche Reise.

Christoph lächelte matt. „Wie dem auch sei, im Moment sieht es nicht nach einer Versöhnung aus.“

„Hey, ihr Männer könntet euch heimlich in einer Kneipe treffen“, schlug ich vor, obwohl das Bild einer heimlichen Bromance zu meinem Bruder passte wie ein Döner an Heiligabend.

Er schien das ähnlich zu sehen. „Oder akzeptieren, dass die Abende zu viert der Vergangenheit angehören.“

„Was ist denn eigentlich passiert? Nach dem Traumurlaub, meine ich.“

Christoph wirkte ratlos. „So ganz kann ich mir keinen Reim drauf machen. Rosalie hat irgendwann angefangen, Isabella alles nachzumachen. Sie trug die gleiche Kleidung, schmückte ihr Haus wie unseres, kaufte im gleichen Blumenladen ein und fing an, italienische Gerichte zu kochen.“

„Klingt, als würde eine Freundin den Stil der anderen sehr schön finden und sich anpassen. Da ist nichts Verwerfliches dran“, meinte ich zögerlich. Noch immer versuchte ich, das Problem zu erfassen.

„Vom Grundsatz her liegst du richtig. Kritisch wird es, wenn die eine versucht, die andere zu übertrumpfen, was in dem Fall geschehen ist. Isabella ließ die Beete neu bepflanzen, Rosalie verschönerte gleich den gesamten Vorgarten. Ich kann schlecht wiedergeben, welche Dynamik das angenommen hat. Irgendwann hat sich die Situation zugespitzt, das war letztes Jahr so um die Zeit. Seitdem sind die beiden sich spinnefeind.“ Christoph zuckte die Schultern. Mittlerweile hatten wir uns in Bewegung gesetzt und waren auf dem Weg zu meiner Wohnung. „Du bist da unwissentlich zwischen die Fronten geraten. Hätte Isabella geahnt, was du vorhast, hätte sie dich abgehalten. Sie meint es nicht böse.“

Ich biss mir auf die Zunge, bevor mir erneut ein zynischer Kommentar entwischte. Mein Bruder liebte Isabella und bei all der schlechten Stimmung, die aktuell in diesem Haus herrschte, wollte ich ihn nicht gegen mich aufbringen, indem ich mein Unwohlsein allzu sehr raushängen ließ. Er schien nichts zu bemerken oder höflich drüber wegzugehen.

„Von welchem Idioten hast du gerade gesprochen?“, fragte er.

„Matteo. Er ist … grrr.“

„Grrr?“, imitierte mich mein Bruder.

Wir lachten. Für einen flüchtigen Wimpernschlag war jeder Zwist vergessen.

„Interessante Beschreibung.“

Schmunzelnd zuckte ich die Schultern.

„Weißt du noch früher, wie hieß er?“, fragte Christoph, die Hand an die Stirn reibend, als könnte die Bewegung das Hirn stimulieren und die Erinnerung zutage fördern. „Der Junge aus der Nachbarschaft, in den du dich verguckt hast. Viktor?“

„Valentin.“

„Genau der. Jedenfalls habe ich bei ihm das erste Mal dieses Geräusch gehört.“ Er bedachte mich mit einem durchdringenden Blick.

„Was willst du damit andeuten?“, fragte ich mit Unschuldsmiene.

„Ich gebe lediglich zu bedenken, dass Matteo scheinbar das Potenzial hat, dir dieses Geräusch zu entlocken.“

„Nur, weil mir gerade die Worte fehlen“, wich ich aus. „Er ist ein überheblicher Pinsel, der sich etwas auf sein gutes Aussehen einbildet. Anscheinend hat der Taugenichts irgendetwas ausgefressen. Welcher anständige Kerl verschwindet zwei Jahre von der Bildfläche, um kurz vor Weihnachten wieder aufzutauchen? Der will sich durch das Menü fressen und ein Geschenk abgreifen. Mach dir keine Sorgen um mich. Ich komme zurecht.“

„Dann ist es ja gut“, sagte mein Bruder immer noch mit Supermans Röntgenblick. Er hielt mir die Tür auf, ich huschte in mein Reich.

„Leonie?“

„Ja?“

„Du verliebst dich doch nicht etwa in ihn?“

„Quatsch“, sagte ich hastig, und dann: „Mach dir keine Sorgen.“

„Gut“, erwiderte mein Bruder erleichtert. „Gute Nacht, Leonie.“

„Gute Nacht, Christoph.“

Abends im Bett hielten mich die Ereignisse und Gespräche des Tages lange wach. Isabellas Nachbarschaftsstreit, der auf Neid fußte. Frauen konnten wirklich hässlich zueinander werden. Während ich die Laternenlichtschatten an der Decke anstarrte, versuchte ich mir vorzustellen, wie Anna und ich jemals an einen solchen Punkt kommen sollten. Es gelang mir nicht, und das erfüllte mich mit einem warmen Glücksgefühl, mit dem ich mich tiefer in die Bettdecke einrollte. War es naiv, sich zu wünschen, immer befreundet zu bleiben?

Wir waren beide zu chaotisch für ein durchgetaktetes Leben und grundverschieden mit Gemeinsamkeiten an den passenden Stellen.

Dann war da mein Bruder, der zwischen Marmeladentoast und zuckrig süßem Milchkaffee mehr von dem mitbekam, was sich unter seinem Dach abspielte, als ich ihm zugestanden hatte. Ob er wusste, weshalb Matteo zwei Jahre lang von der Bildfläche verschwunden war? Isabella definitiv. Ich könnte sie fragen, dachte ich schlaftrunken. Ach nein, dann würde sie mitbekommen, dass ich meine Lauschlappen zu sehr in ihre Angelegenheiten steckte. Ich musste vorsichtig

sein, wenn ich mir nicht noch mehr Ärger einheimsen
sollte.

Vorsichtig, sehr vorsichtig.

Verschwommene Schatten wiegten sich mit trägen
Gedanken.

Matteo Russo. Mit dem Sternenhimmel und dem süf-
fisanten Lächeln.

Quatsch, hatte ich gesagt. *Mach dir keine Sorgen.*

Wem machte ich etwas vor?

„Leonie, wie schön, dass du uns mit deiner Anwesenheit beehrst", begrüßte Isabella mich am nächsten Morgen in einem Tonfall, der das genaue Gegenteil aus-
sagte. Sie rührte mit einem Kochlöffel in der Pfanne,
und ich verspürte große Lust, ihr das Rührei in die
Haare zu kleben.

„Ich bin total spät dran", sagte ich den Seitenhieb ignorierend. Anna wäre stolz auf mich, bestimmt.

„Willst du etwas mitnehmen?", fragte mein Bruder. Er
hatte soeben den letzten Bissen seines Marmeladen-
toasts verspeist.

„Nein, danke." In welcher Welt schmeckte aufge-
wärmtes Rührei und labbriger Toast?

„Soll ich dich bei der Agentur rauslassen?"

„Das wiederum nehme ich gern an. Vorausgesetzt, du
fährst jetzt los."

„Na dann, Abmarsch." Christoph ging zu seiner Frau,
gab ihr einen Kuss und flüsterte ihr etwas ins Ohr, das
zu leise für meine Lauschlappen war. Da sie mich danach direkt ansah, konnte ich nur vermuten, dass es
um mich ging.

„Schönen Tag."

„Danke, dir auch", erwiderte ich.

Als wir fast zur Tür raus waren, sagte sie: „Macht nicht zu lang, wir haben noch ein paar Lichterketten heute vor uns! Matti ist gestern wegen des einsetzenden Regens nicht fertig geworden." Unter der Villa befand sich das geheime Lager des Weihnachtsmannes, jetzt war ich mir sicher.

Christoph und ich sahen einander an, verdrehten beide die Augen. Er mochte auf den Weihnachtskitsch stehen, aber die Erkenntnis, dass selbst meinem Bruder das Thema zu den Ohren rauskam, tat mir gut. Wir machten uns schleunigst von dannen, bevor Isabella unseren Frevel bemerkte.

„Hast du etwas wegen deiner Wohnung gehört?", erkundigte sich Christoph im dritten Zyklus an der roten Ampel. Vermutlich wäre ich mit der U-Bahn schneller gewesen, obwohl die Haltestelle zehn Minuten von der Kolbschen Villa entfernt lag.

„Nein, nichts. Ich gehe davon aus, dass wir erst nach Weihnachten erfahren, wie es weitergehen wird. Mein Nachbar hat eine WhatsApp-Gruppe gegründet, in der herrscht das Schweigen im Wald. Kommt mir fast so vor, als sei Weihnachten wichtiger als das riesige klaffende Loch mitten auf der Straße. Einer hat sogar ein Foto von der Deko bei seiner Familie gepostet, ist das zu fassen?"

„Die wenigsten sind diese Woche noch im Büro, die meisten sind in Weihnachtsstimmung. Darüber blenden sie das ein oder andere aus."

„Katastrophen passieren das gesamte Jahr über", erwiderte ich trocken. „Da muss es jemanden geben, der Notdienst hat."

„Bestimmt. Die Frage ist, ob euer Tagesbruch als Notfall eingestuft wurde. Schließlich ist niemand zu Schaden gekommen. Soweit mir bekannt ist, wurden keine Leitungen zerstört und das heißt, die Stadtwerke müssen ebenfalls nicht aktiv werden. Schätze, du hast Pech im Pech."

„Wenn du mir das so sagst, bin ich am Arsch", sagte ich seufzend.

Er lachte. „Meine Kernkompetenz liegt in anderen rechtlichen Bereichen."

„Anwalt ist Anwalt. Du hast mehr in irgendeinem Rechtsbereich vergessen, als ich jemals wissen werde. Wenn das deine Einschätzung ist, werde ich euch noch länger auf die Nerven fallen. Alternativ suche ich mir zeitnah etwas Neues. Kann nicht so schwer sein, eine bezahlbare Wohnung zu finden."

„Ich treffe mich heute Mittag mit einem Kollegen, der auf Baurecht spezialisiert ist. Vielleicht kann er anhand der vorliegenden Informationen eine Einschätzung geben. Du kannst außerdem versuchen, jemanden bei der Stadt zu erreichen. Die müssen dir als Anwohnerin und Betroffene eine Auskunft geben."

„Ich weiß nicht, ob ich das zeitlich schaffe. Wir haben viel im Büro zu tun und heute ist mein letzter Arbeitstag. Da ist dieses wirklich wichtige Projekt."

„Wenn du es so betonst, klingt es nach einem Umtrunk."

„Ausnahmsweise meine ich das ernst. Wenn ich das versaue, sieht's nicht gut für mich aus. Wie ernst die

Lage ist, kann ich nicht einschätzen, aber so viel hab ich geschnallt: Das muss ein Kracher werden.“

Christoph warf mir einen abwägenden Seitenblick zu. „Na schön. Ich gebe es Simone, die wird sich schlaumachen.“

„Deine Sekretärin?“

Er nickte. „Das hat sie schnell erledigt.“

Mit der nächsten Grünphase tuckerten wir über die Kreuzung. Vor uns staute sich die Karawane weiter, als ich sehen konnte.

„Ich bin schneller, wenn ich ab hier laufe“, entschied ich spontan, mit der Hand bereits am Türgriff, „dann kannst du hier direkt abbiegen zur Kanzlei. Danke fürs Mitnehmen! Bis heute Abend!“

Kapitel 9 – Im Punsch liegt die Wahrheit

Glühwein, der: beliebtes alkoholhaltiges Heißgetränk, das in Mitteleuropa traditionell in der Adventszeit, häufig auf Weihnachtsmärkten, getrunken wird. Mit diversen Gewürzen und Orangen gepimpter Wein, der dank seines hohen Zucker- und Alkoholgehalts hervorragend wärmt, die Wangen rötet und die Zunge lockert.

Es gibt Tage, an denen nichts Nennenswertes passiert. Man geht seinem Leben nach, überlebt die Arbeit, kauft ein, kocht etwas Leckeres, schaut eine Serie und schläft irgendwann vor der Mattscheibe ein.

Und dann gibt es Tage wie diesen. Tage, die so voll sind, dass man vergessen würde zu atmen, wenn die Evolution nicht schlauerweise einen Automatismus dafür eingerichtet hätte.

Kaum hatte ich die Agentur betreten, wurde ich mit Arbeit überhäuft, denn schließlich war heute mein letzter Arbeitstag vor dem Weihnachtsurlaub. Ich musste die Anmerkungen von Johanna einarbeiten, um das Projekt abzuschließen und dem Chef vorlegen. Ich schuftete auf Hochtouren, endete erst, als die Stille der verstummten Telefonate um mich herum ohrenbetäubend wurde. Nur der Drucker ackerte im Nebenraum an den Präsentationsmappen. Endlich fand ich die Zeit, den Rücken durchzustrecken. Bis auf einige wenige waren die meisten meiner Kollegen bereits in den Feierabend gegangen; es war fast neunzehn Uhr. Ich räumte meinen Schreibtisch auf, prüfte alle Mappen auf Inhalt und Optik, und genoss für einen Moment den Stolz der getanen Arbeit. Das war mein bisher größtes Projekt. Mit dem Resultat auf dem Arm durchquerte ich das Büro, um meinem Chef die Ergebnisse vorzulegen. Gern hätte ich ihm ein paar Punkte näher erläutert, aber sein letzter Termin hatte auswärts stattgefunden, weshalb ich die Mappen auf seinem Schreibtisch platzierte. Dabei fiel mein Blick auf eine Mappe, aus der einige Blätter hervorlugten. Normalerweise hätte mich das null die Bohne interessiert, aber das war doch mein Passfoto, oder? Jedenfalls das obere Ende davon – diese schreckliche Frisur, die ich vor einigen Monaten noch in der festen Überzeugung, sie wäre der absolute Hit, getragen hatte – war auf ein Foto gebannt worden. Zögernd sah ich mich um und lauschte in den Gang hinaus. Niemand weit und breit. Dann huschte ich um den Schreibtisch herum und bevor ich mein Handeln erneut überdenken konnte, hielt ich die Mappe schon in der Hand.

Ja, das war mein Lebenslauf aus der Bewerbungsmappe. Was machte er auf dem Schreibtisch des Chefs? Mit klammen Fingern blätterte ich weiter, entdeckte mehr Lebensläufe, teils mit handschriftlichen Notizen versehen, als hätte sich jemand Gedanken zu jeder einzelnen Person gemacht. Schließlich fand ich den Grund heraus: einen Sozialplan.

Wie betäubt betrachtete ich das Dokument. Okay, nein, es war kein Sozialplan, aber die Vorstufe davon. Eine Liste mit den Namen und Daten aller Mitarbeiter, deren Firmenzugehörigkeit und so weiter und so fort. Zweifelsohne, die wollten mich kündigen. Oder zumindest ging es der Werbeagentur tatsächlich schlecht genug, um zu überlegen, wen sie als Erstes entlassen konnten. Ich befand mich noch in der Probezeit. Damit wäre ich die Erste, die gehen würde, egal wie denen meine Arbeit gefiel. Ein leiser Fluch entglitt mir, die Gedanken wirbelten als unstrukturierte Fetzen durch mich hindurch.

Erst der Tagesbruch, dann der Job. Jamal. Matteo. Konnte mein Leben noch chaotischer werden?

Bevor ich in Selbstmitleid ertrinken konnte, hörte ich durch das Rauschen in meinen Ohren hindurch Stimmen im Foyer. Jemand erkundigte sich nach mir. Ich erkannte seine Stimme sofort: Matteo. Adrenalin britzelte durch meine Adern. Atemlos lauschte ich, wartete darauf, Schritte zu hören, die sich unaufhaltsam näherten und mich auf frischer Tat ertappten wie ich – ja, Moment mal! Rasch schob ich mit klammen Fingern die Blätter wieder zusammen und legte die Kladde dorthin, wo ich sie gefunden hatte. Sogar meinen Lebenslauf zog ich wieder etwas heraus, damit die Situation möglichst authentisch nachgestellt war. Dann huschte ich um den Schreibtisch herum und platzierte die Ausarbeitungen des Projekts auf der anderen Seite.

Aus großer Entfernung hörte ich Franziskas nervtötendes Lachen. Sie musste Matteo in dumpfen Small Talk verwickelt haben. Mein Glück. Sie hatten nichts von meinem Ausflug ins Chefbüro bemerkt.

Innerhalb weniger Sekunden hatte ich die Etage durchquert. Franziska strahlte Matteo an, der sie wiederum, kaum hatte ich das Foyer betreten, nicht weiter beachtete. Er heftete seinen Blick auf mich, ein zaghaftes Lächeln umspielte seine Mundwinkel. Ich strich mir eine Strähne hinters Ohr und hoffte, mein Erscheinungsbild wäre souveräner, als ich mich innerlich fühlte. Noch immer rauschte das Blut durch meine Adern.

„Was machst du denn hier?", fragte ich, nachdem ich mich zusammengerissen hatte. Wenn ich mich nicht selbst verriet, wäre alles im grünen Bereich.

Für einen Wimpernschlag glaubte ich zu sehen, wie sich seine Miene verdunkelte, doch dann trug er sein Anliegen vor und ich verwarf den Gedanken. „Mir war nach Weihnachtsmarkt und da dachte ich, frag ich dich, ob du mich begleitest. Heute Abend ist es trocken. Kalt genug für einen Glühwein ist es auch. Ich war noch nie hier auf dem Weihnachtsmarkt, du könntest ihn mir zeigen. Außerdem ..." Matteos Blick huschte zu Franziska, die regelrecht an seinen Lippen hing. Er ignorierte sie, kam einen Schritt auf mich zu. „... wollte ich mich für gestern Abend entschuldigen."

Einen Moment lang dachte ich über unser Gespräch beim Polieren nach. „Du hättest mich einfach fragen können, wie es mir geht."

„Hätte ich eine ehrliche Antwort bekommen?"

„Möglicherweise nicht", gestand ich. Ich betrachtete Matteo, wie er dort stand, mit abstehender Mähne, die Mütze in der Hand, der dicke Parka geöffnet, um im warmen Gebäude etwas Luft hineinzulassen. Die Luft flimmerte um ihn herum, so überhitzt war er.

Ich hasste Weihnachtsmärkte. Überteuerte Billigware aus China, schlechter, heiß aufgekochter Fusel ohne echte Gewürze, ölige und triefende Bratwurst. Besonders die in fettiger Knoblauchsoße ertränkten Pilze waren mir ein Graus.

Andererseits, ein Weihnachtsmarktbesuch böte eine hervorragende Gelegenheit, sich vor den Lichterkettenverpflichtungen in Isabellas Palast zu drücken und gleichzeitig Matteo auf den Zahn zu fühlen. Ein oder zwei Becherchen Glühwein würden seine Zunge bestimmt lockern.

„Einverstanden", sagte ich nach reiflicher Überlegung. Dann fügte ich hinzu, als wäre das überhaupt erst meine Idee gewesen: „Ich wollte sowieso gerade Feierabend machen. Ich hole nur eben meine Tasche."

Matteo wirkte überrascht und hocherfreut. Sein Gesicht strahlte. Wäre er gestern Abend nicht so ein Hornochse gewesen, hätte mich das schlechte Gewissen wegen des soeben geschmiedeten Plans geplagt.

„Ich warte draußen."

Als er zur Tür raus war, fragte Franziska, die sich keinen Zentimeter bewegt hatte, mit atemloser Stimme: „Wer war das denn?"

„Der Cousin meiner Schwägerin."

„Läuft da was?"

„Nein."

„Gibst du mir seine Nummer?", fragte sie mich direkt.

„So etwas von nein!"

Mit einem mühsam verkniffenen Lachen überließ ich Franziska und die Agentur ihrem Schicksal.

„Ich habe mich erfolgreich seit Jahren vor einem Besuch gedrückt", erklärte ich Matteo. Wir schlenderten die beleuchtete Rüttenscheider Straße entlang, die mit Ausnahme einer Kurve schnurgerade in die Innenstadt führte. Er hatte mir den Arm angeboten und aus einer Laune heraus hatte ich mich bei ihm eingehakt. Unsere Mäntel raschelten bei jedem Schritt und jedes Mal, wenn uns jemand entgegenkam, drückten wir uns aneinander. Dank aufwendiger Beleuchtung glänzte die Einkaufsstraße und lud jene, die empfänglicher für den Weihnachtszauber waren als ich, ein, nach einem ausgiebigen Bummel in den Cafés und Restaurants zu verweilen. In wenigen Stunden würde man nirgends mehr einen Platz ohne Reservierung und ohne Wartezeit ergattern.

Matteo störte sich nicht an meinen mangelnden Touriguide-Qualitäten. „Macht nichts, dann haben wir beide etwas zu entdecken. Hast du auch Hunger?"

„Und wie!" Aufs Stichwort knurrten unsere Mägen.

Wir entschieden uns für ungarische Langos. Mit den frittierten Fladenbroten, welche die Verkäuferin großzügig mit Knoblauchcreme und extra viel Käse belegt hatte, stellten wir uns an einen Stehtisch am Rande des Kennedyplatzes.

„Schön, dieses Lichternetz", meinte Matteo mit in den Nacken gelegtem Kopf. Wieder lag dieser Glanz in seinen Augen, wieder wurde mir bewusst, wie sehr er auf diesen Weihnachtskram stand. „Das müssen Hunderte, wenn nicht Tausende Lichter sein. Meinst du, das bekommen wir bis Samstag rekonstruiert?" Mit in die Luft gepickten Fingertippern zählte er bereits die Reihen ab. „... einundzwanzig, zweiundzwanzig ..."

Wie ein angeschossenes Rentier starrte ich ihn an. Für einen Moment hatte er mich, dann musste er laut lachen. „Kleiner Scherz, bin heute mit den Lichterketten fertig geworden. Isa ist sehr zufrieden mit meiner Arbeit, weshalb sie mich heute Abend frühzeitig entlassen hat."

„Du Glückspilz."

Er zuckte die Schultern und biss ins Langos. „Weißt du", nuschelte er mit halb vollem Mund. „Ich bin froh, wenn ich etwas zu tun habe. Wenn alle um mich herum betriebsam sind, will ich mich einbringen."

„Nachvollziehbar. Offen gesagt, mich stört nicht, dass ich helfen soll. Es ist nur die Art, wie sie einem die Sachen aufbrummt. Herrisch. Außerdem habe ich ständig das Gefühl, etwas falsch zu machen." Ich testete das glühend heiße Langos mit der Zungenspitze und entschied, es abkühlen zu lassen. Matteo hingegen mampfte zufrieden.

„Da musst du darüberstehen."

„War sie schon immer so?", fragte ich und biss nun doch in mein glühendes Essen. Einerseits missfiel mir, wie viel Raum Isabella in jüngster Zeit in meinem Leben einnahm, andererseits lenkte es verdammt gut von meinem eigenen Kram ab. Besser über Isabella und ihren Weihnachtswahn zu reden, als über das, was zwischen Matteo und mir gewesen war oder über heimliche Blicke beim Silberpolieren oder ungeküsste Küsse unter Mistelzweigen zu grübeln.

„Hm. Früher war sie entspannter. Als Kinder haben wir jede Menge Blödsinn gemacht. Wir waren ständig draußen und obwohl unsere Mütter eine sehr deutliche Vorstellung davon hatten, wann wir wieder zu Hause sein sollten, blieben wir oft länger weg. Mit den Nachbarskindern haben wir unsere eigene Welt erschaffen, in der wir tagelang verloren gingen. Als ich acht und Isabella zwölf war, sind wir nach Deutschland gezogen. Isabella war mitten in der Pubertät. Italien zu verlassen hat sie schwer getroffen."

Jemand quetschte sich ungefragt zwischen uns, schob mich beinahe weg, um sich Servietten vom Stapel zu klauben. An anderen Abenden hätte ich ihm die Leviten gelesen. Aber jetzt wollte ich mich auf unser Gespräch konzentrieren, weshalb ich dem Typen bloß einen bösen Blick zuwarf. Den bekam er nicht mehr mit, weil er sich längst abgewandt hatte.

Matteo quittierte den Zwischenfall mit einem Schulterzucken und einem Augenrollen.

„Einer der Gründe, weshalb mir Weihnachtsmärkte ein Graus sind. Es ist einfach zu voll", erklärte ich ihm.

„Stell dir das alles hier alleine vor – würde nicht etwas fehlen?" Er deutete mit einer ausschweifenden Bewegung um uns herum und hätte beinahe einer vorbeieilenden Frau sein Langos in die Haare geschmiert. „Hoppla – sorry!"

Wir prusteten im selben Augenblick. Ich versuchte, mir einen menschenleeren Markt vorzustellen. Matteo hatte recht. Die Stimmung wäre eine andere. Weniger romantisch, trotz Zweisamkeit. Die Anonymität der Masse hatte ihren eigenen Reiz.

Bevor ich den Faden endgültig verlor, kam ich zurück auf Matteos und Isabellas Lebensgeschichte. „Wie bist du mit der neuen Situation zurechtgekommen?" Wir hatten nie über seinen Umzug nach Deutschland gesprochen. Über Italien, die Liebe zu seiner Heimat, ja, aber nicht, was es bedeutete, in einem anderen Land zu leben. Neu anzufangen.

„Größtenteils gut. Ich hatte Glück. In meiner Schulklasse fand ich rasch zwei Freunde, die mich unter ihre Fittiche genommen haben. Ich lernte schnell und hatte keine Berührungsängste. Vielleicht war ich zu jung, um mir darüber Gedanken zu machen, dass es schief gehen könnte. Oder ich hatte einfach Glück – schwer zu sagen nach all den Jahren." Er gestikulierte gelassen. „Am Ende sind wir beide unseren Weg gegangen."

„Ich kann mir das nicht vorstellen, wie es ist, in einem anderen Land zu leben. Dauerhaft, meine ich. Für ein paar Wochen schon. Mir tropft aus jeder Pore das Ruhrgebiet. Ich habe bisher nicht einmal in einer anderen Stadt gewohnt."

„Ist nicht schlimm, seinen Wurzeln nah zu sein." Ein wehmütiger Ausdruck schlich sich auf sein hübsches Gesicht, verschwand aber sogleich wieder. Stattdessen widmete er sich dem finalen Bissen seines Essens.

Auch ich knabberte weiter – köstlich! Cremig, würzig, fettig. Alles Gute und Schlechte auf einem Pappteller vereint. „Manchmal ist es langweilig", gestand ich ihm.

„Dich langweilt dein Leben?" Da war es wieder, dieses verschmitzte Grinsen, ein unausgesprochenes Angebot, das in ihm lag: Ich kenne etwas gegen Langeweile.

Bei Matteo musste ich immer aufpassen. „So meinte ich das nicht. Ich habe genug Action. Mir reicht schon die Sache mit der Wohnung, und vermutlich werde ich bald meinen Job los sein. Das sind genug Baustellen für den Moment."

„Sie kündigen dir?", fragte Matteo sichtlich erschüttert.

„Möglicherweise. Keine Ahnung, ob es schon beschlossene Sache ist. Werde ich dann im neuen Jahr sehen. Die Agentur könnte besser laufen, alles hängt von einem fetten Auftrag ab. Kurz bevor du mich abgeholt hast, wurde mir klar, wie sehr alles auf der Kippe steht."

Wir aßen das frittierte Weihnachtsglück auf.

„Kein schöner Start." Matteo sammelte die leeren Pappteller und Servietten zusammen, um sie im einige Meter entfernten Müllereimer zu entsorgen.

„Stimmt", sagte ich, als er zurück war. „Schätze, das muss ich nun akzeptieren. Nachtisch?" Ich deutete auf den zweistöckigen Glühweinstand gegenüber, den fröhliches Gelächter wie eine Dunstwolke umhüllte. Von der Balustrade blickte ein riesiger Elchkopf auf uns hinab, der in Dauerschleife Besucher auf einen Umtrunk einlud.

„Der Elch spricht wirklich, oder?", fragte Matteo.

„Nein", antwortete ich bierernst. „Das bildest du dir ein. Aber ein Glühwein dürfte das Problem beheben."

„Haha."

Wir stellten uns an, erhielten umgehend zwei Becher und suchten uns einen Platz außerhalb der Reichweite des irren Elches. Vorsichtig nippte ich am knallheißen Glühwein, der herrlich fruchtig-würzig roch. Erneut musste ich zugeben, dass mir heute alles besser schmeckte, als ich es in Erinnerung hatte. Erst das knusprige Langos, jetzt der Wein. Gedankenverloren betrachtete ich die Menschen um uns herum, allesamt in bester Laune, mit ihren Partnern, Freunden und Familien unterwegs. Unter dem Lichtermeer schlenderten sie von Stand zu Stand, erwarben Handarbeiten – nicht nur Billigschrott! – und sammelten Erinnerungen. Auch Matteo und ich schufen uns einen gemeinsamen Moment, auf den wir zurückblicken würden. Ich wusste jetzt schon, dass ich mich später zum ersten Mal positiv an einen Weihnachtsmarktbesuch erinnern würde. Dieses Mal bliebe kein sinnloses überteuertes Glühweinbesäufnis oder Durch-die-engen-Korridore-Gequetsche zurück. Die Jacke würde nicht nach Frittierfett und Kippenqualm stinken. Sie würde nach Langos und fruchtigem Glühwein duften.

„Schön hier", murmelte ich, beide Hände um die Tasse geschlossen, die Lippen am Tassenrand.

„Find ich auch."

Matteo schenkte mir ein Lächeln, das mich mehr wärmte als der Glühwein. Ich mochte seine Gegenwart. Zwei Seelen in einem Strom fremder Menschen. Ich mochte den Moment, das Gefühl von Vertrautheit und die Blicke, die wir austauschen. Als würden wir einander seit Jahren kennen statt bloß wenige Tagen verteilt auf zwei lange Jahre.

Nur unsere Vergangenheit, die mochte ich nicht. Es könnte so schön sein, dachte ich wehmütig. Wenn ich nur wüsste, weshalb er vor zwei Jahren sang- und klanglos verschwunden war.

Ich betrachtete ihn von der Seite, den gut aussehenden Mann mit den langen schwarzen Wimpern, die seine dunklen Augen umrahmten. Die tiefen Schatten unter seinen Augen hatte er weggeschlafen. Er sah frischer aus, lebendiger. Eine Strähne lugte keck unter seiner Strickmütze hervor und es juckte mich in der Hand, sie ihm unter die Mütze zu schieben.

Da erkannte ich, dass ich zwei Möglichkeiten hatte: Entweder ich würde so lange weiterbohren, bis ich möglicherweise die Wahrheit erfuhr. Oder ich ließ die Vergangenheit ruhen, um das Hier und Jetzt zu genießen. Spielte es noch eine Rolle, weshalb er gegangen war? Jetzt war er hier. Matteo war nicht der erste Mann, mit dem ich flirtete und im Bett gelandet war, ohne dass daraus die große Liebe entsprungen wäre. Die Freundschaft mit gewissen Vorzügen mit Jamal war der beste Beweis dafür. Es konnte funktionieren, wir könnten eine gute Zeit miteinander haben, wenn wir es beide wollten. Matteo suchte eindeutig meine Nähe.

Ich wünschte, Anna wäre hier. Uns zusammen zu sehen, gäbe ihr die Gelegenheit, die Gesamtsituation einzuschätzen. Jetzt blieb mir nur zu erahnen, was sie mir raten würde. Vermutlich, dass ich in mich hineinhorchen und meinem Bauchgefühl vertrauen sollte. Das Problem war nur: Die Intuition dümpelte gerade in einer fettigen Glühweinschicht durch meinen schweren Magen.

„Hast du Lust, über den Markt zu schlendern?", fragte Matteo. „Oder Karussell zu fahren?", schlug er vor. Am Ende des Budenkorridors galoppierten die Pferde auf und ab, ohne das Feuerwehrauto und die Polizei vor ihnen je einzuholen.

„Ich glaube, fürs Karussell ist mein Magen gerade nicht fit genug, aber bummeln klingt nach einer guten

Idee. Meinst du, wir finden eine Kleinigkeit für Christoph und Isabella zu Weihnachten?" Plötzlich war mir danach, ihnen etwas zu schenken.

„Na klar! Das ist eine tolle Idee!" Er kippte den letzten Schluck Glühwein runter und brachte die leeren Tassen zur Pfandrückgabe, wobei er einem schwankenden Mann gekonnt auswich.

Dieses Mal war ich diejenige, die sich bei ihm unterhakte.

„Schwebt dir etwas Bestimmtes vor?", fragte Matteo.

„Nicht wirklich. Ich hoffe auf Inspiration und spontane Eingebung. Hier sind über zweihundert Stände, da lässt sich bestimmt etwas Nettes finden. Ich meine gelesen zu haben, dass viele seit Jahrzehnten immer den gleichen Platz haben. Die können keinen Schrott verkaufen, sonst könnten die sich die teuren Mieten nicht leisten."

Wir folgten dem mittleren von vielen Gängen, die gleichmäßig angeordnet waren. Matteo fragte mich, ob der Kennedyplatz regulär für einen Wochenmarkt genutzt würde, was ich verneinte. „Früher vielleicht mal, da bin ich mir nicht sicher. Seit ein paar Jahren ist es mehr eine Eventfläche für Stadtfeste wie *Essen Original*. Im Sommer ist hier ein Strandcafé und im Januar kann man Eisstock spielen und Schlittschuhlaufen."

„Klingt nett", meinte er. „Ist bestimmt schön hier im Sommer."

„Kommt auf die Temperaturen an. Wenn's zu heiß ist, grillt man zwischen den hohen Häusern. Da würde ich eher am See einen Cocktail schlürfen als auf diesem Platz." Ich deutete auf die Gebäude um uns herum. Der

Weihnachtsmarkt ruhte wie in einem Tal zu ihren Füßen.

Kurz irritierte mich, dass Matteo so wenig über Essen wusste, schließlich wohnte seine Cousine hier. Dann fiel mir wieder ein, dass die beiden von Italien nach Köln gezogen waren und Christoph Isabella dort über den Weg gelaufen war. Matteo war nur wenige Male bisher zu Besuch gewesen, das hatte er mir bei unserem Kennenlernen erzählt. Ehe ich mich versah, hing ich wieder in der Vergangenheit fest. „Weißt du noch, Weihnachten vor zwei Jahren? Du kamst zu spät zum Essen und der einzige freie Platz war neben mir", sagte ich mit gelockerter Zunge.

Er schnaubte. „Du hast wie jemand ausgesehen, der einen wirklich schlechten Tag hat."

„Hatte ich ja auch."

„Bis ich kam."

Mein Herz stolperte, und ich schloss für eine Sekunde die Augen, um mich zu fangen. „Neben dir war die Feier ein bisschen erträglicher", gestand ich mit belegter Stimme.

Er sah zu mir rüber, lächelte zaghaft. Für einen Moment hielten wir einander mit unseren Blicken fest. Dann räusperte ich mich und zog ihn mit mir. „Schau mal, die Bonsais dort. Wäre das was?"

Wir fachsimpelten mit dem Verkäufer über die aufwendige Pflege der kleinen Bäumchen, über den Standort, die Baumart, über Schnitt und darüber, wie viel Ruhm und Ehre ein einzelnes Gewächs bei besonderen Ausstellungen erzielen konnte. Am Ende waren wir schlauer und entschieden, die Idee sacken zu lassen. Es fiel mir leicht, mir einen filigranen Minibaum mit hohen Ansprüchen in Isabellas Obhut vorzustellen. Das Ding würde verwöhnt werden und stets den besten Schnitt erhalten. Ohne Frage, er würde prächtig gedeihen.

„Oh, gebrannte Mandeln! Möchtest du auch welche?“, fragte Matteo mit der Begeisterung eines Kindes, das sich das gesamte Jahr auf zuckerummantelte glasierte Nüsse gefreut hatte.

„Liebend gern“, erwiderte ich lachend.

Schon bahnte er sich einen Weg durchs dichter werdende Getümmel. Ich sah ihm nach und stellte zum wiederholten Mal fest, wie schön der Abend war. Kopfschüttelnd wandte ich mich dem Nachbarstand zu, an dem handgefertigter Silberschmuck funkelte – und entdeckte Jamal.

Zweifelsohne, er war es.

Im Affekt trat ich den Rückzug an, hoffte, er hätte mich nicht entdeckt.

„Leonie?“, fragte Jamal, der sich in dem Moment umgedreht haben musste. Oh fuck.

Ich wandte mich ihm zu. Die kleine Bewegung fühlte sich an, als wäre ich vierundzwanzig Stunden bei höchster Geschwindigkeit auf dem Karussell gefahren. Mir war schrecklich übel. „Jamal, hey.“ Meine Stimme klang hölzern. „Was machst du denn hier?“ Was für eine blöde Frage, Leonie, echt. Was tut man wohl auf einem Weihnachtsmarkt?

„Dasselbe könnte ich dich fragen. Du bist der letzte Mensch, mit dem ich auf einem Weihnachtsmarkt rechne. Ist dir das nicht zu kitschig? Ich bummle etwas.“ Seiner Stimme fehlte jede Regung. In der Hand hielt er eine Kette, an der ein blutroter Stein in einer schlichten, ovalen Fassung hing. Jamal bewies guten Geschmack. „Ehrlich gesagt hatte ich gehofft, du würdest dich melden."

Ich schluckte den Anflug von schlechtem Gewissen herunter. „Tut mir wirklich leid, es kam immer etwas dazwischen. Meine Schwägerin, Isabella, spannt mich ziemlich ein."

„Das sehe ich", meinte er trocken.

„Heute Abend ist eine Ausnahme, das war sehr spontan. Heute früh hatte ich noch keine Ahnung, dass ich mich vom Weihnachtsmarktduft einlullen lassen würde", erwiderte ich mit größtmöglicher Lockerheit. Er trieb mich in die Enge und ich hasste es, wie sehr meine Worte nach Rechtfertigung klangen.

„Schon gut." Aber das Lächeln blieb an seinen Lippen kleben und schaffte es nicht bis zu seinen Augen.

Mittlerweile beäugte uns die Verkäuferin neugierig. Kurz spielte ich mit dem Gedanken, die Sache hier und jetzt zu regeln, am Rande der Schmuckbude. Aber mit ziemlicher Sicherheit würden wir dann eine Szene machen, und das Allerletzte wäre, wenn Matteo das mitbekäme. Was Jamal mir zu sagen hatte, gehörte nicht unter das Lichternetz. Zumindest nicht, wenn es kein Happy End geben würde.

„Wie sieht's mit Freitag aus?", fragte ich. „Da kann ich mich bestimmt loseisen."

„Da bin ich verplant."

„Wirklich?" Das kam überraschend. Seit Jahren war der dreiundzwanzigste Dezember der Auftakt des Anti-

Weihnachtsfilme-Marathons, der sich im Laufe der Feiertage fortsetzte, je nachdem, wie sehr wir in familiäre Angelegenheiten eingespannt waren.

„Dieses Jahr passt es leider nicht anders", erklärte er ausweichend.

Was war aus uns geworden, dass wir uns gegenseitig in unangenehme Rechtfertigungsposten bugsierten?

„Macht nichts", sagte ich darauf hoffend, er würde die Lüge überhören. Dass er den Abend nicht freigehalten hatte, versetzte mir einen Stich. „Ist sowieso schwierig, so ganz ohne Wohnungen, meine ich. Ich weiß nicht, wie erfreut meine Herbergseltern sind, wenn ich Gäste bekomme. Darüber haben wir bisher nicht gesprochen."

Aus dem Augenwinkel nahm ich wahr, wie Matteo näherkam. Noch war er ganz auf die gebrannten Mandeln konzentriert. Aber der erhoffte Moment, die Begegnung der Männer zu vermeiden, war versäumt. Selbst wenn ich ihn jetzt abfing, hätte Jamal ihn gesehen. Entfernung bis zum Showdown: drei Meter.

„Verstehe", sagte Jamal.

„Ich melde mich bei dir, ja?", sagte ich in der Hoffnung, dass Matteo genau diesen Satz nicht gehört hatte. Zwei Meter.

„Klar", erwiderte Jamal.

„Mhh, die sind so gut", nuschelte Matteo mit glänzenden Augen und klebrigen Fingern. „Du auch? Oh, hallo."

„Hallo", grüßte Jamal irritiert.

Ich holte tief Luft. „Jamal, das ist Isabellas Cousin, Matteo. Matteo, das ist Jamal, mein ..."

„Nachbar", sagte Jamal.

„Freut mich. Mandel?"

„Danke, nein", sagte Jamal. Hätte es in diesem Moment geregnet, der Tropfen wäre an Jamal gefroren. Mit steinerner Miene reichte er die Kette der Verkäuferin zurück. Sie nahm sie unkommentiert, aber mit sensationsneugierigem Blick in unsere Richtung entgegen und legte sie zurück in die Auslage. Am liebsten wäre ich im Erdboden versunken.

„Wollen wir?" Matteo deutete mit dem Kopf auf die Gänge, die noch vor uns lagen.

„Ähm, ja." Wie zuvor bot er mir den Arm an. Mit roten Wangen hakte ich mich unter, was von Jamal mit einem Stirnrunzeln quittiert wurde. „Schönen Abend noch, Jamal."

„Euch auch."

Falls der Hauch einer Chance bestanden hatte, dass es bisher nicht komisch zwischen uns gewesen war: Jetzt hatte ich Gewissheit.

„Stimmt etwas nicht?", wollte Matteo wissen, nachdem wir uns einige weitere Stände angesehen hatten. Da nur noch Futtertempel ausstanden, hatten wir den Rückweg angetreten. „Du grübelst, seit du deinem Nachbarn über den Weg gelaufen bist. Ging es um den Tagesbruch?"

„Was? Ach so, nein, nein. Davon höre ich seit Tagen nichts. Hab ich schon Christoph heute früh erzählt. Mir kommt es vor, als würde sich niemand darum scheren, wie es weitergeht", plapperte ich ohne Punkt und Komma.

„Und was beschäftigt dich stattdessen?"

Für einen Herzschlag überlegte ich, ob ich Matteo die Wahrheit über Jamal und mich sagen sollte, entschied mich jedoch sofort dagegen. Was zwischen uns lief, ging Matteo nichts an, weil es keine Rolle spielte. Jamal würde mir sagen, dass sich die Sache verkompliziert hatte und wir das Plus in unserer Freundschaft negieren. Dann würde ich hoffen, dass wir in der Lage wären, eine gewöhnliche, sehr platonische Freundschaft wie zwei normale Erwachsene zu führen.

„Wir gucken jedes Jahr die unweihnachtlichsten Weihnachtsfilme, die wir finden können. Filme, die zwar Weihnachten thematisieren, aber eben nicht romantisch sind oder so. Meist sind das Klassiker wie *Stirb langsam* oder *Der Grinch*. Einmal haben wir sogar *Herr der Ringe* geguckt und uns vorgestellt, der Film würde in der Weihnachtszeit spielen. Frodo wäre dann der arme Paketkurier, der dieses eine Paket pünktlich ausliefern muss, an diesen Nachbarn, der am Arsch der Welt wohnt. Auf dem Weg muss er viele Abenteuer überstehen und findet seine Gefährten und so weiter und so fort. Hat 'ne Menge Spaß gemacht", erklärte ich. „Tja, nur dieses Jahr wird das nichts. Er ist bei seiner Familie untergekommen, da ist viel los. Ich will keinen Besuch bei Christoph und Isabella anschleppen. Reicht schon, dass ich die beiden ertragen muss, das möchte ich ihm nicht antun."

Matteo beobachtete mich aus dem Augenwinkel. „Wir könnten zusammen einen Film schauen. Was ist mit diesem Klassiker, über den du mit Christoph gesprochen hast?"

„*Schöne Bescherung?*"

„Ja, der. Der klang witzig."

Ein Bild von Matteo und mir auf dem Sofa tauchte vor meinem geistigen Auge auf. Gebrannte Mandeln naschend, aneinander gekuschelt, den herb-würzigen Geschmack von Glühwein auf den Lippen. Seine Wärme, sein Herzschlag, sein Atem, der sanft an meinem Hals entlangstrich und mir eine Gänsehaut bescherte, die auf der Kopfhaut prickelte und tief in meinem Innersten Nervosität und Vorfreude auslöste.

Verdammt, nein. Das war nicht gut, gar nicht gut. Mit aller Macht schob ich diese Fantasie zur Seite. Ich hatte mir einmal an ihm die Finger verbrannt, dieses Mal würde ich besser auf mich aufpassen.

„Ich gucke den Film nur mit Jamal, sorry."

Als ich erkannte, wie sehr meine Worte Matteo getroffen hatten, fühlte ich mich wie der Grinch, der den Bewohnern die Geschenke geklaut hatte.

Das ist deine Rolle in der Geschichte, Leonie, dachte ich wehmütig.

Kapitel 10 – Hilfe, überall weihnachtet es

Weihnachtsblues, der: Ausdruck einer saisonalen Stimmungsänderung, die mit dem Mangel an Sonnenlicht oder Vorfreude auf das Weihnachtsfest zusammenhängt. Besonders häufig bei familiären Großveranstaltungen, denen sich der/die Betroffene nicht gewachsen sieht. Meist stellt sich das Phänomen Tage vor dem Ereignis ein und lässt sich nur schwer im Punsch ertränken oder mit gezuckerten Mandeln übertünchen.

„Ich glaube, ich habe ’nen Weihnachtsblues“, gestand ich meinem Bruder beim allmorgendlichen Frühstück, das sich langsam in ein Ritual verwandelte. Mit der Kaffeetasse in der Hand lehnte ich an der Küchentheke und beobachtete ihn dabei, wie er in seinen Marmeladentoast biss, den Isabella in schönstem Rot mit Fruchtstückchen gemalt hatte. Meine Schwägerin war bereits irgendwohin unterwegs.

Überrascht sah er mich an. „Du? Woher soll der denn auf einmal kommen?“

„Weiß nicht“, log ich. Dabei geisterte mir seit gestern Abend der Weihnachtsmarktbesuch ununterbrochen durch meine Hirnwindungen. „Vielleicht liegt es an eurem schön dekorierten Domizil, das im starken Kontrast zu meiner Bruchbude steht.“

„Apropos Bruchbude. Simone hat jemanden bei der Stadt erreicht. Leider wird die Untersuchung des Schadens einige Zeit in Anspruch nehmen. Wie lange genau können sie aktuell nicht einschätzen, aber es wird bis in den Januar hineindauern.“

„Na toll.“ Ein tiefer Seufzer entwich mir. „Anna hatte recht.“

„Womit?“

„Ach, sie hat mir erzählt, dass sie mal mit dem Rad quer durch Essen geradelt sei und ihr anhand der vielen Informationstafeln, die an den Trassen zu finden sind, erst richtig bewusst wurde, in was für einem ruinierten Landstrich wir leben.“ Ich lächelte matt. „Der Kohleabbau hat uns groß gemacht, und er ist unser Untergang.“

„Das ist eine sehr dramatische Formulierung, Schwester.“ Er stand auf, um das Geschirr wegzuräumen. „Aber es stimmt, dass die Generationen vor uns sich weniger Gedanken um die zukünftigen Probleme gemacht haben. Zum Glück haben wir die Sache im Griff.“

„Das merke ich.“ Aus jedem Buchstaben troff der Zynismus.

„Gut, wir haben es weitestgehend im Griff“, korrigierte er sich. „Betrachtest du das große Ganze, ist ein Tagesbruch im Monat nicht viel, zumal es selten zu großen Beeinträchtigungen kommt. Du hattest einfach Pech, Leonie. Das gehört zum Leben dazu. Auf vieles haben wir keinen Einfluss. Erinnerst du dich an den Rohrbruch, von dem ich dir erzählt habe? Direkt nach dem Einzug? Das war auch Pech.“

„Das scheint aktuell an der Tagesordnung zu sein“, murmelte ich mehr zu mir.

Christoph hatte es dennoch gehört. „Was meinst du?“, fragte er und betrachtete mich eingehend.

„Nichts. Schon gut. Fahr du mal ins Büro.“

Er zögerte. Als ich seinem Blick standhielt, ohne mich zu erklären, hakte er nicht weiter nach. „Und du?“

„Ich werde ‘ne Runde spazieren gehen oder in die Innenstadt fahren. Irgendetwas tun, was mich auf andere Gedanken bringt.“

„Grübel nicht zu viel“, bat er mich und zog mich in eine feste Umarmung.

Für einen Atemzug war ich wie versteinert vor Überraschung über den unerwarteten Gefühlsausbruch. Dann legte ich meine Arme um ihn. „Wofür war das denn?“, fragte ich ihn, nachdem wir uns wieder gelöst hatten.

„Du sahst aus wie jemand, der eine Umarmung brauchte.“

„Wenn die nicht ranklotzen mit ihren Untersuchungen, werde ich wie jemand aussehen, der einen Anwalt braucht.“

Er lachte. „Wie gut, dass du einen vielseitig talentierten großen Bruder hast. Professioneller Umarmer und renommierter Anwalt, vereint in einem bescheidenen Genie.“

Das war einer der Momente, die sich nach Familie anfühlten.

Es war absolut unmöglich, im Dezember an Weihnachten vorbeizukommen. Kaum hatte ich die Fußgängerzone der Innenstadt betreten, bereute ich meinen Entschluss, ein Weihnachtsgeschenk im lokalen Handel zu kaufen. Das Internet wäre weniger laut, bunt und blinkend gewesen. Es würde nicht marktschreierisch versuchen, mir Kram aufzuquatschen und mich auch nicht jeden zweiten Schritt anrempeln. Leider hätte ich dafür eine Idee haben müssen, was ich schenken wollte. Der Bonsai wuselte noch immer in meinem Hinterkopf umher, aber ein bisschen Inspiration würde mir guttun.

Ich ließ mich von dem Strom, der mal zäh, mal rasend schnell die Kettwiger Straße, die bekannte Einkaufsstraße, hinabführte, treiben. In den 1960er-Jahren war Essen groß im Einkauf gewesen. Heute vermisste ich zahlreiche Geschäfte, die ich im letzten Jahr erst neu entdeckt hatte. Alles ist im Fluss, dachte ich. Alles verändert sich.

„Entschuldigen Sie bitte?"
Die Worte zerrten mich aus meinen Gedanken in die Realität. Mein erster Impuls war, abzulehnen und weiterzugehen. Doch da lag etwas im Blick des Mannes, das mich zurückhielt. Freundlichkeit? Hoffnung? „Ja?"
„Hätten Sie Interesse daran, einem Kind einen Wunsch zu erfüllen? Wir haben eine Aktion, bei der Kinder aus einkommensschwachen Haushalten einen Wunsch aufschreiben dürfen. Der Wunschpate nimmt den Wunsch an sich, kauft das Geschenk und im Weihnachtsgottesdienst am Heiligen Abend gibt es eine große Bescherung."

Bei der Erwähnung des Gottesdienstes fiel mein Blick auf den Essener Dom hinter ihm, zu dessen Fundament mich der Menschenfluss gespült hatte. Der Mann deutete auf das Tännchen, das wenig mit dem prunkvollen Gehölz in der Kolbschen Villa zu tun hatte. Eine schlichte Lichterkette zierte die dünnen Ästchen. Die Wünsche waren der einzige Schmuck.

„Ich bin ausgetreten", teilte ich dem Mann mit, den ich nun in die Kategorie Priester steckte, obwohl ich kein weißes Kollar entdecken konnte. Möglicherweise hatte er es unter seinem farbenfrohen, grob gestrickten Schal verborgen. Durfte der das verdecken, dazu noch mit einem bunten Schal?

Er lächelte amüsiert. Feine Fältchen bildeten sich um seine Augen. „Das macht nichts. Jeder kann etwas Gutes tun, dafür muss man kein Mitglied der katholischen Kirche sein."

„Hm", gab ich unbestimmt von mir.

„Sie müssen natürlich nicht. Nur wenn ich Ihnen etwas sagen darf?"

Nun hatte er meine Neugierde geweckt. „Ja?"

„Sie wirken wie jemand, der auf der Suche ist."

„Suchen nicht alle etwas vor Weihnachten? Geschenke? Ein Outfit fürs Weihnachtsessen? Ruhe?"

Er versteckte ein leises, glucksendes Lachen hinter der Hand. „Sie sind schlagfertig. Das ist gut, hält den Geist fit."

„Sie müssen es wissen", erwiderte ich deutlich freundlicher. Irgendwie war er mir sympathisch. „Ich kann mir denken, dass Sie sich eine Menge anhören müssen, wenn Sie den ganzen Tag hier stehen und die Leute anquatschen. Eines muss ich Ihnen lassen, die

Aktion ist sehr schön. Ich meine, ich habe im Radio von einer ähnlichen Sache gehört."

„Das ist gut möglich, die Idee ist alt", erklärte er. „Wissen Sie, die meisten Menschen gehen einfach weiter, ohne näher hinzusehen. Wir leben in Zeiten des Überflusses, das gilt auch für Wohltätigkeitsaktionen. Schauen Sie, dort drüben können Sie nach Afrika spenden, da hinten für Tiere in Not. Die Menschen sind überfordert. Viele wollen Gutes tun, wissen aber nicht wie oder wo. Dazu dann die Skandale mit veruntreuten Spendengeldern." Ich folgte seinem Blick zu den besagten Ständen. Junge, engagierte Menschen buhlten um die Aufmerksamkeit der vorbeihastenden Leute, die ihrer Sache keinen Blick würdigten. Ein undankbarer Job.

„Das kann hier nicht passieren", schlussfolgerte ich. „Wenn ich einen Wunsch erfülle, bekommt ein Kind sein Geschenk."

„Ganz genau." Wieder schenkte er mir ein warmes Lächeln. Ich bekam unweigerlich Gewissensbisse, weil ich um ein Haar nicht besser gewesen wäre als all die Menschen, die sich dem Anliegen dieses gutherzigen Menschen verweigerten. Oder – und der Gedanke verflocht sich mit dem vorherigen – er spielte seine Rolle als barmherziger Kirchenmann hervorragend.

Heute wollte ich glauben, dass diese Unterhaltung echt war.

„Was ist Ihre Aufgabe?", fragte ich ihn. „In der Kirche, meine ich, nicht in diesem Augenblick."

Erst weiteten sich seine Augen vor Überraschung, dann glänzten sie vor Freude über meine Frage. „Ich unterhalte mich mit den Menschen über ihre Sorgen

und Probleme, wenn sie es möchten, höre mir ihren Ärger an. Das sind oft Kleinigkeiten, die eine große Wirkung haben. Vorhin beschwerte sich eine Frau über
den Müll in der Innenstadt und darüber, dass viele
Menschen betteln würden, obwohl gleichzeitig überall
Stände und Läden wären, die abends das Essen entsorgen müssen."

„Wie konnten Sie ihr da helfen?"

„Sie wollte keine Hilfe, nur darüber reden. Etwas
Dampf ablassen, wie man heutzutage sagt. Indem ich
ihr zugehört habe, habe ich ihr geholfen, auch wenn ihr
das vermutlich im ersten Moment nicht bewusst sein
wird. Sie war sehr aufgebracht."

Ich dachte über seine Worte nach, und plötzlich fiel
es mir ganz leicht, mit ihm zu reden, weil man mit
Fremden manchmal seine tiefsten Gedanken teilt: „Ich
hasse Weihnachten."

Vor Überraschung wurden seine Augen groß. „Nun,
das höre ich tatsächlich zum ersten Mal. Hass ist eine
sehr starke Emotion. Möchten Sie das ausführen? Wir
haben alkoholfreien Punsch."

Ich folgte ihm, vorbei an der Tanne und hielt inne.
Dann bat ich ihn, einen Moment zu warten, damit ich
mir die Wünsche, die mit buntem Geschenkband an
den Ästlein hingen, durchlesen konnte. Erstaunt erkannte ich, dass die meisten Kinder ganz konkrete Vorstellungen davon hatten, was ihnen das Christkind
bringen sollte. Die neue Barbiepuppe in der Deluxe-
Ausgabe. Das Legoset Nummer soundso. Der Priester
trat neben mich.

„Sie dürfen sich wünschen, was sie möchten. Allerdings muss es materiell sein. Wir können leider keinen

Weltfrieden verschenken und keinen Elternteil zurückbringen", erläuterte er mit einer Milde, die mich in anderer Stimmung um den Verstand gebracht hätte.

Ein wirklich großes Plüschtier zum Umarmen

stand in krakeliger Kinderschrift auf einem Zettel. Mit schwerem Herzen nahm ich das Papier vorsichtig vom Baum, weil ich den Ast nicht abbrechen wollte.

„Ein guter Wunsch", meinte der Priester.

„Und ein trauriger", ergänzte ich.

Er nickte. „Wie wahr."

Ich folgte ihm zum Kirchenportal, wo ich zögernd stehen blieb. Wann war ich das letzte Mal in einer Kirche gewesen? In Paris, bevor der schwere Brand Notre Dame, das Wahrzeichen der Stadt, beinahe zerstört hatte?

„Sie müssen keine Angst haben, das Haus Gottes ist für jeden geöffnet. Ich verspreche Ihnen, die Ruhe im Kreuzgang wird Ihnen gefallen."

Wie viel skurriler konnte die Situation werden?

„Na schön", murmelte ich. „Solange Sie mich nicht in Ihr Krippenspiel einbinden, bin ich dabei. Als Baum tauge ich nichts und für die Wiege bin ich zu groß."

Wieder dieses glucksende Lachen. „Sie sind wirklich komisch."

„Ab und an unfreiwillig", brummte ich. „Ich fürchte, ich befinde mich mitten in einer Tragikomödie."

Eine Nonne musterte uns neugierig, schenkte zwei Becher Punsch ein und reichte sie uns. Ich spürte ihre Blicke auf mir, als wir um die Ecke in den Kreuzgang bogen. „Ich war noch nie hier“, stellte ich erstaunt fest. „Dabei bin ich Essenerin.“

„Das geht vielen so.“

Wir schlenderten schweigend durch den Kreuzgang, der den winterlich kargen Klostergarten wie einen Mantel umhüllte. In der Mitte ruhten ein Brunnen sowie ein alter Baum mit gräulich moosiger Rinde.

„Ich muss zugeben, Sie haben meine Neugierde geweckt“, gestand mir der Priester. „Es kommt nicht häufig vor, dass mir Menschen begegnen, die voller Inbrunst behaupten, Weihnachten zu hassen. Darf ich fragen, woher diese Abneigung kommt?“

Ich drehte den Becher in der Hand und dachte über meine Antwort nach. „Das Fest als solches stört mich nicht. Vielmehr ist es das, was es mit den Menschen macht. Alle sind gehetzt, verlieren sich in einem Wettbewerb, wer das schönste Fest ausrichtet, die prächtigste Beleuchtung oder Tanne hat, die besten Plätzchen backt. Dabei vergessen sie, worum es eigentlich geht.“

„Und das wäre?“

„Sie wissen, worum es an Weihnachten geht“, konterte ich.

„Natürlich.“

„Ah, verstehe. Sie wollen es von mir hören. Na schön, ich spiele mit. Das Weihnachtsfest ist eine riesige Geburtstagsparty für Jesus Christus.“

Meine Wortwahl ließ ihn schmunzeln. „Und Sie mögen keine Geburtstage?“

Irritiert sah ich ihn an. „Doch, schon. Das ist es nicht.“

„Was dann?“

Zum ersten Mal seit sehr langer Zeit überlegte ich, woher meine Abneigung gegen das Weihnachtsfest wirklich rührte. Sie war so lange Teil von mir, dass ich den Grund beinahe selbst vergessen hatte. Klar, mir war die Kommerzialisierung des gesamten Festes zuwider und dass jeder meinte, Weihnachten feiern zu müssen, aber die wenigstens Gläubige waren. Es hatte etwas von Kuchen in der Firma abgreifen, obwohl man die Person verabscheute, die ihn mitgebracht hatte. Heuchelei. Aber mir wurde bewusst, dass es tiefer ging. Ein letztes Mal musterte ich den Priester, bevor ich ihm mein Herz ausschüttete.

„Solange ich mich erinnern kann, war Weihnachten nicht mein liebstes Fest. Meine Erwartungen daran wurden einfach nie erfüllt. Meine Mutter hat sich redlich bemüht, aber meinem Vater kam oft die Arbeit dazwischen. Am Ende saßen sie, mein Bruder und ich dann mit einem kalten Braten am Esstisch."

Der Priester hörte mir aufmerksam zu, aber es lag kein Mitleid in seinem Blick, was mich ermutigte, weiterzureden.

„Wie das bei solchen Geschichten ist, hat sich das Ganze dann irgendwann verselbstständigt. Jedes Jahr haben wir aufs Neue versucht, ein schönes Fest auf die Beine zu stellen, jedes Jahr ging es schief. Eine Zeit lang war ich der festen Überzeugung, mir sei kein schönes Weihnachten gegönnt. Als mein Bruder heiratete, gab es schließlich einen Lichtblick: meine Schwägerin, Isabella. Sie hat es richtig drauf mit den Festen, aber seit einigen Jahren neigt sie dazu, völlig zu übertreiben, weshalb dem Fest die Leichtigkeit und die familiäre Wärme fehlen. Wenn alles durchgetaktet ist, bleibt kein Raum für schöne Momente. Hinzu kommt die buckelige Verwandtschaft, die mich immer wieder mit Fragen nervt."

Ich seufzte und betrachtete die verzierten Säulen, die wir passierten. Einem Impuls folgend strich ich mit der Hand über den kalten Stein. Plötzlich verspürte ich den Wunsch, im Frühjahr mit mehr Zeit wiederzukommen, damit dieser Ort seine volle Wirkung auf mich entfalten konnte.

„Wenn Sie wiederkommen, erzähle ich Ihnen gerne die Geschichte des Essener Doms", bot er an, als hätte er meine Gedanken gelesen. „Aber jetzt bleiben wir bei Ihnen. Was sind das für Fragen?"

„Ein Geschichtsexkurs klingt verlockend", witzelte ich, bevor ich ihm wahrheitsgemäß, wenn auch ausweichend, antwortete. „Ach, alles Mögliche zum Beruf und meinen Lebensumständen."

Er nickte und bedeutete mir fortzufahren.

„Ich raffe nicht, was Weihnachten mit den Menschen anstellt, das ist nicht greifbar. Aber irgendetwas macht es mit ihnen. Sie sind anders, und das stört mich. Plötzlich ist jeder so gefühlsduselig, will ein besserer Mensch sein, gibt vor, sich in jemanden zu verlieben. Und am nächsten Tag? Tja, da kommt das große Erwachen." Ich kippte den Punsch in einem Schluck runter und wünschte, er wäre alkoholhaltig. Alkohol würde meine Nerven beruhigen.

„Verstehe", sagte der Priester nach einiger Zeit. „Sie sind verletzt."

Ich winkte ab. „Das ist vorbei."

Wir schwiegen, und ich spürte, wie er mich mit einem Blick bedachte. Er kletterte tief hinab in meine Seele, um dort die verletzte, traurige Leonie zu finden, die sich hinter frechen und zynischen Bemerkungen versteckte. Und weil ich nicht bereit war, mich dem zu stellen, was er mir spiegeln würde, widmete ich meine Aufmerksamkeit einer Taube, die sich für ein Nickerchen aufplusterte. Sie schüttelte ihr Gefieder, steckte den Kopf unter einen Flügel und schlief an Ort und Stelle ein. Ich beneidete sie um ihre Sorglosigkeit.

Schließlich fragte mich der Priester: „Darf ich Ihnen einen Rat geben?"

„Bin ich nicht deswegen hier?"

„Nicht unbedingt, wie gesagt. Es gibt Menschen, die möchten nur reden und angehört werden."

Ich seufzte und riss mich vom Anblick der Taube los, um mir den Rat eines Priesters abzuholen. Dieses Jahr lief in jeder Hinsicht anders ab. „Na schön. Was raten Sie?"

„Akzeptieren Sie, dass die Wunde noch nicht verheilt ist, und wenn Sie können, klären Sie, was Sie so sehr beschäftigt. Denn tun Sie es nicht, werden Sie nicht heilen können."

Am frühen Abend, kurz vor Ladenschluss und lange nach unserem Gespräch, das in Endlosschleife in mir abspulte, kaufte ich einen riesigen hellgrünen, freundlich-verpeilt dreinblickenden Stoffdino, der über mein Geschenkepatenkind wachen sollte.

Kapitel 11 – Früher war mehr Lametta

Lametta, das: in der Optik von Eiszapfen nachempfundenes glitzriges Fludderzeug, das sich besonders gegen Ende des 20. Jahrhunderts im Ruhrpott größter Beliebtheit erfreute. Zum Laiensport entwickelte sich der Lamettaweitwurf: Eierpunschgeschwängerte Erwachsene versammeln sich mit einigen Metern Abstand am Tannenbaum und werfen das Lametta im hohen Bogen hinein. Der hässlichste Baum gewinnt.

„Bei den Kugeln handelt es sich um Unikate", erklärte Isabella mit stolz gerecktem Kinn. „Wir lassen jedes Jahr eine in der kleinen Manufaktur in Murano anfertigen."

Wir hatten unser Kriegsbeil begraben. Jedenfalls hatte ich festgestellt, dass Isabella sich weniger wie eine Zicke verhielt, wenn ich sie nicht ständig mit meinen Kommentaren provozierte. Nachdem ich gestern Abend von meinem Ausflug in die Innenstadt und den Dom zurückgekehrt war, hatte ich von der Aktion am Essener Münster und dem Geschenk für das mir unbekannte Kind erzählt. Die Begegnung mit dem Priester behielt ich für mich. Mein Bericht war ungewohnt ironielos ausgefallen und auf reges Interesse bei meiner Schwägerin und Matteo gestoßen. Zum ersten Mal, seit ich hier war, hatte ich den Eindruck, etwas getan zu haben, das allgemeinen Anklang fand.

„Die Insel bei Venedig?“, hakte ich interessiert nach.

„Genau die. Die besten Glasbläser der Welt praktizieren dort ihr Handwerk.“

„Ist das nicht etwas übertrieben?“ Die Frage war mir rausgerutscht, bevor sie antworten konnte. Rasch setzte ich nach: „Ich meine nur, hier in Deutschland gibt es meines Wissens auch Glasbläsereien, die sicherlich auf Anfrage Einzelstücke zaubern. Thüringen ist die Hochburg des Glasbläserhandwerks, wenn ich mich richtig erinnere.“

„Das wäre nicht dasselbe“, meinte Isabella. „Christoph und ich waren zum ersten Mal auf unserer Hochzeitsreise dort. In einer kleinen Gasse haben wir einen Laden gefunden, in den wir zuerst gar nicht reinwollten. So ein kleines, dunkles Ding mit sonnenverblichener Markise und mottenverhangenen Schaufenstern. Als wir uns abwandten, entdeckte ich sie im Augenwinkel.“ Vorsichtig hob sie eine der Kugeln aus dem mit Seidenpapier ausgelegten Karton. Mit entrückter Miene verlor sie sich in der Vergangenheit. Ich ließ sie schwelgen, bis sie zurück in die Gegenwart fand.

„Jede einzelne ist ein ausgewähltes Stück der jungen, aufstrebenden Glasbläserei *Incantesimo*. Sicherlich wird man in vielen Jahren noch von ihr sprechen.“

„*Incant...*? Nie gehört.“

„*Incantesimo*“, wiederholte sie ungeduldig. „Verzauberung.“

„Ein außergewöhnlicher Name für eine Glasbläserei“, kommentierte ich, während Isabella die Kugel betrachtete, als sähe sie sie zum ersten Mal.

„Sie stellen außergewöhnliche Stücke her. Hier, schau mal.“ Sie zeigte mir eine Kugel, auf der ein wahrer Künstler mit einem Einhaarpinsel ein Meisterwerk gemalt hatte. Doch nicht nur die Malerei, sondern auch die Kugel selbst entpuppte sich als ein Kunstwerk. Die Färbung zeigte von oben nach unten einen Sonnenuntergang, den die Hafenszene – vielleicht Venedig oder Murano – einfing. „Oder diese.“

Sie präsentierte mir bereits das nächste Prachtexemplar, während die Faszination des Ersten noch in mir nachklang. „Die Friedhofsinsel von Venedig?“, fragte ich. „Ist das nicht makaber?“

„Findest du? San Michele symbolisiert Ruhe und Ewigkeit, der Beginn der letzten Reise eines Menschen.“

Ich schluckte den Satz hinunter. Sonst hätte ich garantiert eine theologische Diskussion vom Zaun gebrochen, die wir beide keinesfalls führen wollten. Vorsichtig legte sie mir die Kugel in die offene Hand.

„Also sei vorsichtig mit den Kugeln und häng sie nah an den Stamm, damit sie nicht vom Ast rutschen.“

Da war sie wieder, die befehlerische Isabella, der ich nichts recht machen konnte.

„Meine Güte, stell sie doch gleich in ’ner Vitrine aus“, murmelte ich, während ich mit der Kugel in der Hand zum Baum marschierte.

„Was sagst du?“, fragte Isabella.

„Ich sagte: Ich suche mir eine schöne Stelle aus!“

„Aha." Sie musterte mich mit verengten Augen. Ob sie mich verstanden hatte und nun mit einer angemessenen Antwort rang? Innerlich wappnete ich mich für den nächsten Schlagabtausch.

Doch dann passierte das Unglück: Ich verhedderte mich in dem weiten Hosenbein und geriet ins Stolpern. Die Kugel fest an mich gepresst, gelang mir ein Ausfallschritt, während mir ein Aufschrei entwich, der – ich nahm sie im Hintergrund wahr – Isabella herumrucken ließ und in Bewegung setzte.

Später würde ich mir oft ausmalen, dass die Ereignisse weniger dramatisch verlaufen wären, wenn mir kein Ton über die Lippen gerutscht wäre.

Isabella hechtete mir entgegen, während alle meine Sinne mit dem Gleichgewicht rangen, um bloß nicht vornüber in den Baum zu stürzen. Unter größter Kraftanstrengung wippte ich vor und zurück, vor, zurück, ein Arm in großen rudernden Bewegungen. Adrenalin schoss ungebremst durch mich hindurch.

Fast stand ich stabil, fast wäre es gut ausgegangen.

Dann rammte mich Isabella weg wie einen Prellbock. Später würde sie behaupten, dass sie zu viel Schwung hatte wie ein ICE, der plötzlich bremsen muss, weil er eine Blockade vor sich sieht – der Bremsweg war schlichtweg zu lang. Und sehr viel später, Jahre, Jahrzehnte würden wir über unsere unfreiwillige Slapstickeinlage lachen.

Isabella prallte gegen mich, ich verlor die am seidenen Faden hängende Stabilität. Unter lautem Geschrei stürzten wir kopfüber in den Tannenbaum, und weil so ein verdammtes Nadelgehölz einen vergleichsweise winzigen Stamm in einem ebenso winzigen Ständer hat, kippten wir ungebremst weiter. Klimpern, Rascheln, Klirren, Splitter. In all dem Tumult Matteo, der aus dem Nichts aufgetaucht war. War er nicht in der Küche zugange gewesen? Er musste bereits bei meinem ersten Schrei losgerannt sein. Mit einer Ruhe und Deutlichkeit, die der Situation Lügen strafte, redete er auf uns ein, während er Isabella vorsichtig hochhalf, die schmerzerfüllt ihr Handgelenk hielt, als fürchte sie, es würde abfallen.

Matteo fragte nicht, was passiert sei. Auch nicht, ob er helfen könne. Er tat es einfach. „Leonie, kommst du zurecht?" Nickend rappelte ich mich in eine sitzende Position.

„Gut. Ich hole Eis für die Hand und den Erste-Hilfe-Kasten!"

Mit einer Hand am Kopf betrachtete ich das Drama. Irgendwo musste ich ihn mir angestoßen haben. Vielleicht an Isabellas Ellbogen? Ich erinnerte mich nicht. Isabella kämpfte mit den Tränen, hielt den Kopf gesenkt, hatte die Welt ausblendet. Vorsichtig robbte ich auf Knien zu ihr rüber. Der Boden schillerte in einem Meer aus Glaskugeln und Lametta, in dem der gestürzte Titan mit seinen Ästen und Nadeln und der verknoteten Lichterkette lag, die den Riesen wie eine Insel beleuchtete. In der Vernichtung lag eine skurrile Schönheit.

„Isabella?", flüsterte ich.

Sie reagierte nicht auf mich, wiegte ihren Oberkörper sanft vor und zurück, die Hand wie ein Baby auf dem Arm.

„Isabella", wiederholte ich lauter. Sie neigte ihren Kopf, ohne mich anzusehen.

„Alles umsonst", murmelte sie. „Umsonst, umsonst ..."

„Es tut mir leid", sagte ich ehrlich. Egal wie unwohl ich mich in ihrer Gegenwart und dem Weihnachtswahn fühlte – niemals hätte ich ihren Baum oder auch nur eine einzige ihrer kostbaren Kugeln zerstören wollen.

Ruckartig wandte sie sich mir zu. „Leid? Es tut dir leid?" Sie rappelte sich auf.

Hastig stand ich ebenfalls auf, überrascht von der negativen Energie, die sie antrieb. Der Schmerz schien vergessen.

„Sieh dir an, was du getan hast, Leonie!" Ihre Stimme bebte in Zimmerlautstärke. „Der Baum ist ruiniert! So gut wie alles, was darin hing, ist zerbrochen, und bevor du nun eine Ausrede findest, sage ich dir ganz klar, was ich denke: Das war Absicht!"

„Was? Nein! Ich ..."

„Du hasst Weihnachten."

„Schon, aber ..."

„Da dachtest du dir: nieder mit dem Baum."

„Auf keinen Fall dachte ich das!" Ich war sprachlos über die infame Beschuldigung. Als ich die Hand zur Faust ballte, spürte ich einen Widerstand. Die Kugel. Ich hatte immer noch diese verdammte Friedhofskugel in der Hand. „Mag sein, dass ein gelungenes Weihnachtsfest nicht die Erfüllung all meiner Wünsche und Träume ist, aber das heißt noch lange nicht, dass ich mutwillig gehandelt habe! Was denkst du von mir? Nein, warte." Ich hob die Hand. „Im Grund weiß ich es schon. Du zeigst sehr deutlich, was du von mir hältst. Die nervige Schwester deines Mannes, die du aus Höflichkeit nicht loswirst, weil dann der Haussegen schief hängt. Also erträgst du sie mit aufgesetzter Höflichkeit und ausgewählt dämlichen Aufgaben, um sie in Schach zu halten, damit sie bloß nicht zu viel in der Villa rumhängt. Vielleicht hegst du sogar insgeheim die Hoffnung, ihr mit weihnachtlichen Pflichterfüllungen aufzuzeigen, wie schön das Fest der Liebe ist, wie wichtig und heilig und so weiter. Echt, Isabella, für den unwahrscheinlichen Fall, dass du dich je gefragt hast, warum deine Feste der Inbegriff von Spießigkeit sind, wirf mal einen Blick in den Spiegel! Da findest du die Antwort." Mit der größten Sanftheit, zu der ich angesichts meiner brodelnden Emotionen imstande war, bettete ich die Kugel in ihren sicheren Pappkarton zurück. Isabella brannte ihren Blick in mich, als hoffte sie, ich würde in Flammen aufgehen. Für sie war ich der Antichrist. Ich wandte mich von ihr ab und ging zur Tür.

„Du bist unverschämt", sagte sie an meinen Rücken gerichtet.

Ich hielt inne. Hatte sie das wirklich gesagt?

„Undankbar und unverschämt. Ich werde mit Christoph über den Vorfall reden. Er wird wissen wollen, was passiert ist. Keinesfalls werde ich ihn anlügen. Wenn er fragt, wer schuld ist, werde ich ihm die Wahrheit sagen. Unser Weihnachtsfest war dir schon immer ein Dorn im Auge, aber das?" Mit einer vagen Geste deutete sie auf den niedergestreckten Baum. „Das übertrifft alles."

Ich verdrehte die Augen. „Wenn du wirklich glaubst, ich hätte aus Absicht gehandelt, liebste Schwägerin, ist dir nicht mehr zu helfen."

In dem Moment kam Matteo mit einem Beutel Eis und dem Erste-Hilfe-Kasten zurück. Abrupt blieb er auf der Schwelle stehen, warf erst Isabella, dann mir einen vorsichtigen Blick zu.

Ich straffte die Schultern und ging an ihm vorbei. „Ich denke, ihr kommt allein zurecht."

Isabella schnaubte undamenhaft: „Unverschämt bis ins Mark."

Matteo warf mir einen besorgten Blick zu, als ich an ihm vorbeiging. „Geht es dir gut?", fragte er mich leise.

„Nein. Aber außer ein paar Schrammen und einer Beule habe ich nichts abbekommen. Der Rest – nun, das ist mein Problem. Kümmere dich um Isabella. Möglich, dass sie mit dem Handgelenk in die Notaufnahme muss."

„Warte!" Er hielt mich am Arm fest. „Wie ist das passiert?"

Ich riss mich los. „Frag deine Cousine, die wird's dir erzählen. Meine Sicht interessiert in diesem Haus sowieso niemanden." Matteo setzte zu einer Erwiderung an, aber ich hob die Hand, fügte deutlich milder hinzu: „Schon gut. Ich weiß, was du sagen willst. Später, ja?"

Er biss die Zähne zusammen, seine Kiefermuskeln verspannten sich sichtbar. Dann ließ er mich zögernd gehen.

Als ich raus war, hörte ich ihn sagen: „Leonie? Könntest du bitte einen Besen holen?"

Ich wägte ab, ob ich seiner Bitte nachkommen wollte. Einerseits sollte Isabella ihren Kram allein regeln und ruhig glauben, ich sei der Grinch, der absichtlich ihr Weihnachtsfest sabotierte. Das Gegenteil war schwer zu beweisen. Andererseits war sie sichtbar verletzt und die Scherben waren eine zusätzliche Gefahr für jeden, der das Wohnzimmer betrat. Keinesfalls wollte ich, dass Matteo sich die Fußsohlen aufschlitzte. Also schluckte ich meinen Stolz hinunter, bejahte und holte alles, was ich fürs Aufräumen benötigte.

Zurück im Wohnzimmer entdeckte ich Isabella auf einem Stuhl am Esstisch, den Arm auf der Tischplatte, ein Kühlpad als Unterlage.

Matteo hielt ein Handy am Ohr und telefonierte mit Christoph. „Ihr Handgelenk ist angeschwollen. Ich fahre sie nun ins Krankenhaus. ... Was? Nein, wir kommen zurecht. Klar, ich halte dich auf dem Laufenden. Wir sehen uns später."

Dann bemerkte Matteo mich, wie ich unsicher mit dem Besen als Schutzschild in der Tür stand. Ein eigentümlicher Ausdruck huschte über sein Gesicht, den ich nicht deuten konnte. Möglicherweise hatte Isabella ihre Version des Vorfalls zum Besten gegeben, womit ich bei Matteo unten durch sein dürfte. Isabella folgte Matteos Blick. Ihre Augen verengten sich, sobald sie mich sah.

„Keine Ahnung, wie schnell wir in der Notaufnahme sein werden", sagte Matteo. „Christoph ist informiert."

„In Ordnung. Ich räume derweil auf." Dann machte ich mich stumm an die Arbeit.

Als die Tür laut ins Schloss krachte, sackte ich in mir zusammen. Ich ließ mich zu Boden sinken, auf eine Insel, die ich zuvor von Glasscherben und Nadeln befreit hatte. In der Stille des Hauses gelang es mir nicht mehr länger, meine Gefühle unter Kontrolle zu halten. Vorsichtig griff ich mit zittrigen Fingern nach einer Glasscherbe. Sie zeigte eine klassisch toskanische Landschaft, jedenfalls Bruchstücke davon. Ich suchte in dem Chaos weitere Teile, entdeckte immer mehr Scherben, die ich zu kleinen Häufchen zusammenlegte, so wie ich glaubte, dass sie zusammenpassen würden. Vermutlich wären sie irreparabel, die Risse sichtbar, selbst wenn es jemanden gelänge, sie wieder zusammenzusetzen. Wie Menschen, die verletzt waren: Die Narben würden immer bleiben. Dennoch sammelte ich die Einzelteile der filigranen Kunstwerke ein, die Landschaften Italiens zeigten. Motive, die fremd und gleichzeitig vertraut wirkten. Motive aus der Heimat Isabellas und Matteos, die ein Teil unserer Familiengeschichte waren.

Ehe ich begriff, was passierte, bahnten sich schwere Tränen ihren Weg, vorbei an den verwirrenden Gefühlen, die ich nicht zuordnen konnte.

Kapitel 12 – Das bisschen Jod

Schitzken, das: Kleinigkeit, vergleichbar mit „Fliegenschiss". Häufig in ironischem Zusammenhang verwendet, z. B., wenn jemand ein Schitzken aufbläht und zu einer großen Sache macht, meist aufgrund emotionaler Verwicklungen.

Spät am Abend hörte ich zuerst die Haustür und dann die Stimme meines Bruders, der sich laut nach Lebenszeichen von irgendwem erkundigte.

„Ich bin hier!", rief ich aus dem Wohnzimmer ins gespenstisch leere Haus hinein. Kurz nachdem Matteo mit Isabella Richtung Krankenhaus verschwunden war, hatte ich angefangen, die Küche aufzuräumen. Ich wollte etwas schaffen, das nichts mit dem Chaos, das ich unfreiwillig produziert hatte, zu tun hatte. Das war zugegebenermaßen eine schlechte Idee gewesen, denn die Küche war ebenso sauber wie der Rest der Hauses. Schließlich war ich erneut im Wohnzimmer gelandet, wo ich versucht hatte, den Tannenbaum wieder aufzustellen. Durch den Sturz war ein Großteil der Deko zu Bruch gegangen und der Baum hatte einige Äste eingebüßt, die ich entfernt hatte. Mit gutem Willen könnte man die Lücken durch größere Dekorationselemente, die es extra zu kaufen galt, füllen. Insgeheim wusste ich aber, dass Isabella selbst bei den schönsten Kugeln die Fehlstellen sehen und ihre handgefertigten Kostbarkeiten vermissen würde.

Obwohl sie mich schlecht behandelte, regte sich eine Spur Mitleid mit ihr. Was sie verloren hatte, war mehr als ein paar hübsche Dekorationen, die zwei Wochen am Baum hingen. Es waren manifestierte Erinnerungen an einzigartige Augenblicke puren Glücks. Der Verlust offenbarte mir eine Seite meiner Schwägerin, die mir bisher unbekannt gewesen war.

Christoph betrat den Raum. Er wirkte erschöpft. „Sind Isabella und Matteo noch im Krankenhaus?"

„Ja. Jedenfalls hat er mir geschrieben, dass es länger dauern wird, weil es einen Notfall gab, der Vorrang hat. Wie das in der Notaufnahme so ist", erklärte ich.

„Willst du mir erzählen, was passiert ist?" Christoph lockerte seine Krawatte und entledigte sich des Jacketts. „Bei einem Bier? Oder etwas anderes?"

„Nein, danke. Ich trinke Wasser."

Kurze Zeit später saßen wir am Tisch beisammen und ich erzählte ihm meine Version der Geschichte. „Ich schwöre dir, es war ein Unfall. Ich habe mich in der Hose verheddert. Isabella wollte mich halten, aber ich bin total aus der Balance geraten – und, na ja, den Rest kannst du dir denken." Ich deutete auf die Scherbenhäuflein auf dem Tisch. „Christoph, es tut mir wirklich leid. Das wollte ich nicht. Ich weiß, wie viel diese Kugeln wert sind."

„Ich mache mir größere Sorgen um meine Frau", antwortete er.

„Natürlich, entschuldige bitte. Ich hoffe, ihr Handgelenk ist nicht gebrochen."

Mit auf dem Tisch abgestützten Armen drehte er die Bierflasche schwindelig. „Mach dir mal keinen Kopf, ich glaube dir. Es ist nur leider, dass du kein glückliches Händchen hast, Leonie, und Isabella – nun, wie soll ich sagen? Sie hat es derzeit nicht leicht."

Ich horchte auf. Warf er mir gerade Brotkrumen zu? „Was stimmt nicht mit ihr?"

In dem Moment klingelte sein Smartphone. Er warf einen Blick aufs Display und nahm mit einem Stirnrunzeln ab. „Matteo? Ja, ich bin dran. – Was? Ich kann dich schwer verstehen. Noch einmal bitte. – Sie wollen sie dabehalten? Wie lange?"

Fast zeitgleich mit Matteos Anruf klingelte das Festnetz.

„Soll ich rangehen?", flüsterte ich meinem Bruder zu, während ich mit gespreiztem Daumen und kleinem Finger ein Telefonieren imitierte. Er nickte.

„Bei Kolb."

„Isabella?"

„Nein, hier ist Leonie Kolb, die Schwester von Christoph. Wer spricht da?"

„Mein Name ist Simone Müllerdiek, ich bin Christophs Sekretärin. Ist er zu sprechen?"

Im Hintergrund besprach Christoph weiterhin, was mit Isabella war.

„Er kann gerade nicht ans Telefon kommen. Soll ich ihm etwas ausrichten?"

„Das Ganze ist mir furchtbar unangenehm, aber ich fürchte, er muss noch einmal zurück ins Büro kommen. Wir haben eine Unterschriftsmappe mit wichtigen Dokumenten übersehen.“

„Wer ist dran?“, fragte mein Bruder, der eben das Telefonat beendet hatte.

„Einen Moment, Frau Müllerdiek – er hat soeben aufgelegt. Ich reiche Sie weiter.“ Und an meinen Bruder gewandt: „Deine Sekretärin.“

„Das wird immer besser“, murrte er. „Ja … das ist nicht dein Ernst? Simone, ich kann nicht zurück ins Büro kommen. Meine Frau hatte einen Unfall und ist gerade mit ihrem Cousin im Krankenhaus. Ich muss ihre Sachen vorbeibringen, weil sie über Nacht bleiben muss. … Um welche Unterlagen geht es?“ Mein Bruder wurde eine Spur blasser. „Sie braucht die Sachen, ich kann frühestens danach vorbeikommen. – Ja, ich bin auch nicht erpicht auf eine Nachtschicht, aber das lässt sich unter diesen Umständen wohl kaum vermeiden. – Was weiß denn ich, wie lange das dauert?“

Während des gesamten Gesprächs über blieb ich wie angewurzelt stehen. Vielmehr als bewusstes Lauschen war es die Spannung der Situation, die mich an der Höflichkeit hinderte. Ich tippte meinem Bruder auf den Arm. Fragend sah er mich an. „Einen Moment, Simone. – Was!“

Ich zuckte zusammen. Sofort atmete er tief durch, massierte seine Nasenwurzel und wiederholte dann deutlich milder: „Was ist los, Leonie?“

„Ich könnte die Sachen ins Krankenhaus bringen. Dann kannst du ins Büro.“

„Das", begann er und wägte im Sekundenbruchteil die Optionen ab, „ist eine hervorragende Idee. So machen wir das. Simone, ich bin in ungefähr fünfzehn Minuten da, vielleicht zwanzig. Meine Schwester fährt ins Krankenhaus. – Darüber reden wir noch." Er legte auf und rieb erneut über die Nasenwurzel. „Was für ein Tag. Danke, dass du das übernimmst."

„Ist wohl das Mindeste", murmelte ich.

Er schnappte sich sein Jackett. „Ich beeil mich."

„Musst du nicht", sagte ich. „Außer mir wird ja höchstens Matteo hier sein. Willst du nicht nach dem Büro zu Isabella ins Krankenhaus?"

„Wenn die Besuchszeiten das erlauben, werde ich das natürlich tun", sagte er zerstreut. „Wo bin ich mit dem Kopf?"

„Bei deiner Frau."

„Da sollte ich insgesamt sein", knurrte er. „Das kann einfach nicht wahr sein. Hast du eine Idee, um welche Dokumente es geht?"

„Nein."

„Natürlich nicht", antwortete er mit einem tiefen Seufzer. „Sorry, Leonie. Ich wollte meinen Ärger nicht an dir auslassen. Das sind scheißwichtige Unterlagen." Er wandte sich Richtung Tür, doch ich hielt ihn auf.

„Christoph? Sei nicht zu hart zu deiner Sekretärin. Jeder macht Fehler. Bald ist Weihnachten."

Einige Sekunden ruhte sein Blick auf mir, dann schnaubte er. „Na schön. Weil Weihnachten ist."

Ich sah ihm hinterher. Anna hatte recht. Im Wortschatz meines Bruders existierte doch das S-Wort. Mit einem amüsierten Grinsen auf den Lippen ging ich

Richtung Ankleidezimmer, um Sachen für Isabella zu packen.

Im Krankenhaus herrschte betriebsames Chaos. Vorbeihuschendes Krankenhauspersonal mit auf Linoleum quietschenden Gummisohlen, verwirrte Besucher, die um Orientierung rangen. Der Geräuschpegel konkurrierte mit einem Festival, nur ohne die fetten Beats zum Abtanzen. Am Eingang telefonierten Männer und Frauen mit ernsten Gesichtern und verweinten Augen. Jeder einzelne von einem Schicksalsschlag getroffen.

Das Wartezimmer war voll. Matteo hatte einen Platz direkt an der Tür ergattert. Die Ellbogen auf die Oberschenkel gestützt, das Smartphone in der Hand wirkte er wie jemand, der sich auf eine lange Wartezeit eingestellt hatte.

„Hey", sagte ich, als ich direkt vor ihm stand.

„Leonie? Was machst du denn hier? Wo ist Christoph?" Er richtete sich auf und schob das Smartphone in die Hosentasche.

„Der wurde wegen eines Notfalls zurück in die Kanzlei gerufen."

Seine Miene verzog sich zu einer spöttischen Grimasse, die mir eine Gänsehaut verursachte. „Nichts ist wichtiger, als der Ehefrau im Krankenhaus beizustehen." Die Bitterkeit in seinen Worten, mit denen er Christoph verurteilte, irritierte mich, zugleich verspürte ich das dringende Bedürfnis, meinen Bruder in Schutz zu nehmen.

„Er wollte herkommen", erklärte ich. „Aber als der Anruf seiner Sekretärin kam, habe ich angeboten, die Sachen vorbeizubringen." Ich deutete auf eine kleine Reisetasche, die ich unter Christophs telefonischer Anleitung zusammengepackt hatte, nachdem uns aufgefallen war, dass er das Packen übernehmen sollte, bevor er ins Büro eilte. Es lebe die Freisprecheinrichtung. „Glaub mir, er wäre hier, wenn ich mich nicht förmlich aufgedrängt hätte. Ich sagte: *Bitte, Christoph, lass mich zu ihr. Ich flehe dich an. Ich will es wiedergutmachen, auch wenn ich nichts falsch gemacht habe.*" Ich grinste schief in der Hoffnung, dass meine übertrieben scherzhafte Formulierung bei ihm ankam.

Matteo rang sich endlich ein Lächeln ab. „Na gut. Willst du sitzen?" Er deutete auf seinen Stuhl, bereit, ihn mir zu überlassen, weil kein weiterer Platz frei war. „Wir müssen warten, aktuell ist Isabella noch in Behandlung."

Ich schüttelte den Kopf. „Am liebsten wäre mir, wenn wir draußen warten würden. Hier versteht man sein eigenes Wort nicht. Ich dachte immer, Krankenhäuser seien ein Ort der Ruhe und Stille."

„Das gilt nicht für die Notaufnahme. Lass uns gehen. Draußen sind Bänke mit Blick auf den Wartebereich. Sobald Isabella oder eine Schwester rauskommen, bekommen wir das mit."

Er stand auf und folgte mir hinaus in die kühle Abendluft, die ich mit einem tiefen Zug einsaugte.

„Wenn man sich für die Ehe entscheidet, verpflichtet man sich, für den anderen zu sorgen", sagte Matteo.

Ich stutzte, überrascht über den wiederaufgenommenen Faden.

„Das hat Christoph getan, indem er mich schickte“, erklärte ich. „Man kann nicht immer persönlich vor Ort sein. Es ist ja nicht so, als würde er sie allein hier sitzen lassen. Du bist da, ich bin da.“

„Für Isabella wird sich das anders anfühlen. Wir sind kein Ersatz für ihren Mann.“

„Aber das Beste, was sie im Moment kriegen kann“, konterte ich. „Was ist denn los mit dir? Ich habe den Eindruck, dass du gegen Christoph wetterst. Ist etwas zwischen euch vorgefallen?“

Überrascht sah er mich an, dann atmete er tief durch. Aus seinen Schultern fiel die Anspannung. „Ich finde sein Verhalten einfach nicht richtig.“

„Gut, ich nehme das so hin – können wir es dabei belassen? Ich möchte nicht, dass wir uns deswegen in die Haare bekommen.“ Das war die Wahrheit. Ich wollte nicht, dass wir uns stritten, weil wir auf unterschiedlichen Seiten standen und vehement Personen vertraten, die beide nicht anwesend waren. Falls Christoph Isabella mit seinem Verhalten enttäuschte, würden das die beiden später regeln können. Matteos Schweigen, das auf meine Worte folgte, nahm ich als Zustimmung. Wir setzten uns auf eine eiskalte Stahlgitterbank, von der aus wir den Wartebereich gerade noch im Blick hatten. Ich zupfte meinen Mantel unter mir zurecht, um nicht direkt mit der Jeans auf der eisigen Bank zu sitzen. „Warum ist alles im Krankenhaus so scheiße unbequem?“

Er lachte leise, blieb mir jedoch eine Antwort schuldig. Wir beobachteten das rege Treiben am Eingang und einen Krankenwagen, der mit Blaulicht um die

Ecke bog, um einen weiteren Unglücksraben abzuliefern.

Plötzlich veränderte sich die Stimmung und noch bevor er etwas sagte, spürte ich, dass Matteo gedanklich woanders war. Seine Haltung änderte sich, versteifte sich, als würde er versuchen, einen Felsen, der auf seinem Herzen lag, anzuheben. Die Vorbereitung auf ein Geständnis. „Ich hätte mich damals richtig von dir verabschieden sollen. Das war nicht die feine englische Art.“

Nur mit Mühe gelang es mir, seinen Worten zu lauschen, ohne ihn mit Fragen zu unterbrechen.

„Rückblickend betrachtet bin ich mir nicht einmal mehr sicher, ob es die richtige Entscheidung gewesen ist, zu gehen.“

Er sah mich mit einem eigentümlichen Blick an, suchte etwas in meinem Gesicht oder sortierte seine Gedanken. Ich schluckte, wollte etwas erwidern. Aber die Worte klebten fest. Ich hätte ohnehin nicht gewusst, was ich darauf hätte entgegnen sollen. All die schlagfertigen Erwiderungen, die sonst, ohne nachzudenken aus mir heraussprudelten, waren nicht griffbereit. Systemausfall.

„Vermutlich nicht“, flüsterte er.

Unter seinem intensiven Blick fühlte ich mich schutzlos, und ich ließ zu, dass er alles finden konnte, was er suchte. Sollte er ruhig wissen, dass er mir damals wehgetan hatte. In diesem Moment, hier vor dem Krankenhaus, durfte Matteo Russo meine Wahrheit erfahren.

„Gott, ich bin so ein verdammter Idiot.“

Ich legte eine Hand auf seinen Arm. „Bin schon Schlimmeren über den Weg gelaufen.“

Er schnaubte.

„Ich mein das ernst", sagte ich sanft. Er schielte zu mir rüber und ich schenkte ihm ein Lächeln. „Warst du in letzter Zeit mal auf Singleportalen im Netz unterwegs? Gruselig, was sich da tummelt, ich sags dir. Anna und ich kommen aus dem Staunen nicht mehr raus. Da sind Leute unterwegs, die hätt ich mir nicht ausdenken können. Manche ohne Hobbys, ohne Freunde. Ich frage mich, was die den ganzen Tag machen, außer im Portal zu versuchen, die Gunst einer Frau zu erwecken. Und die Dates, hör bloß auf. Einer hatte mal angegeben, er sei einen Meter achtzig groß und würde sehr viel Wert auf ein gepflegtes Äußeres legen. Also habe ich mich rausgeputzt. Ich denke, ich muss nicht beschreiben, was mich erwartete: Golum. Anna jedenfalls ist fest davon überzeugt, dass ich ein Buch über meine Erlebnisse schreiben sollte. Das würde hundertpro ein Bestseller werden."

„Was soll ich in so einem Portal?", fragte er mich wieder mit diesem besonderen Blick.

Ich nahm meine Hand von seinem Arm. „Weiß nicht", sagte ich. „Die meisten sind auf der Suche nach Liebe oder Sex. Früher ging man am Wochenende aus, um jemanden kennenzulernen, heute geht man ins Netz. Oder eine App. Ist ja ganz normal."

„Ich suche nichts", erwiderte er und erhob sich. „Ich hatte alles."

Mit in den Manteltaschen vergrabenen Händen und hochgezogenen Schultern schlenderte er auf den Eingang zu. An der Tür drehte er sich um. „Kommst du? Isabella ist fertig."

Kapitel 13 – Alle Jahre wieder

Dudelei, die (auch: „dudeln", das – Verb): abwertende Bezeichnung für laute, unharmonische oder nervige Musik. Findet insbesondere in Kombination mit dem Radio zur Weihnachtszeit häufig Verwendung, denn „et wird ja immer der gleiche Kram gedudelt".

Matteo und ich kehrten spätabends in eine verlassene Villa zurück. Für einen flüchtigen Augenblick fragte ich mich, weshalb mein Bruder nicht zu Hause war. Dann fiel mir ein, dass er entweder in der Kanzlei aufgehalten wurde oder – und darauf hoffte ich – sich auf dem Weg ins Krankenhaus befand.

Auf Socken tapste ich ins Wohnzimmer und bremste so abrupt im Türrahmen ab, dass Matteo gegen mich prallte. „Hey!"

„Tschuldige", murmelte ich. Ich trat einen Schritt ins Chaos. Hatte ich vorhin allen Ernstes geglaubt, ich hätte aufgeräumt? Anscheinend hatte Isabellas Ellbogen doch heftiger meinen Schädel malträtiert als zunächst angenommen. Das Zentrum des Raums sah aus, als wäre ein Hurrikan hindurchgefegt und hätte nach einer wilden Windpolka den Baum wieder aufgerichtet. Sein Zustand: bemitleidenswert. Wie aufs Stichwort rutschte in diesem Moment die provisorisch reingelegte Lichterkette von einem Ast und hing durch. Ich wandte den Blick ab und ging zum Tisch, wo die zersplitterten Erinnerungen an die Murano-Reisen lagen.

Matteo folgte mir. Sofort erkannte er meinen Plan. „Wollen wir versuchen, sie zu kleben?"

„Ich fürchte, das klappt nicht. Da muss jemand mit Fachwissen ran."

„Wir könnten es an dieser hier testen", schlug er vor und deutete auf eine schlichtere Glaskugel. „Sie ist simpler bemalt, was es leichter machen dürfte, das Motiv richtig zusammenzusetzen – ohne dass das Dach schief auf dem Haus sitzt oder so."

Ich lachte. „Na schön. Versuchen wir es."

In einer Schublade im Buffetschrank fand ich eine Tube Alleskleber, der dem Herstellerversprechen nach auch Glas und Keramik wieder vereinen sollte. Mit der Vortageszeitung, die als Unterlage gegen Klebeflecken auf dem Tisch diente, und dem Klebstoff kehrte ich ins Wohnzimmer zurück. Im Raum war es kühl, weil niemand rechtzeitig den Kamin angefeuert hatte. Ich legte Holz nach und entzündete ein Feuer. Gedankenverloren betrachtete ich das Züngeln der Flammen, die sich hungrig über das Zündholz und dann über die Scheite hermachten. Ich hatte alles. Matteos Worte hallten als Echo in mir wider. Dazu wieder dieser Blick. War es wirklich möglich, dass er mich meinte?

„Glühwein?" Matteo hielt eine Flasche hoch.

„Gern."

Während er in der Küche den Glühwein erwärmte, bereitete ich die Rettungsmission vor. Einige Stücke fehlten. Angestrengt suchte ich die Unfallstelle nach fehlenden Einzelteilen ab. Gerade als Matteo mit zwei Tassen dampfenden Glühweins zurückkam, robbte ich über den Boden.

„Darf ich Euch aufhelfen, mein Aschenputtel?" Matteo reichte mir die Hand, und das Funkeln in seinen Augen schalt seinen ironischen Tonfall.

Mein Herz machte einen Hüpfer. „Sehr gern, werter Herr. So möget Ihr mich zu unserem Tisch geleiten, wo wir bei feinstem Kochweine des Rätsels Lösung finden wollen."

Er lachte leise und führte mich zum Tisch. Seine Hand ruhte auf meinem unteren Rücken, und die Berührung ließ mich durch den Stoff hindurch erschaudern. Hoheitsvoll sank ich auf dem Stuhl nieder, nachdem Matteo ihn mir zurechtgerückt hatte. Mein Blick folgte jeder kleinsten seiner Bewegungen. Wie er den Stuhl neben mir rückte, sich setzte, mir eine Tasse reichte. Ich konnte nicht aufhören, ihn anzustarren, und mir war scheißegal, ob er es merkte. Er nippte am Glühwein und schenkte der Tasse ein zufriedenes Lächeln.

„Lecker. Guter Jahrgang, falls das eine Rolle spielt", murmelte er. „Wollen wir?"

Er griff nach den ersten Stücken und dem Kleber. Da gelang es mir, meine Versteinerung zu lösen. Hastig trank ich von dem Glühwein.

„Jap", krächzte ich.

Wir bastelten und klebten stundenlang, dabei lauschten wir einer Best-of-Weihnachts-Popsongs-Playlist auf Spotify, die Matteo ausgegraben hatte. Erst wollte ich protestieren, doch ich hatte mir vorgenommen, mich weniger wie der Grinch zu verhalten und auf den Weihnachtszauber einzulassen.

Der Kleber hielt, was er versprach – zumindest fürs Erste. Ob die Kugeln auf Dauer der Belastung an einem dünnen Faden aufgehängt zu werden, standhielten, blieb abzuwarten. Wir hatten die gesamte Flasche Glühwein vernichtet, weshalb ich an unserem Urteilsvermögen zweifelte. Das Zeug mochte draußen auf einem Weihnachtsmarkt wärmen, aber in der wohligen Wärme eines knisternden Kamins raste die Alkoholzuckermischung ungebremst in die Blutbahn, um dort einen wilden Jive auf *Rockin' Around the Christmas Tree* zu tanzen. Mit schwerer Zunge lallte ich: „Wir sollten morgen einen neuen Baum kaufen."

„Das machen wir. Oh, ich habe eine hervorragende Idee!" Mit funkelnden Augen sah er mich an. Sein Atem roch nach Zimt, Orange und Alkohol – und ich verspürte das dringende Bedürfnis, meine Lippen auf seine zu legen.

Er schien nichts zu bemerken, sondern erläuterte seinen Einfall: „Wir fällen für Isabella den schönsten Tannenbaum, den sie je gesehen hat!"

„Is kla, Matteo. Niemand fällt hier einen Baum selbst. Wir wohnen in der Stadt, schon vergessen? Hier geht man zu jemandem, der vorher für einen den Drecksjob übernommen hat, bezahlt ihm gutes Geld und schleppt die Ware nach Hause. Oder lässt bestenfalls von jemandem liefern, der so etwas wie eine Ladefläche hat, damit man sich den teuren, in der Stadt völlig überflüssigen SUV nicht einnadelt. Stell dir die Blicke der Nachbarn vor, wenn wir eine selbstgeschlagene Tanne die Einfahrt entlangwuchten. Außerdem gibt's hier, soweit ich weiß, keine Plantage." Die Ansprache strengte mich an, und ob ich mich verständlich ausgedrückt hatte, blieb in den Sternen. In meinem Kopf ergab alles einen Sinn.

„Wo ist dein Sinn für Romantik, Leonie? Dann fahren wir dorthin, wo das geht!"

„Du bist betrunken, Matteo."

„Möglich. – Aber die Idee ist dennoch gut. So können wir Isabella beweisen, dass uns ihr Weihnachtsfest wichtig ist und wir ihre Mühe wertschätzen. Sie wird Augen machen."

„Du musst dich nicht beweisen, an dir zweifelt sie nicht", versuchte ich, meinen Kopf aus der Schlinge zu ziehen. „Wenn du einen neuen Baum kaufen willst, bin ich dabei."

„Wir fahren ins Sauerland!", beschwor Matteo unbeirrt.

„Auf keinen Fall! Da sind wir pro Strecke zwei Stunden unterwegs. Hier gibt es auch schöne Tannen in sehr guter Qualität."

„Aber keine, die wir geschlagen haben."

„Das ist ihr doch gar nicht wichtig."

„Noch nicht! Wenn der Baum eine Geschichte hat, wird sie begeistert sein! Leonie, das wird toll. Du und ich und eine von uns auserwählte, selbst geschlagene Tanne, die ihren frischen Nadelduft in diesem wundervollen Haus verströmt." Fassungslos starrte ich ihn an. „Du und ich?"

„Und die Tanne."

„Matteo ..."

„Wir fahren morgen ganz früh los, dann haben wir ausreichend Zeit."

Um acht Uhr saßen wir am Frühstückstisch. Christoph hatte ab sofort Urlaub, das verriet mir ein Blick auf seine Garderobe. Er trug einen Grobstrickpulli und eine dunkle Jeans. Beides Kleidungsstücke, die niemals in die Nähe seines Büros kämen.

„Weißt du, wann du sie abholen kannst?", fragte ich ihn.

„Sie wollte mir schreiben, sobald die Untersuchungen abgeschlossen sind. Im Krankenhaus herrscht regelrechtes Chaos, das habt ihr gestern mitbekommen. Ständig kommen Notfälle rein." Verstohlen schielte er auf sein Smartphone, das neben ihm lag. Seit gestern schien er um einige Jahre gealtert. „Danke, dass ihr euch um den Baum kümmert. Ihr könnt den Wagen nehmen", wechselte er das Thema. „Richtung Kettwig gibt's einen sehr großen Christbaumverkauf, der anständige Preise und optimal gewachsene Tannen hat. Dort kaufen wir jedes Jahr. Normalerweise lassen wir ihn liefern, aber das wird zeitlich zu knapp. Also achtet darauf, dass ihr ihn für die Fahrt sichert. Matteo, im Auto liegen Decken und ich gebe dir dafür Spanngurte für die Ladungssicherung mit."

Matteo und ich nickten eifrig. Endlich hatten wir eine Mission! Da fühlte ich mich gleich weniger wie ein nichtsnutziger Schmarotzer.

Wir machten uns auf den Weg. Im Radio dudelten dieselben Weihnachtssongs, die jedes Jahr aus der Mottenkiste gekramt wurden. Genervt schaltete ich ab. „Gibt's eigentlich keine neuen Lieder? Muss sich Mariah Carey jedes Jahr erneut in ein enges Paillettenkleid pressen und ihren sehnlichsten Wunsch ins Mikro quaken?"

Matteo lachte. „Willst du mein Smartphone koppeln? Im Streaming ist die Auswahl größer, da findest du auch moderne Songs und Interpreten. – Wie wäre es mit Helene Fischer?"

Entgeistert sah ich ihn an. „Willst du mich umbringen?"

„Kein Gedanke läge mir ferner. – Doch Radio?"

„Von mir aus", brummte ich missmutig. „Sind ja eh nur ein paar Straßen."

Ich betrachtete das rege Treiben des Straßenverkehrs, die hektischen Leute, die ihre Einkäufe, Kisten und Pakete schleppten. Trotz der frühen Uhrzeit schien jeder auf den Beinen zu sein. Von Ruhe und Besinnlichkeit keine Spur.

„Ist dir mal aufgefallen, dass die Vorbereitungen des Weihnachtsfestes extrem stressig für die meisten sind?", fragte ich Matteo. „Ich meine, sieh dir die Leute an. Angeblich ist die Adventszeit die schönste Zeit des Jahres, aber lächelt hier auch nur einer?"

„Die sparen sich ihre Energie und gute Laune für die Festtage."

„Aha. Hey, dort ist die Auffahrt. Du fährst in die falsche Richtung!"

„Ich bin richtig."

Er fuhr gnadenlos auf die entgegengesetzte Auffahrt. „Nach Kettwig geht's dort lang!"

„Und ins Sauerland hier." Mühelos fädelte er sich in den Strom auf der Autobahn ein.

„Matteo!"

„Leonie. Das war abgemacht. Sag nicht, du hast das vergessen. So viel haben wir nun auch wieder nicht getrunken.“

„War es nicht! Du hast dir da etwas in den Kopf gesetzt und ich habe dir gestern schon gesagt, das ist eine hirnrissige Idee. Fahr sofort die nächste Abfahrt runter und zu diesem Gehölzdealer nach Kettwig!“

„Nein.“

„Ich schwöre dir, ich steige aus.“

„Wir fahren achtzig Stundenkilometer. Ich möchte dich daher bitten, diese Idee zu überdenken.“

Mit vorgeschobener Unterlippe und verschränkten Armen starrte ich ihn an. „Das ist Kidnapping.“

„Wenn du das glaubst, ruf die Polizei.“ Ohne den Blick von der Straße zu lösen, reichte er mir sein Smartphone.

Stumm betrachtete ich das dunkle Display, bevor ich das Gerät zurück in die Mittelkonsole legte. „Wenn wir bis heute Nachmittag nicht zurück sind, sind wir erledigt.“

„Keine Sorge, das schaffen wir locker.“

In meiner Brust schlugen zwei Herzen. Eines wollte ihm sein Siegesgrinsen aus dem Gesicht schlagen, das andere ihn abknutschen, denn insgeheim gefiel mir die Vorstellung, einen Tag mit ihm zu verbringen, sehr. Oh ja, wie gern würde ich ihn jetzt küssen. Und zwar so richtig, mit in den Haaren vergrabenen Händen, ich rittlings auf seinem Schoß, leidenschaftliche Zungenspiele, bis wir nach Luft rangen, Ohrläppchenknabbern und Halsbeugenküsse. Marathonatmen und Bauchkribbeln.

Hitze kroch in meine Wangen. Rasch wandte ich den Blick ab. Diese Gedanken führten in eine falsche Richtung, ganz falsch. Noch falscher als Kettwig und Sauerland.

Im Radio sang George Michael über sein Herz, das er der Falschen geschenkt hatte, einer Person, die es nicht wollte. Ich lauschte dem Songtext, den ich Dutzende, Hunderte Male zuvor gehört hatte, der zur Adventszeit gehörte wie Lebkuchenduft und Glühwein. Mir war, als würde ich das Lied neu entdecken, als würde ich erstmals die wahre Botschaft verstehen, wirklich hinhören, mich nicht nur von der Melodie berieseln lassen. Das Lyrische Ich liebte die Angebetete wider Willen, obwohl sie sein Herz verschenkt hatte. Er verzehrte sich nach der verflossenen Liebe. Gleichzeitig wollte er sich sehnlichst in jemanden verlieben, der seiner Liebe wert war. Mein Blick huschte zu Matteo, der im Takt der Musik mit den Fingern auf dem Lenkrad trommelte. Dann dachte ich an den armen Jamal, dem ich ein Gespräch und Klarheit schuldete.

Ich musste dem Schicksal zugestehen, dass sein Timing und der Galgenhumor unübertrefflich waren.

Kapitel 14 – Weihnachtsbaum-Plan-Tage

Weihnachtsbaum-Plan-Tag, der: ein Tag, an dem man plant, einen Weihnachtsbaum zu kaufen. In der Regel einmalig jährliches Event mit Feiertags-Feeling, das exzessiv zelebriert wird. In seltenen Fällen bedarf es einer Wiederholung, sofern die erste Wahl sich als unzureichend herausstellt.

Die Weihnachtsbaumplantage erinnerte an einen Samstag beim schwedischen Möbelhaus. Auf dem überfüllten Parkplatz rangierten Jeeps und Pick-ups, zwischen denen der SUV meines Bruders wie ein Kleinwagen wirkte. Männer in Holzfällerhemden, die im Knut-Werbespot mitspielen könnten, trugen riesige Tannen auf den Schultern. Die Frauen standen am Glühweinstand und tauschten sich über den neuesten Dorftratsch aus. Kinder rannten quer über den Parkplatz. Sie wichen dabei geschickt jeder Gefahrenquelle aus, kreischten vor Freude über die Schneeflocken, warfen die Köpfe in den Nacken und streckten dem Himmel ihre Zungen entgegen. Ich war froh, als wir parkten, ohne Kinder plattgefahren zu haben.

„Wir müssen wohl doch *Schöne Bescherung* gucken“, meinte ich mit Blick auf das bunte Treiben.

Wir hielten auf eine Bretterbude zu, an der man sich für das Vergnügen, selbst einen Baum zu schlagen, anmelden musste. Der grimmig dreinblickende Verkäufer teilte uns einen Bereich zu. „Der Vater, gespielt von Chevy Chase, bindet die gesamte Familie in seinen Weihnachtswahnsinn ein. Der Film beginnt mit der Suche nach dem perfekten Weihnachtsbaum, den er selbst schlagen möchte, weshalb die Familie an den Arsch der Welt fährt, durch meterhohen Schnee watet und schließlich eine riesige, wirklich unfassbar riesige Tanne händisch ausgräbt, denn natürlich hat niemand eine Säge dabei.“

Matteo warf mir einen amüsierten Blick zu. „Lass mich raten, du fühlst dich wie in diesem Film?“

„Ach was, wie kommst du bloß darauf? Na gut, ich gebe zu, es gibt gewisse Parallelen. Es schneit sogar.“ Ich deutete auf die zarte Puderschicht, die sich unter unseren Sneakers bildete. „Ich muss zugeben, hier ist's insgesamt weihnachtlicher als in Essen. Da regnet es jetzt garantiert.“

„Was passiert dann?“, fragte Matteo. „Nachdem sie den Weihnachtsbaum haben, meine ich.“

„Ausnahmslos alles geht schief. Die Familie ist schrecklich und unerträglich, die Lichterketten wollen nicht leuchten, der völlig verstrahlte und zum fremdschämende Cousin steht eines Morgens uneingeladen mit seiner Familie und dem blutrünstigen, aber vertrottelten Jagdhund vor der Tür, der das Eichhörnchen, das im Baum saß, quer durchs gesamte Haus scheucht. Ach, und der Baum brennt ab, der Onkel beinahe mit, die

Katze, die von der tuddeligen Tante als Geschenk verpackt wurde, wird gegrillt und besagter Cousin entsorgt seine Hinterlassenschaften unerlaubterweise in der Jauchegrube, die sich in eine Chemiekeule verwandelt und am Ende hochgeht. Natürlich misslingt der Weihnachtsbraten und du kannst dir denken, dass einiges mehr schiefgeht. Wenn man uns mit der Familie Griswold vergleicht, haben wir noch Luft nach oben."

Matteo lachte. „Bei denen scheint es deutlich tierischer zuzugehen als bei uns."

„Wir könnten ein Eichhörnchen fangen", schlug ich vor, was ihm ein noch lauteres, dröhnenderes Lachen entlockte. Sein Bariton prickelte auf meiner Haut.

„Besser nicht." Er blieb stehen und deutete auf eine windschiefe Tanne. „Wie wäre es mit der? Sie ist zwar nicht pfeilgerade, aber die Äste sind gleichmäßig."

Skeptisch beäugte ich Matteos Auserwählte. „Vermutlich nur von dieser Seite."

Wir umrundeten das Gewächs, das sich rasch als ungeeignet entpuppte. Neben einer krummen Haltung wies das Tännlein verkürzte Arme auf der Rückseite auf, die es versuchte, mit einer zu langen Spitze auszugleichen. Würden wir sie für einen Engel oder Stern stutzen, wäre sie gut zwanzig Zentimeter kleiner und damit kaum größer als Matteo. Im Vergleich zu der prächtigen Tanne, die der Dekorationsprozedur unfreiwillig geopfert worden war, musste dieser Baum ein paar weitere Jahre wachsen. „Zu klein", beschied ich daher.

„Gut, dann gucken wir weiter."

Wir nahmen jeden Baum mit der Genauigkeit eines Schönheitschirurgen unter die Lupe. Mittlerweile hatte das Wetter aufgedreht, die Schneeflocken stoben in fluffigen Miniaturzuckerwatten um uns herum. Fasziniert beobachtete ich, wie sie sich zwischen Matteos Locken betteten. Wieder spürte ich dieses Ziehen in meiner Körpermitte, der Wunsch, Matteo zu berühren, seine Hand zu nehmen. Zu vergessen, wie es geendet hatte, nachdem zwischen uns ein Feuer entfacht war, das sich für immer in mein Herz gebrannt hatte. Verdammt! Wenn ich dieses Weihnachten unbeschadet überleben wollte, musste ich mir Matteo Russo aus dem Kopf schlagen.

„Die ist perfekt." Matteo war vor einer Fichte stehen geblieben, deren Nadeln in sattem Grün-blau schimmerten. Wortlos umrundete ich die Tanne mit kritischem Blick. „Du hast recht", stimmte ich ihm schließlich zu. „Die soll's also sein."

Matteo betrachtete den Stamm und legte die Axt an. „Dann wollen wir mal."

Fasziniert beobachtete ich, wie er mit kräftigen Schlägen die Fichte von ihren Wurzeln trennte. „Wo hast du das denn gelernt?"

„Gar nicht. Aber ich kann einen Nagel in die Wand hauen, ohne den Daumen zu treffen. Hab vorhin noch rasch ein YouTube-Video geschaut und gehofft, dass das klappt."

„Ich muss zugeben, ich bin beeindruckt."

„Na, das will ich hoffen", erwiderte er mit einem breiten Grinsen. „Achtung – Baum fällt!"

Ich trat einen Schritt zur Seite. Unter lautem Splittern brach der Stamm, die Tanne sank neben eine andere. Wenige Minuten später hatte Matteo die am Stamm hervorstehenden Holzstücke bereinigt und gemeinsam trugen wir unsere Eroberung zurück zum Parkplatz. Mehr als einmal rutschte ich mit meinen Gummisohlen auf dem teilgefrorenen Boden.

Schließlich erreichten wir unfallfrei den Ausgang. Wir gaben die Axt zurück, bezahlten und wuchteten die Tanne aufs Autodach.

„Die ist wirklich schön", gab ich zu.

„Nichts im Vergleich zu dir. … Warte, bevor du mir wieder etwas Flapsiges an den Kopf wirfst. Was ich sagen will, ist, dass du wunderschön bist, Leonie."

Matteo bedachte mich mit einem intensiven Blick, unter dem ich errötete. Mir schwindelte von den ständigen Stimmungswechseln.

„Danke", murmelte ich unbeholfen.

„Gern geschehen, Leonie", flüsterte Matteo. Dann gab er sich einen Ruck, löste seinen Blick von mir und nestelte in der Jackentasche nach dem Autoschlüssel. Mit jeder verstrichenen Sekunde wurde er nervöser, kramte hektisch in allen Taschen, die er an sich trug.

„Stimmt etwas nicht?"

„Shit, das darf nicht wahr sein."

Mir schwante Übles. „Sag nicht, du hast den Autoschlüssel verloren?"

„Hab ich ihn dir gegeben?" Er deutete auf meine Umhängetasche.

„Nope. Der muss dir beim Fällen aus der Tasche gefallen sein. Komm, wir fragen, ob ihn jemand gefunden hat."

Als wir zur Bude am Eingang gingen, streifte Matteos Hand meine. Eine zarte Berührung, die absichtlich oder zufällig geschehen sein konnte. Ich schielte zu ihm rüber, glaubte im Augenwinkel ein Lächeln über sein

Gesicht huschen zu sehen. Aber ich war mir unsicher, und deswegen versenkte ich meine Hände in den Jackentaschen.

Da niemand einen Autoschlüssel abgegeben hatte, liefen wir den Weg erneut ab. Der zunehmende Schneefall und der wolkenverhangene Himmel erschwerten die Suche. Schockiert registrierte ich, dass es nicht die Wolken, sondern die einsetzende Dunkelheit des späten Nachmittags war, die den Tag unaufhaltsam beendete. Wo war der Tag hin?

Wir mussten uns beeilen, den vermaledeiten Schlüssel zu finden. Matteo warf einen Blick in den Himmel, bevor er seine Taschenlampe am Handy einschaltete. Ich tat es ihm gleich.

Mit jeder Minute, die verstrich, sank mein Mut. Vermutlich hatte sich bereits eine dünne Schneeschicht über den Autoschlüssel gelegt. Auf dem unebenen Waldboden wäre er von einem weiß gepuderten Stein kaum zu unterscheiden. Doch dann blitzte etwas im Lichtschein von Matteos Handy auf.

„Stopp! Da ist etwas!", rief ich aufgeregt.

Schlitternd blieb Matteo stehen und leuchtete auf die Stelle, die ich ihm deutete. Und tatsächlich, der Schlüssel!

Triumphierend sprang ich auf, wobei ich leider vergaß, dass meine Schuhsohlen inkompatibel mit dem frostigen Waldboden waren. Mit einem Aufschrei verlor ich die Balance, ruderte, kippte vornüber und landete direkt in Matteos Armen. Ein leises *Huch* entwich ihm, aber es klang nicht wirklich überrascht. Vermutlich hatten wir beide damit gerechnet, dass ich mich auf die Nase legen könnte. Vor Aufregung und Adrenalin schlug mein Herz wild in der Brust, und wie vorhin im Auto war ich mir Matteos Nähe überdeutlich bewusst. Ich hob mein Gesicht und sah direkt in seine dunklen Augen, die mich fixierten, als wäre ich der Mittelpunkt seiner Welt. *Leonie, du bist wunderschön*, hatte er gesagt. Dazu dieser Blick. Verdammt, ich hatte alle Zeichen, die ich brauchte. Matteo Russo mochte mich – und ich mochte ihn. Es wäre so einfach, so schön. Die Luft zwischen uns schien zu vibrieren, verlangte eine Entscheidung. Die Situation schrie nach einem Kuss.

Aber ich hatte Angst, erneut verletzt zu werden. Am nächsten Morgen, nächste Woche oder nächsten Monat wieder allein aufzuwachen und nicht zu wissen, wo er hin war. Und diese Angst musste in meinem Blick liegen. Matteo schloss kurz die Augen, und als er sie wieder öffnete, hatte er sich gesammelt. Er stellte mich auf die Füße, nicht distanziert, nur klarer und bei Sinnen.

„Das war knapp", sagte er. Meinte er den Kuss oder meinen Sturz? „Lass uns zurückgehen, bevor es stockfinster ist." Seine Stimme klang belegt. Ich nickte benommen.

Nach wenigen Metern rutschte ich erneut, doch dieses Mal gelang es mir, das Gleichgewicht zu halten. Er bot mir den Arm an und wie schon auf dem Weihnachtsmarkt hakte ich mich unter. Bis zum Auto kam uns kein einziges Wort über die Lippen, zu sehr hingen wir in unseren eigenen Gedankenwelten. Wäre ich weniger auf mich selbst und das Chaos in meinem Inneren fixiert gewesen, hätte mich brennend interessiert, was er dachte. Ob er die gleichen widersprüchlichen Gefühle und Gedanken hegte?

Christophs Auto war das Letzte auf dem Parkplatz. Das Kassenhäuschen hatte geschlossen und der Mitarbeiter schien uns vergessen zu haben. Wir mussten über den niedrigen Zaun klettern, um die Weihnachtsbaumplantage zu verlassen. Mittlerweile war es fast achtzehn Uhr.

„Hast du einen verpassten Anruf von Christoph?", fragte ich im Plauderton.

„Nein – du?"

„Nein, deswegen wundere ich mich. Ihm dürfte sehr wohl aufgefallen sein, dass wir nicht bloß nach Kettwig gefahren sind."

„Du hast Empfang hier?" Seine überraschte Mimik verriet mir, dass sein Smartphone den Telefondienst derzeitig verweigerte. Ich warf erneut einen Blick auf meines. „Jetzt, wo du es sagst, nein."

„Wir können ihn anrufen, sobald wir aus dem Funkloch raus sind. Deutschland, deine Funklöcher", sagte Matteo mit einem Seufzer.

„Na ja, es ist schließlich ein Mobilfunknetz. Wenn wir flächendeckenden Empfang hätten, wäre es eine Mobilfunkdecke."

Matteo brach in schallendes Lachen aus. „Du und deine Sprüche!"

„Ich nehme das als Kompliment."

„So war es auch gemeint." Er bedachte mich mit einem warmen Lächeln.

Dann drückte er auf den Autoschlüssel, den ich ihm zuvor gereicht hatte. Nichts passierte. Stirnrunzelnd drückte er erneut auf den Knopf. Wieder nichts. Der

dritte Versuch fiel mit deutlich mehr Kraftaufwand
aus. Er erinnerte mich an mich selbst, wenn ich
krampfhaft auf der Fernbedienung herumdrückte, obwohl die Batterie leer war. Als ob das intensive Drücken
des Knopfes Kraftreserven entlocken würde.

„Batterie leer?", fragte ich.

„Weiß nicht. Leuchte mir mal, bitte." Gereizt nestelte
er am Schlüssel rum, bevor ich die Gelegenheit hatte,
ihm zu leuchten. „Hast du eine Idee, wie das Ding mechanisch aufgeht?"

Wir tüftelten am Schlüssel herum und verfluchten
lautstark die moderne Technik. Mit klammen Füßen
und zitternden Körpern wurde mir schmerzlich bewusst, dass wir keine Ahnung hatten, wie wir das Auto
aufschließen sollten. Weder Matteo noch ich waren je
in die Verlegenheit gekommen, uns mit dem Thema zu
befassen, was wir nun bereuten. Und Google? Kein Netz
zu haben bedeutete auf die allwissende Suchmaschine
mit altklugen Tipps zu verzichten. Keine Hilfsvideos
auf YouTube, keine Beschreibungen.

„Wir sind am Arsch", kommentierte ich unsere Situation, den ausgeklappten Schlüssel in der Hand. „Was
sollen wir nun tun?"

„Irgendwo muss das Schloss sein." Kopfübergebeugt
begutachtete Matteo den Türgriff von unten. „Hier ist
eine Nut, eine kleine Lücke. Gib mir mal den Schlüssel,
vielleicht muss man die Abdeckung abhebeln."

„Christoph könnte wenig erfreut sein, wenn wir sein
Auto vermacken", wiegelte ich seine Überlegung ab.

„Es schneit und du hast Stoffschuhe an, Leonie. Wenn
wir das Auto nicht ins Laufen bekommen, können wir
erfrieren."

„So schnell erfriert man nicht. – Oder?" Ich hatte keine Ahnung, ab wann die Situation als lebensbedrohlich zählte.

Er antwortete nicht, sondern hantierte am Griff herum. Mit einem Klick offenbarte sich unter der gelösten Kunststoffverkleidung das Schlüsselloch.

„Du bist ein Genie!" Überschwänglich drückte ich Matteo einen Kuss auf die Wange. Überrascht blinzelte er mich an. Er schüttelte ungläubig den Kopf, öffnete die Tür und kletterte hinein, um mir von innen die Beifahrertür zu öffnen. Ich umrundete das Auto.

„Ähm. Wir müssen die Tanne befestigen, Matteo."

„Mist, das auch noch. Die hatte ich ganz vergessen."

Der Tag schien kein Ende zu nehmen. Emotional hatte ich eine beachtliche Bandbreite heute durchlebt. Ärger, Vorfreude, Adrenalin, ein Anflug von Romantik, Sorge. Die Erschöpfung zerrte mit der Kälte um die Wette an mir und die letzten Meter bis zum Ziel erschienen mir unendlich weit weg.

Wir wuchteten die Tanne aufs Dach, wo wir sie mit Spanngurten festzurrten. Matteo überprüfte die Riemen insgesamt drei Mal, vermutlich war sein Maß an Überraschungen ebenfalls erreicht. Dann, endlich, saßen wir im Auto.

Matteo drückte auf den Startknopf.

Nichts geschah. Der Motor blieb stumm. Im Bordcomputer leuchtete eine Anzeige auf: *Schlüssel nicht gefunden.*

„Das ist ein Scherz, oder? Ich habe den Schlüssel. Hier! Mach den Motor an, du scheiß Ding!" Matteo schlug mit der Faust auf das Lenkrad, dann drückte er erneut den Knopf. Dieselbe Fehlermeldung leuchtete auf.

„Ich gucke im Handbuch nach", bot ich hastig an. „Vermutlich kann er den Schlüssel wegen der leeren oder defekten Batterie nicht erkennen. Da gibt's bestimmt einen Trick so wie mit dem manuellen Türöffner." Ich war überrascht, wie ruhig und sachlich ich klang. Dabei spürte ich die Frustration eines Raubtiers, das am Gitter auf und ablief und nur darauf wartete, eine Lücke im Zaun zu finden. Dann der nächste Schlag: „Ich kann das Handbuch nicht finden."

„Guck noch mal richtig", befahl Matteo gereizt. Er beugte sich zu mir rüber und wühlte im Handschuhfach herum, als wäre es größer als zwanzig Quadratzentimeter oder so.

„Da gibt's keinen doppelten Boden. Das Ding ist nicht hier."

„Das sehe ich auch!"

„Weißt du was? Ich denke, es ist weder deine noch meine Schuld, dass wir hier nun hängen. Aber du könntest wenigstens versuchen, mich nicht anzupflaumen." Hitze pulsierte in meinem Magen.

Er hielt in der Bewegung inne. Meine Worte sickerten in seinen Verstand. Schließlich lehnte er sich im Fahrersitz zurück, schloss kurz die Augen und kämpfte mit den Emotionen. Fasziniert beobachtete ich das Schauspiel. Seine betont ruhige Atmung, das abklingende Zittern. „Entschuldige bitte. Das wollte ich nicht. Ich kann einfach nicht glauben, wie viel Pech wir gerade haben. Als ob diese ganze Mission unter einem schlechten Stern steht. Falls man an so etwas glaubt. Schau bitte mal hinten im Kofferraum nach, ob du da etwas findest. Ich kontrolliere noch einmal den Innenraum."

Wir suchten den gesamten Pkw ab, konnten das Handbuch aber nicht finden. Stattdessen entdeckten wir ein weiteres Fach, das sich nicht öffnen ließ. Ich wünschte mir meinen alten Opel aus den ewigen Jagdgründen der Metallpresse zurück, bei dem jede Schraube sichtbar und nachvollziehbar angebracht war. Wo das Handbuch ungenutzt zwanzig Jahre im Handschuhfach vergilbte und ein Laie einen Ölwechsel noch selbst durchführte.

Schließlich mussten wir uns zum zweiten Mal an diesem Abend eingestehen, dass wir ohne Hilfe – sei es mit einem Anleitungsvideo im Internet oder einem Abschleppdienst – aufgeschmissen waren.

„Wir können bis morgen früh warten, bis der Verleih wieder öffnet. Dann wird es bestimmt jemanden geben, der uns helfen oder Hilfe rufen kann", schlug ich vor.

„Du willst die Nacht im Auto verbringen?"

„Ich habe zumindest etwas zu trinken gefunden." Ich hielt eine Wasserflasche hoch, die ich im Kofferraum gefunden hatte. Ihr Inhalt war angefroren. „Und eine Decke."

„Weiß nicht, Leonie. Lass uns lieber ein Stück in Richtung Winterberg laufen. Vielleicht finden wir unterwegs jemanden, der uns helfen kann oder kommen zumindest aus dem Funkloch raus? Im Auto ist es arschkalt."

Die Idee, nur mit dem Licht eines Smartphones eine finstere Landstraße im tiefsten Sauerland entlangzulaufen, behagte mir nicht. Ich warf einen weiteren Vorschlag in den Ring: „Was ist mit einem Notruf? Zählt das schon? Ich meine, wir haben noch alle unsere Gliedmaßen, niemand steht kurz davor, zu verbluten.

Bisher sieht's auch so aus, als würden wir nicht erfrieren, auch wenn mir sehr kalt ist", gab ich zu bedenken. „Ich würde sagen, das ist eine wirklich miese Situation, aber kein Notfall. Was meinst du?"

„Sehe ich ähnlich. Den Notruf sollten wir erst rufen, wenn sich die Lage verschlimmert", stimmte Matteo meinen Gedanken zu. „Laufen?"

„Na schön."

Also verließen wir den Parkplatz der Christbaumplantage auf der Suche nach einem kleinen Weihnachtswunder.

KAPITEL 15 – LEISE RIESELT DER SCHNEESTURM

Schnee, der: feinste Tröpfchen unterkühlten Wassers, die sich in Wolken anlagern, dort gefrieren und in Form festen weißen Niederschlags auf die Erde fallen. Bringt reges Treiben zum Erliegen und erfüllt die Herzen mit Freude – mutmaßlich selbst das Herz eines Weihnachtsmuffels. In erhöhtem Aufkommen unangenehm (Sturm).

Nachts war im Sauerland auf den Straßen nichts los. Ausnahmslos jeder Mensch schien sich ins warme Heim verkrochen zu haben. Aus Zufall verirrte sich niemand irgendwohin, erst recht nicht auf eine abgelegene Weihnachtsbaumplantage. Der anfänglich dürftige Schneefall hatte sich mittlerweile in heftiges Schneetreiben verwandelt. Eng aneinander gekuschelt marschierten wir die Landstraße entlang, den Blick fest auf die Lichter in weiter Ferne geheftet. Wir verloren jedes Zeitgefühl, und mit jedem Schritt zweifelte ich mehr an der Unternehmung, denn die Lichter kamen nicht näher.

„Wir hätten im Auto bleiben sollen – oder zumindest die Decke mitnehmen sollen. Warum haben wir die im Auto gelassen?“, brachte ich schließlich unter heftigem Bibbern heraus.

Matteo blieb mit eingefallenen Schultern stehen. „Tut mir leid, Leonie. Das alles ist meine Schuld.“

„Sch-schon gut“, brachte ich hervor.

Ja, der Schlamassel war seine Schuld. Schließlich war die Idee, ins Sauerland zu fahren, auf seinen Mist gewachsen. Hätte ich mich wirklich ins Zeug gelegt, wären wir umgedreht. Davon war ich überzeugt. Matteo war niemand, der sich ernsthaft Ärger einhandeln wollte, nur jemand, der gelegentlich provozierte, indem er seine Grenzen austestete. Ich war zu müde, um mit ihm zu diskutieren, zu müde für sein Selbstmitleid. War sogar zu müde, um die Gefährlichkeit der Lage wirklich zu begreifen.

Schweigend liefen wir weiter, bis Matteo erneut stehen blieb und mich am Arm festhielt. „Wir gehen zurück, das hat keinen Sinn. Hier kommt niemand mehr um die Uhrzeit lang und die Handys bekommen einfach kein Netz. Ich wollte es vorhin nicht sagen, aber wenn kein Mast in der Nähe ist, gibt’s auch keinen Notruf.“

„Was?“

„Wie soll das hinhauen? Der Notruf funktioniert nur, weil sich dein Handy im nächsten Netz einwählt. Wenn du telefonierst, greift es ausschließlich auf das Netz des Anbieters zu, für den du bezahlst. Bei einem Notruf ist diese Blockade aufgehoben, da wählt sich das Handy ins nächstbeste Netz ein. Heißt, du benötigst trotzdem eine Verbindung. Wenn du in der Walachei bist, wo weit und breit kein Mobilfunkmast ist, gibt's auch keine Möglichkeit auf einen Notruf."

Entgeistert starrte ich ihn an. „Das hättest du mir nicht vorher sagen können?"

„Was hätte das geändert?"

Darauf wusste ich keine Antwort. Bei der Vorstellung, ohne Netz und doppelten Boden in eisiger Kälte in der Mitte vom Nirgendwo eine gottverlassene Landstraße entlangzulaufen, lief es mir eiskalt den Rücken herunter.

„Ich habe Angst", gestand ich Matteo. „Ich will nicht sterben."

„Du wirst nicht sterben." Er nahm meine Hand. „Niemand stirbt heute Nacht. Lass uns wenigstens noch um die Kurve dort gehen. Ich glaube, da ist etwas."

Einige Minuten später erreichten wir die Weggabelung. Bis nach Winterberg, deren Lichter am Horizont schimmerten, müssten wir weitere rund sieben Kilometer marschieren. Bei den Witterungsbedingungen also mindestens zwei Stunden, eher mehr. In weniger als einem Kilometer, aber in die andere Richtung, war eine Schutzhütte ausgeschildert. Das Symbol bestand aus einem Quadrat mit einem Dreieck, was die Hoffnung in mir weckte, das Ding wäre mehr als nur ein Bretterverschlag, in dem wir jämmerlich erfrieren würden.

Wir leuchteten beide mit den Smartphones den schmalen, verschneiten und mit dürren Büschen gesäumten Feldweg entlang, bevor wir einander ansahen. Die Entscheidung war gefallen.

Im Gänsemarsch folgte ich Matteo dicht auf den Fersen, den Blick unablässig auf seinen Rücken geheftet.

Immer wieder fragte ich mich, wie wir in diese Situation hineingeraten waren und ob Christoph längst die Nerven verloren und die Polizei verständigt hatte. Meine Füße spürte ich schon lange nicht mehr; nie wieder würde ich im Winter Turnschuhe anziehen. Lieber Schweißfüße riskieren, statt Zehen zu verlieren. In meiner Gedankenwelt versunken war der Kilometer kürzer als befürchtet.

Die Schutzhütte war eine heruntergekommene Bude mit Dach und Tür, durch deren Ritzen der eisige Wind pfiff. Aber sie tat, wofür sie gebaut war: Sie schützte uns vor dem Schnee, und schließlich rutschten wir schweigend bis ins Mark erschöpft mit den Rücken an den Wänden auf den Boden. Matteo schloss mich in eine feste Umarmung.

Unsere nassen Jacken klebten aneinander und ich zitterte unkontrolliert.

„Leonie …", flüsterte Matteo nah an meinem Ohr. Ich sah ihn fragend an, und er rückte von mir ab, um seine Jacke zu öffnen. „Wenn wir die Jacken öffnen, können wir uns aneinander kuscheln. Ich hab mal gelesen, das soll helfen."

Ich öffnete stumm meine Jacke, zu erschöpft für flapsige Sprüche. Matteo zog mich an sich und legte die Jacken um uns, und während ich über einen Bericht von einem Outdoorexperten über Kältetode und Tipps zu deren Vermeidung sinnierte, den ich vor langer Zeit mal gesehen hatte (war nicht der beste Schutz nackte Haut auf nackter Haut?!), fielen mir die Augen zu. Trotz der Kälte und ungewohnter unheimlicher Geräusche sank ich in einen tiefen, traumlosen Schlaf.

Am Morgen weckte uns die Sonne, die langsam durch die Öffnung der Hütte kroch. Es hatte aufgehört zu schneien. Vor uns tat sich ein Winterwunderland auf: blendendes Weiß, soweit das Auge reichte. Mit steifgefrorenen Gliedern, leeren Smartphone-Akkus, hungrigen Mägen und mieser Laune traten wir die letzte Etappe unserer Odyssee an.

Matteo hielt sieben Kilometer lang meine Hand.

Winterberg war das Zentrum des Winterwunderlandes, nur leider war diese Information im Stress untergegangen. Matteo und ich hatten trotz der Strapazen, die wir hinter uns hatten, immer wieder die Schönheit der Schneelandschaft bewundert. Damit schienen wir allein, denn im Stadtzentrum eilten die Menschen mit ernsten Gesichtern von Geschäft zu Geschäft, um letzte Besorgungen für das große Fest zu tätigen. Ächzend schleppten sie Einkäufe und Geschenke von A nach B. Wir erkundigten uns nach der nächstgelegenen Werkstatt und waren froh, den defekten Autoschlüssel in fachkundige Hände übergeben zu können.

„Das wird zwei, drei Stunden dauern", teilte uns die Dame an der Anmeldung mit. „Wir haben heute Notbesetzung."

Wir nickten. Zu müde, um für eine schnellere Erledigung unseres Notfalls zu betteln. Ich schlug vor, ein Café mit bequemen Sesseln zu suchen, etwas Heißes zu trinken und endlich etwas zwischen die Beißer zu bekommen.

„Ich habe eine andere Idee", sagte Matteo wieder mit diesem Leuchten in den Augen, das uns die ganze Sauerlandsuppe eingebrockt hatte.

„Will ich die überhaupt hören?"
„Ja!"

Kapitel 16 – Nackt bis auf die Haut

Schawenzeln, das: Einschmeicheln oder umeinander Rumtänzeln. Annäherungsversuch, der zumeist komödiantische Züge aufgrund großer Unsicherheiten annimmt und oft darin endet, dass die beteiligten Personen nicht aus dem Quark kommen, sodass der Status quo unverändert ist.

Zwanzig Minuten später befanden wir uns in einem modernen Spa. Eine freundliche Dame in weißer Baumwollschlaghose und blütenreinem Shirt öffnete die Tür, bevor sie zur Seite trat, um uns die tropische Pracht bestaunen zu lassen. Feuchtwarme Luft, wie sie in botanischen Gärten oft herrschte, schwappte uns entgegen.

„Wenn Sie Fragen haben, drücken Sie einfach auf den Knopf mit dem Fragezeichen am Monitor. Dort können Sie auch die Beleuchtung und die Musik steuern oder etwas zu trinken oder zu essen bestellen", erklärte sie, bevor sie mit einem höflichen Lächeln auf den Lippen verschwand.

Alles an ihr war unaufdringlich, weshalb ich umgehend vergaß, wie sie aussah. Hätte mich ein Polizist um eine Beschreibung gebeten, ich hätte passen müssen.

Wir betraten das Reich der wohltuenden Düfte: Frisches Zirbelholz, erdige Tanne und frische Zitrusfrucht lullten uns ein. Dazu gedämpftes Licht und meditative Klänge, die Entspannung versprachen, im Hintergrund ein Whirlpool, der leise plätscherte. Wenn ich die Augen schloss und mir fest vorstellte, dass ich mich im Urlaub befände, wäre die Illusion perfekt gewesen.

Aber ich war mit Matteo hier, und ich fragte mich, wie zum Kuckuck es ihm gelungen war, mich für diese Schnapsidee breitzuschlagen. Ja, wir wären heute Nacht beinahe erfroren. Ja, wir waren übernächtigt, mussten einige Stunden überbrücken und brauchten dringend Erholung. Aber die hätten wir in einem Café mit Ohrensesseln ebenfalls bekommen. Seine letzte Idee hatte uns erst in diese missliche Lage gebracht. Andererseits spürte ich wenige Augenblicke später, wie sich die Atmosphäre des Spas auf mich auswirkte und ich zunehmend entspannte.

Vergessen war der Gedanke, dass niemand wusste, wo wir steckten. Unsere Smartphones hatten längst keinen Saft mehr, und selbst wenn ich am Empfang gefragt hätte, ob ich telefonieren dürfte, ich hätte die Nummer meines Bruders nicht gewusst. Die Zeiten, in denen man Nummern auswendig kannte, waren mit den letzten Telefonzellen abgeschafft worden. Christoph in der Kanzlei anzurufen, wäre sinnlos gewesen, weil er zu Hause war.

Ob mein armer Bruder die Polizei verständigt hatte?

Oder hatte Isabella, die vielleicht ahnte, dass Matteo mit mir durchgebrannt war, ihn abgehalten? Ich spürte ihren kritischen Blick aus der Ferne wie das Auge Saurons, das die armen Hobbits heimsuchte.

Matteo hatte den Zwei-Stunden-alles-inklusive-Tarif (Bademäntel, Handtücher, Drahtseile für meine Nerven) in einem exklusiven Spa-Bereich gebucht; niemand würde uns stören. Ich redete mir ein, ich hätte keine Zeit für ein Veto gehabt, aber das stimmte nicht.

Indem ich mich mitschleifen ließ, spielte ich erneut mit dem Feuer. Aber ich konnte nicht anders. Da war diese nervtötende, hoffnungslos romantische Stimme in mir, die mich unentwegt an die vielen kleinen Momente der letzten Tage erinnerte, in denen es eindeutig zwischen uns gefunkt hatte. Ob ich sie im Aufguss ertränken könnte?

Derzeitig schwebte meine Hand dicht über der Flamme.

Matteo legte die Handtücher zur Seite, um die zwanzig Quadratmeter Wellnesstempel zu inspizieren, die uns allein gehörten. Er streifte seine Jacke ab, die von der nächtlichen Schneewanderung klatschnass war und dicke Tropfen auf den Fliesen hinterließ. Sein Pulli darunter war ebenfalls klamm und ich betrachtete ihn, wie er sich gottvergessen aus den nassen Klamotten schälte, während ich an der Wand im Eingangsbereich lehnte und meinem Herzschlag lauschte, der laut und kräftig in meiner Brust wummerte. Unter dem Pulli kam ein weißes T-Shirt zum Vorschein, dessen Ränder sich auf seiner olivfarbenen Haut abhoben.

Es wäre so einfach, die Hand auszustrecken und über die feinen dunklen Härchen zu streichen, die sich wie eine Landkarte zu einem verheißungsvollen Schatz über jeden Zentimeter seines Körpers erstreckten, über den hellen Erdton, der mich an das Land erinnerten, aus dem er kam: Italien.

Alles, was ich tun müsste, wäre einen einzigen Schritt nach vorn zu gehen. Nur einen.

„Leonie, zieh dich aus", befahl er in milden Tonfall, während die Hose zu Boden fiel und er sie von seinen Füßen kickte. „Oder willst du mit Parka in die Sauna?" Erst da drehte er sich um und grinste mich schief an. Plötzlich war mir viel zu heiß in dem dicken Daunenmantel. Mechanisch schälte ich mich aus dem nassen Stoff und hielt ihn wie einen Schutzschild vor mich. In Sekundenschnelle zog sich Matteo die Socken aus und kam auf mich zu, doch anstatt etwas Unanständiges mit mir anzustellen, nahm er mir den Mantel ab, um ihn an der Garderobe aufzuhängen. Dann drehte er sich zum Monitor, mit dem man alles in diesem Luxustempelchen steuerte. Vogelgezwitscher ertönte, und ich fragte mich, welche Vögel wir hörten und warum Matteo so unfassbar locker war, während ich um Fassung rang.

„Nein, nicht gut", kommentierte er seine Wahl, drückte einige Knöpfe und blieb am Meeresrauschen hängen. „Meer?"

„Okay", bestätigte ich mit kratziger Stimme. Mir rann der Schweiß über den Rücken. Waren erst wenige Stunden vergangen, seit wir uns bibbernd in die Jacken gekrochen hatten, aneinandergeschmiegt in einer Schutzhütte, während um uns herum der Schneesturm wütete?

Ich fasste einen Entschluss: Ich würde mich ausziehen und mich mit Matteo in diese Sauna setzen. Egal, was vor Jahren zwischen uns vorgefallen war. Wir waren zwei erwachsene Menschen, die sehr wohl nackt in einer winzigen heißen Kabine sitzen konnten. Da war nichts bei. Absolut nichts. Also nichts, so wie nackt nichts.

Die letzten Zweifel flogen mit den Klamotten in die Ecke.

Matteo bestellte uns Frühstück, das frisch zubereitet und dann störungsfrei mittels einer Klappe bereitgestellt werden würde. Dann öffnete er die Sauna. Trockene Hitze schlug mir wie aus einem Backofen ins Gesicht. Ihm schien sie nichts auszumachen. Er betrat die Sauna, schnappte sich den Aufgusseimer und verteilte eine großzügige Kelle kalten Wassers über dem Ofen. Sofort umhüllte uns typischer Saunaduft. Dann angelte er sich ein Handtuch, legte sich auf die oberen warmen Holzbretter und wandte mir den Kopf zu. Zögernd betrat ich die Höllenglut und breitete mein Handtuch auf der unteren Bank aus. Ich legte mich ebenfalls hin, faltete die Hände auf dem Bauch und heftete den Blick starr an die Decke.

Bloß nicht Matteo ansehen. Einatmen, ausatmen.

Mein Magen knurrte, gluckerte, rumpelte. Die hitzige Luft brannte meine Luftröhre hinab, gerade am Rand des Erträglichen, wie ein Masseur, der die Verspannung erwischte, sie malträtieren musste, bevor es besser werden würde. Bereit, mich dieser Situation und meinem Schicksal zu ergeben, schloss ich die Augen. In der Ferne rauschte das Meer, plätscherte der Wasserfall, brannte die Sonne auf meiner Haut.

„Leonie?"

„Hm?"

„Warum hasst du Weihnachten eigentlich so sehr? Ich wollte dich das gestern schon fragen, aber, na ja, du weißt, wie der Abend endete. Jedenfalls, ich kenne niemanden, abgesehen von diesem grünen Monster, das von Jim Carrey verkörpert wird, der eine derart leidenschaftlichere Abneigung hat.“

„Der Grinch ist kein Monster“, erwiderte ich mit der kapriziösen Überzeugung einer Gleichgesinnten. „Er hat schlechte Erfahrungen mit Weihnachten gemacht, weshalb er beschließt, das Weihnachtsfest zu sabotieren.“ Der Vergleich zwischen mir und dem Grinch war in letzter Zeit verdächtig oft gefallen, zuletzt von mir selbst. Und von Jamal, der auf charmante Art festgestellt hatte, dass wir beide uns mit dem Anti-Weihnachtsfilme-Marathon grinchiger verhielten als unser Umfeld. Die meisten liebten Weihnachten oder standen ihm neutral gegenüber, waren in verstaubten Traditionen und familiären Verpflichtungen gefangen.

„Und du? Was ist deine schlechte Erfahrung?“, fragte Matteo. Ich schielte zu ihm hoch, um herauszufinden, ob er mich veräppelte. Er schaute neugierig und gespannt auf mich herab, als hoffte er, dass ich ihm nun mein persönlichstes Geheimnis preisgab. Anscheinend hatte er einen Gedächtnisverlust erlitten. Anders konnte ich mir seinen Ausdruck nicht erklären.

„Das meinst du nicht ernst, oder? Du warst vor zwei Jahren dabei“, erinnerte ich ihn. „Hast du dir die Feiern angesehen. Ich meine, hast du mal genau hingeschaut? Diese aufgesetzt gute Laune, das ganze umeinander Herumeiern, das Ausquetschen und die Belehrungen, die folgen, wenn das Leben des anderen nicht in die Richtung verläuft, die man sich für ihn ausgedacht hat.“ Zum zweiten Mal innerhalb weniger Tage rechtfertigte ich mich für meine Überzeugung. „Nein danke.

Die Eltern einer Freundin sind früher über Weihnachten immer in den Urlaub geflogen, in die Karibik, wo möglichst wenig Weihnachtszirkus veranstaltet wird, und weißt du was? Sie haben alles richtig gemacht!"

„Dann hasst du nicht Weihnachten, sondern die Familie", stellte Matteo nüchtern fest.

„Hassen ist ein harter Begriff, aber ja, wenn du willst, kannst du es so stehen lassen."

Zwischen dem leisen Glucksen und Atmen der Sauna entstand ein Schweigen, das mir erlaubte, mich in meinen inneren Wellnesstempel zurückzuziehen und darüber nachzudenken, ob es sich lohnte, eine weibliche Version des Grinchs zu sein. Ich könnte die Geschenke stehlen und den Braten gleich mit, dessen Rezeptur Isabella ohnehin nie herausrückte, weil es sich um ein Familiengeheimnis handelte, das niemand in der Familie wissen durfte.

In meine Überlegungen hinein flüsterte Matteo: „Es tut mir leid, falls ich dir wehgetan habe." Mit einem Ruck setzte ich mich auf. „Das war nicht meine Absicht", fuhr er unbeirrt fort.

„Ich weiß nicht, was du meinst", antwortete ich, während ich die Arme vor der Brust verschränkte und meine Hände in den Achselhöhlen versteckte. Auf vieles war ich gefasst gewesen, aber nicht auf eine Entschuldigung. Die Wendung kam überraschend.

Klar, mittlerweile hatte ich begriffen, dass er mich mochte. Aber nach all meinen Versuchen, die Wahrheit aus ihm herauszubekommen, hätte ich nicht damit gerechnet, dass er nun derjenige sein würde, der unsere frühere Begegnung thematisierte. Erst gestern war ich zu dem Schluss gekommen, wir würden beide so tun, als wäre nie etwas zwischen uns gelaufen. Als würden wir uns neu kennenlernen. Und jetzt? Ausgerechnet in einer Sauna stocherte er in alten Wunden. Der Mann hatte vielleicht Nerven!

„Dein Ernst?"

„Schätze, ich habe mich wie ein Arsch verhalten."

„Du schätzt? Was genau gibt es da zu schätzen? Newton würde vor Neid erblassen wegen der unanfechtbaren Präzision und Klarheit der Ausgangssituation." Mittlerweile saßen wir beide. Wäre ich nicht so wütend gewesen, hätte ich eine ziemlich gute Sicht auf das, was zwischen seinen Beinen lag, gehabt, und wäre ich grundsätzlich in anderer Stimmung gewesen, hätte ich mich sehr dafür interessiert.

„Okay, ich verstehe. Du bist wütend. Ich versichere dir, dass ich nie die Absicht hatte, dir wehzutun, Leonie. Das musst du mir glauben. Ich dachte, es wäre keine große Sache gewesen, das mit dir und mir, meine ich. Damals an Weihnachten ..."

„Hörst du dir selbst zu?", unterbrach ich ihn. „Du glaubst selbst nicht, was du sagst. Ich meine, du hast es doch auch gespürt, oder? Damals? Gestern?"

Er sah zur Seite, starrte für einen Moment mit nach innen gerichtetem Blick die Wandpaneele an. Dann sah er mich wieder an und nickte. „Natürlich habe ich es auch gespürt."

Mein Herz hüpfte euphorisiert auf, aber sein Verhalten war so widersprüchlich wie Matteos Worte. „Wie kannst du dann behaupten, dass da nichts war?"

„Das habe ich nicht. Ich sagte, dass ich damals dachte, es wäre keine große Sache." Er strich das faltenfreie Handtuch glatt.

„Ah ja, und jetzt?"

„Denke ich das nicht mehr. Ich weiß, ich habe mich unfair verhalten. Alles, was ich gerade will, ist, dass du mir verzeihst, Leonie."

Ich schluckte, sortierte das Gesagte. Da waren Ungereimtheiten. „Wenn du es bereust, warum hast du es dann getan? Warum bist du gegangen, ohne ein Wort? Warum hast du dich zwei verdammte Jahre nicht bei mir gemeldet – und stehst plötzlich auf der Matte?" Die Fragen, die seit zwei Jahren unter der Oberfläche brodelten, platzten aus mir heraus. Mein Schutzschild hatte Risse bekommen. Vergessen war das Geplauder über die griesgrämigste Person, die das Weihnachtsfest je gesehen hatte.

„Ich kann darüber nicht reden", sagte er gequält, als stünde er unter Schmerzen. „Ich habe jemandem mein Wort gegeben, nichts zu sagen. Du musst mir glauben, Leonie. Dass ich damals verschwunden bin, hatte nichts mit dir zu tun. Ich gab jemandem ein Versprechen, das ich erfüllen musste."

„Und du hättest dich nicht melden können?", hakte ich nach. Obwohl ich wütend sein wollte, spürte ich, wie mein Zorn abklang, weil es mir schwerfiel, auf jemanden wütend zu sein, der für sein Wort einstand. Die Wahrheit waberte zwischen uns umher, ebenso wie all die ungesagten Worte, die Matteo sich gegenüber verpflichtet fühlte.

Anna hatte mal lang und breit darüber philosophiert, dass ein nackter Mann stets die Wahrheit sagte. Sein entblößtes bestes Stück verhinderte die Lüge, zwang ihn förmlich zur Wahrheit. Ich wusste nicht, wo sie diese gewagte Theorie aufgeschnappt hatte, und ich weigerte mich zu fragen, ob sie eine Feldstudie initiiert hatte, aber – ohne Textilien erschienen mir Matteos Worte tatsächlich wahrhaftig.

„Ich hätte dich anrufen sollen", stimmte er mir zu. „Nur fehlte der richtige Zeitpunkt. Unser Timing war schlecht."

Ich seufzte resigniert. So kamen wir nicht weiter. „Du redest von Timing und von deinem Wort, das du jemanden gegeben hast. Was ist das für eine Geschichte, Matteo? Bist du in etwas verstrickt?" Dann beschlich mich ein ungutes Gefühl. „Ist es etwas Illegales?"

Sein Lachen perlte auf meiner schweißnassen Haut. „Nein, überhaupt nicht!"

„Dann ist eine andere Frau im Spiel."

„War", präzisierte er. „Jetzt nicht mehr. Nun gibt es allein dich und mich."

„Und die Unbekannte." Die Frau aus der Vergangenheit, die mit uns in der Sauna hockte wie der rosa Elefant im Raum, über den niemand am Esstisch sprach. Sie saß direkt neben Jamal, dessen Gesprächsgesuch ich vehement auswich. Ich schüttelte den Kopf. „Das funktioniert so nicht, und das wissen wir beide. Wenn du willst, dass das hier klappt, ich meine, falls du das willst, dann musst du mit mir reden."

„Das kann ich nicht, ich habe ihr mein Wort gegeben. Kannst du das akzeptieren?"

Ich dachte über seine Frage nach, horchte in mich hinein. Zum Ärger und der Sorge, erneut von ihm versetzt zu werden, hatte sich eine weitere Empfindung gesellt: Verletztheit. Er hatte mich tief getroffen und ich wusste nicht, ob das mit Matteo eine gute Idee war. Ein Teil von mir wollte ihm glauben, wünschte sich so sehr neu anfangen zu können. Aufs Herz zu hören, einfach nur zu fühlen, weniger verkopft an die Sache heranzugehen. Wo waren die Gelassenheit und die Entspanntheit, die ich gegenüber Jamal empfand?

Während ich in Matteos dunkelbraune Zirbelholzaugen blickte, die mich erwartungsvoll ansahen, tat sich das Labyrinth meiner Gefühle, in das ich mich verstrickt hatte, klar vor mir auf. Ich erkannte, dass meine Verletztheit eine alte, nie verheilte Wunde war.

Plötzlich offenbarte sich mir das Offensichtliche: Ich war befangen, weil meine Gefühle für Matteo nie verschwunden waren. Weil da deutlich mehr als ein bisschen Kribbeln, kokette Blicke und flotte Sprüche war.

Ich war verliebt. Seit zwei Jahren war ich in Matteo Russo verliebt. Mein Herz hatte einfach nicht damit aufgehört. Jede Faser meiner Seele sehnte sich nach ihm. Alles, was ich tun müsste, wäre die Hand auszustrecken, um die wenigen Zentimeter zu überbrücken.

Ich stockte, ließ die Hand in der Luft schweben wie einen Kolibri, innerlich vibrierend und zuckend. Wie sollte es weitergehen? Was, wenn er wieder abhauen würde? Wenn er wieder zu ihr zurückgehen würde?

Ich brauchte einen Strohhalm. „Erzähl mir von ihr", forderte ich ihn auf.

„Leonie …", begann er, ein gequälter Ausdruck huschte über sein Gesicht. „Ich habe es ihr versprochen."

„Ja ja, das sagtest du bereits. Du hast ihr versprochen, nicht zu sagen, was passiert ist. Aber du hast ihr nicht dein Wort gegeben, nicht über sie zu reden? Ich meine, wer ist sie, die Frau, für die du vor zwei Jahren alles hast stehen und liegen lassen? Sie muss jemand Besonderes sein, denn dein Wort gibst du nicht einfach so. Hat sie dich erpresst?" Ich hob die Hand. „Nein, warte. Du meintest, da war nichts Illegales im Spiel. Okay, aber es könnte dennoch unangenehm für dich gewesen sein. Falls dem so war, kannst du mit mir darüber reden, denn …"

„Leonie", unterbrach er meinen Redeschwall. „Sie ist eine gute Freundin und sie steckte in der Klemme. Können wir es dabei belassen und diesen Saunagang genießen, bitte? Nur du und ich. Zwei Stunden, bevor wir zurück nach Essen fahren, wo Christoph und Isabella uns die Hölle heißmachen werden, weil sie vor Sorge ausgeflippt sind? Oder weil die Tanne zu spät geliefert wurde?"

„Wir liegen wunderbar in der Zeit. Traditionell wird der Christbaum erst an Heiligabend aufgestellt. Diejenige ohne Terminübersicht ist Isabella, denn weißt du, wenn man zu früh ist, ist man genauso unpünktlich wie derjenige, der zu spät ist." Über belanglose Traditionen zu plappern tat gut und erdete mich.

Aber nur für ungefähr zwei Sekunden.

Matteo sah mich unter dichten schwarzen Wimpern an. „Wenn das so ist: Ich finde, unser Timing ist gerade perfekt." Er lächelte spitzbübisch. Die Stimmung verwandelte sich in ein Feuer – nur ein Funke genügte, um es zu entfachen.

Nur meine Hand, dachte ich abermals. Ich könnte meine Hand ausstrecken, die wenigen Zentimeter überbrücken. Alles, was ich tun müsste, wäre ihn mit meinen Augen zu liebkosen und einen Wimpernschlag zu lang auf seiner Brust oder zwischen seinen Beinen zu verweilen. Ich wusste, wie es ging. Sah klar vor mir, wie es laufen könnte.

„Ich kann nicht", flüsterte ich.

„Du kannst, Leonie. Ich sehe doch, dass du willst."

„Darum geht es nicht", meinte ich energisch. „Ich meine – ja doch, auch, aber ich kann einfach nicht."

„Du kannst nicht oder du willst nicht?"

„Vielleicht beides", gestand ich ihm frustriert. Wie sehr ich mir wünschte, die Situation wäre eine andere!

Wenn wir weiter über mein Können oder Nichtkönnen oder mein Wollen und Nichtwollen sprachen, würde es ziemlich gefährlich für mich werden, denn das hieß, ich musste über meine Gefühle mit ihm reden. Und ich wollte nicht darüber reden, was vor zwei Jahren passiert war. Ich wollte ihm nicht gestehen, wie verletzt ich gewesen war. Wie verletzt ich – und die Erkenntnis traf mich erneut ungebremst – ich immer noch war.

Aber ich wusste, mein Zögern würde uns nicht weiterbringen, und die Aussicht, so aus der Situation herauszugehen, fühlte sich falsch an. Da stand ich also – vor einer Kreuzung, ohne zu wissen, wohin ich gehen sollte. Links oder rechts? Die Brücke hinter mir war bereits in ihren Einzelteilen in die Schlucht gestürzt.

Mit jedem Atemzug lastete das Gewicht der Entscheidung schwerer auf meiner Brust, verfing sich Matteos Blick mehr in meinen. Vage dachte ich, dass auch er derjenige sein könnte, der den ersten Schritt ging. Als hätte er meinen Gedanken gehört, streckte er die Hand nach mir aus.

„Leonie", flüsterte Matteo mit kehliger Stimme, seine Hand schwebend zwischen uns wie zwei Kolibris beim ersten Date. Nur wenige Zentimeter trennten uns. Alles, was ich tun müsste, wäre mich zu strecken wie eine Blume zum Sonnenlicht. Ein Mikroimpuls, kaum der Rede wert.

Dann spürte ich den Druck hinter den Augen, das Brennen im Hals. Mein Herz wummerte und mir war flau. Das war mehr als nur ein bisschen Nervosität oder Vorfreude. Verdammt, ich war nicht bereit.

Rasch wich ich zurück, verließ die Sauna so hastig, dass ich mein Handtuch vergaß und splitterfasernackt auf die Toilette flüchtete, dem einzigen Flecken innerhalb unseres gemieteten Paradieses außerhalb von Matteos Sichtweite. Mit zittrigen Armen stützte ich mich aufs Waschbecken, atmete tief ein und aus. Dann wappnete ich mich für die Person, die mir aus dem Spiegel entgegenschauen würde. Sie sah müde aus, hatte eine geschwollene Augenpartie und der Haaransatz musste dringend nachgefärbt werden.

Scheiße, Scheiße. Warum war alles so kompliziert? Konnte ich nicht einfach mit Matteo eine gute Zeit haben wie mit Jamal?

Was war so schlimm daran?

Jamal und ich hatten uns gegenüber keine Verpflichtungen. Es war immer in Ordnung für uns beide gewesen, mit anderen Partnern etwas anzufangen. Dates mit anderen waren in Ordnung, ebenso mehr, wenn man wollte und wir auf den Schutz achteten. Das war die einzige Regel: Achte auf dich und fang dir nichts ein. Der perfekte Deal für jemanden wie mich, jemanden, der nicht liebte, aber die zweisamen, prickelnden Momente genießen wollte. Jamal. Ich schuldete ihm eine

Antwort. Matteo, ihm schuldete ich rein gar nichts. Aber ihm wollte ich alles geben.

„Ich habe Angst", flüsterte ich meinem Spiegelbild zu. „Was, wenn er wieder abhaut?"

Mein Spiegel-Ich schenkte mir ein rätselhaftes Mona-Lisa-Lächeln. „Das wirst du herausfinden müssen", schien sie sagen zu wollen. Ich blickte auf meine zittrigen Hände hinab in der Hoffnung, die Antwort würde sich auf den bloßen Handflächen offenbaren. Links oder rechts, Herz oder Kopf?

Es klopfte. „Leonie, alles in Ordnung?"

„Würdest du mir bitte etwas zu trinken bestellen?", bat ich ihn mit bebender Stimme.

„Natürlich. Ich glaube, das Essen wurde auch gerade geliefert. Kaffee ist auch dabei. Ich bestell uns Saftschorlen nach."

Ich lauschte den leiser werdenden, tapsenden Schritten seiner nackten Sohlen auf den Fliesen, erinnerte mich daran, wie diese Füße meine angestupst und geneckt hatten. Wie Matteo schmeckte und roch und sich anfühlte, selbst in den wenigen Stunden, von denen ich gedacht hatte, er würde nichts für mich empfinden. Es wäre nur ein heißer One-Night-Stand ohne Bedeutung, aber rückblickend betrachtet, ja, rückblickend, da fragte ich mich, hatte er mich bereits geliebt? Bevor er es selbst wusste? Was, wenn es ihm genauso ging wie mir?

Ich malte mir aus, das alles auf Dauer zu haben. Ihn. Uns.

Mit klammen Herzen verließ ich das Badezimmer. Unter Matteos besorgt-neugierigem Blick setzte ich mich neben ihn. Er hatte sich in einen Bademantel gewickelt, seine nackten Beine lugten unter dem Saum hervor, und ich widerstand dem Impuls, mit den Händen die Oberschenkel hinaufzufahren. Stattdessen schlüpfte ich ebenfalls in einen Bademantel.

Fragend hielt er mir einen Kaffee hin, den ich dankend mit glühenden Wangen annahm. In den letzten Minuten hatte sich die Stimmung abgekühlt, aber meine Gefühle wirbelten wie Schneeflocken in einem unaufhaltsamen Sturm durcheinander.

KAPITEL 17 – DAS WASSER BIS ZUM HALS

Ruhrgebiet, das (umgangssprachlich auch „Ruhrpott", vgl. Kapitel 1): mit rund 5,1 Millionen Einwohnern und einer Fläche von rund 4.500 Quadratkilometern größter Ballungsraum Deutschlands. Namensgeberin der Region ist die Ruhr, ein Fluss, der im Sauerland entspringt, in Duisburg in den Rhein mündet und nach der sauerländischen Schneeschmelze über die Ufer tritt.

Die A40, Schlagader der ruhrpottschen Infrastruktur, die schnurgerade von Dortmund durch Bochum, Essen und Mülheim bis nach Duisburg führte, war gespenstisch leer. Christophs SUV schnurrte über den taunassen Asphalt. Die Streuwagen hatten gute Arbeit geleistet. Im Radio dudelten Weihnachtssongs und ausnahmslos jeder Moderationsbeitrag drehte sich um das bevorstehende Weihnachtsfest.

Wir mussten nicht reden, um zu kommunizieren. Zwischen uns schwebte all das zuvor Gesagte, in jedem Seitenblick lag das Ungesagte.

Mir sank das Herz in die Hose, als wir in die Auffahrt zur Villa einbogen. Für einen Herzschlag wurde ich von der Vision heimgesucht, ein Polizeiauto würde vor dem Haus parken. Aber es handelte sich um Isabellas Auto, das Christoph vermutlich gefahren war.

Bevor wir die Tür aufschlossen, nahm Matteo ein letztes Mal meine Hand und schenkte mir ein aufmunterndes Lächeln. „Ich nehme das auf meine Kappe."

Ich hielt ihn zurück. „Tu das nicht. Dann werfen sie dich raus."

„Abwarten", erwiderte er mit einer Selbstsicherheit, die ich ihm nicht abkaufte.

Wie sich herausstellte, hatte die Sorge bei Christoph und Isabella überwogen. Sie saßen im Wohnzimmer. Im Fernseher lief ein Rund-um-die-Uhr-Nachrichtensender. Als sie unsere Schritte hörten, ruckten ihre Köpfe herum.

„Gott sei Dank!", rief Christoph. Er sprang auf, kam auf uns zu und zog mich in eine feste Umarmung, die mir die Luft raubte.

Im Hintergrund nahm ich wahr, dass Isabella sich die Hand vor den Mund schlug. Ein Schluchzer entrann ihr, und waren das etwa Tränen, die in ihren Augen schimmerten? Kein Wunder, dachte mein vor Zynismus triefendes Gehirn, denn nun bliebe ihr der Aufwand für eine Doppelbeerdigung erspart. Natürlich lag es auch im Rahmen der Möglichkeit, dass sie ernsthaft erleichtert war, uns lebendig im sicheren Schoß der Familie zu wissen. Und ich entdeckte noch etwas: Isabellas Rechte lag in einem blütenweißen Gips, aus dem orangegefärbte Jodfinger lugten.

Dann brachte Christoph mich auf Abstand und musterte mich von Kopf bis Fuß. „Was ist passiert?"

„Das ist eine längere Geschichte."

„Gut, setzt euch." Er schenkte Tee ein und reichte uns beiden je eine Tasse. Alles war vorbereitet, als hätten sie jeden Augenblick mit unserer Rückkehr gerechnet. Sogar Plätzchen standen bereit. Der Anblick rührte mich und ich griff zaghaft nach einem Keks, hinter dem ich mich versteckte. Matteo wollte den Vortritt, ich wehrte mich nicht.

Er erzählte ihnen alles. Angefangen von der Idee, einen neuen Baum zu kaufen und ihm durch unseren Einsatz eine besondere Geschichte zu geben bis hin zu unserem nächtlichen Ausflug. Er berichtete von der verschneiten Schutzhütte, in die wir uns geflüchtet hatten, weil wir keinen Empfang für den Notruf gehabt hatten und zu erschöpft für den Marsch nach Winterberg gewesen waren. Ich beobachtete Christoph und Isabella, versuchte in ihren Mienen etwas anderes als Sorge zu finden, aber entgegen der Prognose wurde niemand wütend. Wir beantworteten jede Frage, sowohl die Inquisitorischen als auch Neugierigen, und was hätten sie auch sagen sollen? Mit entwaffnender Offenheit kehrten wir nach einem Ausflug in die raue Wildnis des Winterwunderlandes gebeutelt ins schützende Heim zurück. Am Ende zählte, dass wir unverletzt waren. Was half alles Schimpfen, wenn wir selbst wussten, wie knapp wir einem Drama entflohen waren?

Nur eins ließen wir unerwähnt: den Besuch im Spa. Unser süßes Geheimnis.

„Ihr hattet sehr viel Pech", fasste Christoph das Erlebte treffend zusammen. „Wir sind froh, euch heile wiederzusehen."

Später am Abend, nachdem der Trubel sich gelegt hatte, schaltete ich endlich mein Smartphone wieder ein, das seit einigen Stunden munter das Stromnetz leer fraß. Wie befürchtet vibrierte es ununterbrochen zwei Minuten, sobald es sich ins Netz eingewählt hatte: Infos über Dutzende verpasster Anrufe, Chatnachrichten, SMS. Christoph, Isabella und Anna. Zu meiner Überraschung aber keine von Jamal. Das war merkwürdig. Erst ließ er nicht locker und jetzt schwieg er? Waren wir im Beziehungsstufenplan nun bei „beleidigt" angelangt?

Erschöpft sank ich aufs Sofa, das Smartphone mit der festen Absicht in der Hand, meinen Freunden ein Lebenszeichen zu senden. Doch die Strapazen der letzten anderthalb Tage forderten ihren Tribut, innerhalb weniger Sekunde war ich eingeschlafen.

Mein Bauch vibrierte. Jamal, der auf verwirrende Weise Matteos Haare trug und seine Augen, die mich mit schwindelerregender Intensität bedachten, verschwand. Vielmehr, er löste sich auf. Desorientiert tastete ich meine Körpermitte nach der Ursache der Vibration ab, blinzelte mühsam gegen die Schwere an, die meine Lider immer wieder zuzogen wie ein Gummiband, das auf Spannung war. Das störende Erbeben hörte kurz auf, nur um dann wieder erneut einzusetzen. Ein Anruf, schoss mir ein Gedankenblitz durch den Kopf.

„Ja?", fragte ich schlaftrunken, während ich mich aufrichtete und mich krampfhaft versuchte zu erinnern, wo ich war, wann und was passiert war.

„Leo! Meine Fresse, endlich erreiche ich dich!"

„Anna?"

„Wer sonst! Ich versuche seit gestern dich zu erreichen, aber dein Smartphone war aus. Also hab ich bei deinem Bruder gefragt, der meinte, du und Matteo wärt nicht vom Baumkauf zurückgekehrt. Wir haben uns alle schreckliche Sorgen gemacht. Was ist denn passiert?"

Die Erinnerung kehrte zurück, und zum zweiten Mal innerhalb kürzester Zeit erzählte ich das sauerländische Weihnachtsdrama. Doch dieses Mal ließ ich nichts aus.

„Anna? Sag schon, was denkst du?", fragte ich sie danach angespannt. Bei ihr im Hintergrund lief leise Weihnachtsmusik, dann hörte ich eine Tür und danach Stille.

„Ich musste kurz den Raum wechseln", erklärte sie. „Damit ich das richtig verstehe: Du warst mit Hottie Matteo absolut hüllenlos, textilfrei, unbekleidet, du im Evakostüm und er als Adam in der Sauna und ihr habt nichts, ich betone, nichts miteinander angestellt? Weil du Angst hast, dass er die gleiche Scheiße abzieht wie vor zwei Jahren?"

Hitze kroch mir in die Wangen. „Genau. Du kennst beachtlich viele Synonyme für nackt."

„Süße, nun hör mir genau zu", begann sie, meinen Einwand bezüglich ihres ausgezeichneten Wortschatzes ignorierend. „Du kannst vor deinen Gefühlen davonlaufen – und nun wag es nicht, mir zu widersprechen. Ich weiß, dass du bis über beide Ohren in ihn verknallt bist – oder du schnappst ihn dir. Du hast nichts zu verlieren, aber alles zu gewinnen."

„Das sehe ich anders. Immerhin hat er sich nicht mit Ruhm bekleckert", sagte ich, mein bisheriges Verhalten verteidigend. „Was, wenn er wieder abhaut? Nach wie vor bekomme ich nicht die ganze Wahrheit aus ihm heraus. Ich weiß nur, dass eine andere Frau im Spiel ist."

„Ist oder war?"

„War. Sagt er jedenfalls."

„Okay. Wenn das so ist, bleib ich dabei. Schnapp ihn dir! Sollte es nicht gut ausgehen, hast du der Liebe wenigstens eine Chance gegeben. Er mag dich, du magst ihn, so einfach ist das. Falls du Angst davor hast, dass er dich verletzt, ja, Scheiße, das gehört zum Lieben dazu. Ohne geht es nie. Du weißt nie, was kommt. Aber wenn du es gar nicht erst versuchst, wirfst du es dir möglicherweise bis zum Ende deiner Lebtage vor. Und abgesehen davon, dein Herz gehört ihm sowieso schon, also hör auf rumzugrübeln und lass es auf einen Versuch ankommen."

„Anna, ich bin nicht so mutig wie du."

Sie schnaubte. „Und ob du das bist! Du siehst dich selbst nur nicht so klar, wie ich dich sehe. Du bist die mutigste Person, die ich kenne. Du hast vor nichts Angst, weder vor einem kaputten Haus noch vor einem Scheißjob, der dich möglicherweise ein Stück tiefer in die berufliche Sackgasse manövriert."

Mit angehaltenem Atem lauschte ich ihrer bewegten Fürsprache. „Süße, ich weiß genau, wie du dich fühlst. Bei mir war es doch damals dasselbe mit Simon, erinnere dich. Er mochte mich, ich mochte ihn, und trotzdem brauchten wir einen Schubs." Oh ja, die Geschichte hatte ich bei ihrer Hochzeit zum Besten gegeben. Die Erinnerung entlockte mir ein Grinsen. Die beiden waren vom ersten Tag an füreinander bestimmt gewesen. „Aber ihr habt nicht eine solche Vorgeschichte."

„Hör auf mit dem ganzen Aber, Leonie." Plötzlich klang Anna sehr ernst. „Manchmal muss man das Vergangene ruhen lassen. Matteo hat sich entschuldigt. Er sagte, er wollte dich nicht verletzen. Jeder macht mal Fehler. Matteo hat sich dir gegenüber mies verhalten. Aber jetzt legt er sich ins Zeug. Meine Güte, bei dem, was du mir da aus der Sauna erzählst, alter Schwede. Mir wird heiß."

„Möglich, dass du recht hast", räumte ich ein. „Da ist noch was ..." Ich schloss die Augen, weil mich plötzlich das dringende Bedürfnis ereilte, auszusprechen, was ich fühlte: „Ich bin in ihn verliebt."

Anna schrie triumphierend auf, dann kicherte sie wie ein übermütiges Schulmädchen. „Ich wusste es! Dann ran an den Mann!"

Mein Bauchgefühl sowie die Tatsache, dass sich Matteo nirgendwo sonst im Haus aufhielt, zogen mich magisch zum Schwimmbad. Schon vom Weiten roch es nach warmen Wasser, Chlor und Kindheitserinnerungen an die alte *Oase.* Ich vermisste das Freizeitschwimmbad mit seinen Rutschen, das Anna und ich nach der Schule oft besucht hatten. Vermisste die unbeschwerten Tage, an denen die größte Sorge war, ob wir uns eine Pommes leisten konnten. Vor über zehn Jahren hatte die *Oase* ihre Pforten für immer geschlossen. Im Kanal, eine Stelle im Becken, die man mittels eines Wassersogs durchquerte, hatten wir uns immer festgehalten und den Weg versperrt, bis wir vom Schwimmmeister Ärger bekamen. Dort hatte Anna das erste Mal ihren Simon geküsst.

Bevor ich die Glastür aufdrückte, der in den Vorraum führte, zögerte ich. Gerade eben hatte ich den Entschluss gefasst, Matteo eine zweite Chance zu geben, doch schon jetzt erschien mir die Vorstellung von uns beiden absurd. Wir kamen aus anderen Welten, führten verschiedene Leben, legten Wert auf die unterschiedlichsten Dinge. Wohin das führen konnte, bekam ich live bei meinem Bruder und meiner Schwägerin mit. Warum sich auf etwas einlassen, das keine Zukunft hatte? Warum das eigene Herz als Einsatz bringen?

Dennoch drückte ich die Türklinke hinunter, weil ich wusste, dass es die Angst war, die mir diese Bedenken schickte. Sie wollte mein Herz schützen.

Ich betrat das alte Rom.

Nun, zumindest stellte ich es mir so vor.

Das Becken war ein Traum aus feinstem Mosaik in Türkis und Blau, verziert mit einem goldenen Handlauf für einen wahrlich königlichen Einstieg. Die hohe gebogene Decke wurde von Säulen gestützt. Im Gegensatz zum Rest der Villa protzte das Bad mit majestätischer Eleganz, der Stilbruch war bemerkenswert.

In all dieser Schönheit schwamm Matteo. Mit kräftigen Zügen schob er seinen breiten Oberkörper unaufhaltsam ans Ende des Beckens, während ich ihn unbemerkt und sehr unverhohlen anglotzte, mich im Spiel seiner Muskeln verlor, die mit jedem Zug unter der

Wasseroberfläche verschwanden. Kurz bevor der römische Gott den Beckenrand erreichte, tauchte er ab, um eine elegante Wende zu vollführen, wie ich sie sonst nur aus den Liveübertragungen von Olympia kannte. Ich erinnerte mich, dass Matteo mir bei unserem Kennenlernen erzählt hatte, er sei viele Jahre Wettkämpfe geschwommen.

Weitere Sekunden verstrichen, in denen ich mir unsicher war, ob er mich wahrgenommen oder seine gesamte Aufmerksamkeit auf sein Training gerichtet hatte. Erst als er sich im Becken hinstellte und mich direkt ansah, kannte ich die Antwort.

„Möchtest du allein sein?", fragte ich. Meine Haut prickelte vor Anspannung.

Er schüttelte den Kopf. „Ich bin bloß ein paar Bahnen geschwommen, um den Kopf freizubekommen. Das Wasser ist herrlich. Schade, dass das Schwimmbad nicht häufiger genutzt wird."

Ich öffnete meinen Bademantel, wobei ich dem Drang widerstand, ihn zu Boden sinken zu lassen. Stattdessen legte ich ihn ordentlich auf eine der Liegen. Als ich auf den Einstieg zulief, spürte ich Matteos Blick auf jedem Quadratmillimeter meiner Haut. Die Spannung war zum Zerreißen, die Stille ohrenbetäubend, als hielte die gesamte Umgebung die Luft an, voller Erwartung, was passieren würde. Nur der auf altrömisch getrimmte Wasserspeier und der Überlauf plätscherten stetig.

„Das Haus ist zu groß für zwei Menschen", antwortete ich, wohlwissend, dass ich mit meinen Worten von dem, was sich zwischen uns abspielte, ablenkte. Wenn man über andere redete, sprach man eigentlich über sich selbst, hatte ich mal gehört. „Die Räume und Orte werden nicht genutzt, wie es ihnen gebührt. Christoph ist rund um die Uhr arbeiten und Isabella streng genommen auch. Kannst du dir einen der beiden hier vorstellen, auf dieser Liege? Mit einem Buch?"

„Dein Bruder schwimmt jeden Morgen vor der Arbeit eine halbe Stunde." Matteos Atem hatte sich beruhigt, der Brustkorb hob und senkte sich langsamer. Seine Augen folgten jeder meiner Bewegungen.

„Ist das so? Das habe ich nicht gewusst. Dann wird das Schwimmbad also genutzt."

„Schon", räumte Matteo ein. „Aber nicht wie ursprünglich gedacht. Das Schwimmbad bauen zu lassen war sein Wunsch."

„In diesem Stil?" Mittlerweile umspülte das Wasser meine Waden. „Es ist kühler als gedacht", gestand ich, während ich die feine Gänsehaut auf meinen Armen glattstrich.

„Das Römische hat er für Isabella kreieren lassen. Er wollte ihr auf diese Weise ein Stück Heimat hierher bringen und hatte gehofft, sie würde mehr Zeit hier verbringen."

„Und, gefällt es ihr?", erkundigte ich mich. Das Wasser erreichte meinen Bauch. Ein wohliges Vibrieren kribbelte durch meinen Körper.

„Sie liebt es."

„Dafür ist sie wenig hier."

Im Hintergrund verdunkelte der Korridor. Niemand hatte den Bewegungsmelder ausgelöst. „Wollen wir wirklich über meine Cousine reden, Leonie?"

„Nein."

„Gut, denn ich denke, das ist nicht der Grund, weshalb du hier bist."

Da war er wieder, dieser spitzbübische Ton mit einem Hauch Ernsthaftigkeit, der in den letzten Tagen einen zunehmenden Anteil einnahm. Vermutlich eine Reaktion auf meine abweisende Art.

Langsam watete ich durch das Wasser auf ihn zu. Erst als ich ihn fast berührte, hoben sich meine Mundwinkel zu einem sanften Lächeln.

„Was glaubst du, weshalb ich hier bin?", fragte ich mit der gleichen kecken Art, die er mir entgegenbrachte.

„Leonie, wenn das ein Spiel ist …"

„Kein Spiel, Matteo."

„Dein Gesichtsausdruck verrät mir etwas anderes. Dieses Funkeln in deinen Augen, dieses – wie soll ich sagen? – Herausfordernde."

„Das ist der einzige Grund, der dir in den Sinn kommt?" Meine Stimme war kaum mehr als ein Flüstern. Meine Handflächen schwebten auf dem Wasser, und ich tippte mit den Fingerspitzen auf der Oberfläche. Für den Hauch einer Sekunde war die Illusion, das Wasser klammerte sich an den Kuppen fest, wie Bergsteiger am Rand eines Plateaus. Dann perlten die Tropfen ab, stürzten zurück in die Unendlichkeit. Auf Matteo schien mein Fingerspiel eine gewisse Faszination auszuüben.

In einer fließenden Bewegung berührte er meine linke Hand mit seiner rechten, strich die Fingerkuppen entlang, liebkoste sie mit einer federzarten Berührung. Unsere Blicke verhakten sich ineinander. Einen irrwitzigen Sekundenbruchteil hoffte ich, er würde mir endlich ansehen, dass ich nicht hier war, um mit ihm zu spielen. Dass mein Necken echte Zuneigung bedeutete, nur mein Schutzschild war, den ich nicht einfach so fallen lassen konnte, weil er die letzte Bastion war. Ich hoffte, Matteo würde mir durch meine Augen hindurch ins Herz sehen und mir ersparen, über meine Gefühle zu reden. Denn all das, was ich fühlte, entdeckte ich in seinem Blick.

„Ich habe noch eine andere Idee", flüsterte er.

Erneut stupsten seine Fingerkuppen gegen meine, dieses Mal jedoch etwas forscher. Ich sah auf unsere Hände hinab, beobachtete, wie Matteo sie miteinander verschränkte. Nie zuvor in meinem Leben hatte jemand meine Hände so berührt wie er.

„Sag mir, dass ich mich irre, und ich höre auf." Seine Stimme war nunmehr ein Raunen.

„Aller guten Dinge sind zwei", erwiderte ich sanft und endlich, endlich hob ich die rechte Hand. Ich zögerte nicht, hielt nicht inne, ehe sie auf seiner Brust ruhte, direkt auf seinem Herzen, das kräftig und gleichmäßig – und ein bisschen schneller schlug als zuvor. Erwartungsvoll beobachtete er meine Bewegungen.

Dann tat ich, was ich in der Sauna hätte tun sollen. Ich stellte mich auf die Zehenspitzen und legte meine Lippen auf seine. Matteo vergeudete keine Sekunde, sofort ließ er meine Hand los, um seine Arme im gleichen Moment um mich zu legen. Er erwiderte den Kuss in größter Sanftheit, als befürchte er, mich zu verschrecken. Aber ich wollte mich drauf einlassen, wollte mich fallen lassen, wollte sehen, wohin uns die Reise führte.

Und ich sehnte mich nach mehr als den keuschen höchstromantischen Berührungen, die Liebende im 18. Jahrhundert austauschten. Entschlossen schob ich meinen Körper an ihn, verschränkte meine Arme um seinen Nacken und öffnete meine Lippen zu einem Kuss, der sich für alle Zeiten in unsere Erinnerungen einbrennen sollte. Jetzt sollte mich nichts mehr aufhalten, sollte mich das Feuer verbrennen, bis nur noch Asche von mir übrig war.

Matteo keuchte auf, ein überraschter Laut entrann seiner Kehle. Sein warmer Atem flog mir entgegen. Ich hielt inne, weil ich annahm, er wollte etwas sagen, doch bevor ich ihn fragen konnte, trafen sich unsere Zungen, knabberte Matteo an meiner Unterlippe, fanden seine Lippen die weiche Kuhle hinter dem Schlüsselbein, glitten seine Hände meinen Rücken hinab. Mit einem Schwung hob er mich hoch, instinktiv schlang ich die Beine um seine Körpermitte. Himmel, wir wollten beide so viel mehr.

„Du ahnst nicht, wie lange ich darauf gewartet habe, wie oft ich mir diesen Moment ausgemalt habe“, flüsterte er mit kratziger Stimme.

Ich wollte zu einer flapsigen Antwort á la „was, hier im Schwimmbad meines Bruders, der wird uns lynchen“ ansetzen, aber angesichts der Ernsthaftigkeit seiner Worte blieb mir die Ironie auf der Zunge kleben. Stattdessen sagte ich. „Ich weiß. Ich auch.“

Und dann sagten wir nichts mehr. Wir erkundeten einander mit den Händen, unseren Mündern, mit allen Sinnen. Ich roch, schmeckte, fühlte ihn wie damals, nur besser.

Er war wie die Sonne an einem tristen Wintertag, wie der Sommer.

Matteo nestelte am Verschluss meines Bikinioberteils, der sich verkantet hatte. Ungeduldig rieb ich mein

Becken an ihm, erhitzt und voller Vorfreude. „Du verdammtes …“, fluchte Matteo.

Wir sahen uns an, mit rotfleckigen Wangen und hochsensibel für jede weitere Berührung. „Schieb's einfach beiseite“, murmelte ich, meine Lippen erneut an seinen.

„Oder es ist ein Wink des Schicksals. Wir sollten woanders hingehen. Was, wenn dein Bruder auftaucht? Oder, Gott bewahre, Isabella?“

Die Erwähnung ihres Namens genügte, um meine Bewegung einzufrieren. Ich blinzelte, als wäre ich gerade aus einem süßen Traum erwacht. „Du hast absolut recht“, sagte ich. „Wir sollten nicht hier sein und …“

„… das hier tun?“ Der Haken schnappte mit einem lautlosen Plopp auf. Sofort ließ der Druck des BHs auf meinen Brüsten nach und sie sanken Matteo sanft entgegen, der das Schauspiel mit hingebungsvoller Faszination beobachtete. In dieser Sekunde wusste ich, wir würden bleiben, wo wir waren. Wir waren das Feuer, wir würden aneinander verbrennen, und mit Pech würden wir den Teufel heraufbeschwören.

Als Matteos Lippen einen meiner Nippel umschlossen und er sanft an ihm saugte, schickte ich ein Stoßgebet gen Himmel, dass niemand auf die Idee käme, ausgerechnet heute schwimmen zu wollen. Ich nahm mir vor, wenn ich erhört würde, künftig weniger zynisch gegenüber Gott zu sein.

Dann zwickte Matteo mir neckisch in die Brustwarze, und mein Gehirn stellte seine Denkleistung ein. Mit einem lustvollen Stöhnen warf ich den Kopf in den Nacken. Die Decke des Schwimmbads wurde ein ver-

schwommenes Gebilde am Rande meiner Wahrneh-
mung. Weder Raum noch Zeit existierten, nur wir. Das
Wasser plätscherte. Eine feine Gänsehaut überzog
meine Arme, als ein Luftzug über die feuchte Haut
strich. Das holte Matteo aus seiner Trance.
„Zu dir?“
„Unbedingt.“

Kapitel 18 –
Kartoffelsalat mit Bockwurst

Kartoffelsalat, der: aus gekochten Kartoffeln und weiteren Zutaten hergestellter Salat, dessen Rezeptur regional starken Abweichungen unterliegt. Im Ruhrpott gern mit Mayonnaise und Ei verfeinert, teils deftig mit Fleischwurst und Gewürzgurken angereichert. Eine selbstdurchgeführte Studie ohne Anspruch auf Richtigkeit besagt, dass jede Familie im Pott ein Familienrezept ihr Eigen nennt (Anm. der Verfasserin: Unseres ist mit Fleischwurst).

Mit Geschichten ist es so eine Sache. Sie fallen oft dem Stille-Post-Prinzip zum Opfer, und jeder, der zur Schule ging, weiß, was das bedeutet. Geschichten sind wandlungsfähiger als ein Topmodel auf einer hochkarätigen Fashionschau in Paris oder Mailand. Kernelemente gehen verschütt, Tatsachen werden hinzugedichtet, Personen ausradiert. Was wahr oder erfunden ist, weiß am Ende niemand mehr. Während die Kunde Jesu Geburt um den Globus getragen wurde, ist das Christkind vom Hauptweg abgebogen und in Deutschland gelandet. Warum sonst sollten wir am vierundzwanzigsten abends feiern, während andere Länder wie Amerika oder England die große Sause erst am fünfundzwanzigsten zelebrierten? Der Fluch der Globalisierung sind die Vergleiche. Wie feiern die auf der anderen Seite des Großen Teichs? Bunt und blinkend, alles in Superlative? Oh, wir wollen auch!

Für mich war es nur eine Frage der Zeit, bis wir dem fünfundzwanzigsten Dezember mehr Bedeutung beimessen würden. Der aufmerksame Deutsche konnte jetzt bereits Adventskalender mit einer Fünfundzwanzig kaufen und sich entweder fragen, welcher Hersteller nicht zählen konnte oder sich wahlweise über ein zusätzliches Schokoladentäfelchen freuen.

In unserer Familie wurde stets an beiden Tagen gefeiert: Am Heiligabend innerhalb der eigenen Kernfamilie, am ersten Weihnachtstag im größeren Rahmen mit den Großeltern, Tanten, Onkels und Menschen, deren Verwandtschaftsverhältnisse weniger klar definierbar sind.

Heiligabend war immer mein liebster Tag, denn morgens hatten Christoph und ich den Baum geschmückt, dabei schief und gespickt mit Textlücken Lieder gegrölt, bevor wir Mama in der Küche halfen, den obligatorischen Kartoffelsalat zuzubereiten, zu dem es abends Bockwurst gab. Bis heute war der Kartoffelsalat mit Fleischwurst (ohne Knoblauch) das einzige Rezept, das ich auswendig kochen konnte. Es hatte sich für immer in mein Gehirn eingebrannt.

Nach dem Abendessen fand die Bescherung statt, und während Christoph mit leuchtenden Augen sein Geschenk auspackte, hatte mein Highlight bereits stattgefunden. Die gemeinsamen Stunden mit Christoph und Mama waren für mich unersetzlich.

Als ich heute früh neben Matteo aufwachte, fühlte ich mich zu Hause, verspürte ich zum ersten Mal seit vielen Jahren Vorfreude auf das bevorstehende Weihnachtsfest oder vielmehr auf die Dinge, die noch zu erledigen waren: das Schmücken des Tannenbaums, Essen vorkochen, Geschenke einpacken. Mit der Nacht schien die Vergangenheit besiegelt. Jetzt folgte der Neuanfang. Obwohl im Haus bereits jemand hantierte, ließen wir den Tag ruhig angehen. Die Nacht war geendet, bevor wir alles Verpasste der letzten zwei Jahre nachgeholt hatten.

Ich beobachtete Matteos Schlaf eine Weile, bevor ich mich selbst wie eine creepy Killerin fühlte. Sanft strich ich ihm eine Locke aus der Stirn. Die Berührung weckte ihn. Aus schlaftrunkenen Augen blinzelte er mich erst verwirrt, dann erkennend an. Seine Mundwinkel hoben sich zu einem seligen Lächeln, und bevor ich mich versah, fand ich mich eng umschlungen auf ihm wieder. Kein Blatt Papier passte mehr zwischen uns. Dieser Moment gehörte uns, uns allein. Die Endorphine veranstalteten ein Freudenfest, während wir ganz andere Dinge miteinander anstellten.

Im Wohnzimmer hatte Christoph inzwischen den alten Tannenbaum rausgeschafft. Mir gefiel, dass er ihn nicht auf den Kompost geworfen hatte (gab es hier überhaupt einen Komposthaufen?), sondern sein Dasein in einem schweren Blumentopf aus glasiertem Ton auf der Terrasse fristete. Klar, er würde nadeln, weil er keine Wurzeln mehr besaß, aber bis es so weit war, durfte er seine Pracht zur Schau stellen. Im Prinzip waren Tannenbäume nichts anderes als eine wirklich große Schnittblume.

Matteo und ich sahen uns an. Stillschweigend kamen wir überein, dass wir später, nachdem alles andere erledigt wäre, die Tanne dekorierten. Doch zunächst halfen wir Christoph. Wir richteten das sauerländische Prachtgehölz aus, pfeilgerade wurde es im Ständer verankert.

Christoph erläuterte die weiteren Pläne: „Ich habe die Lichterketten aufgerollt, damit sollten wir anfangen. In der Zeit sollte Isabella zurück sein. Sie ist unterwegs, um neue Dekoration zu kaufen. Ich habe gesehen, dass ihr die Kugeln geklebt habt, danke. Allerdings befürchte ich, wird der Kleber nicht halten. Deswegen haben wir kurzfristig entschieden, neue Kugeln zu kaufen.“

„Am Morgen des Heiligabends? Mit einem gebrochenen Handgelenk?“ Ich stellte mir Isabella in bester herrischer Manier vor, wie sie irgendwen verdonnerte, ihr beim Einkauf zu helfen.

„Und einem Taxi“, ergänzte Christoph.

Aha, dann wäre die arme Socke der Taxifahrer. Gut, für ein anständiges Trinkgeld würde er sicherlich auch kistenweise Dekokram schleppen.

„Typisch Isa“, kommentierte Matteo grinsend. „Na ja, die Geschäfte haben bis Mittag geöffnet. Sie wird schon etwas finden. Isa hat einen Sinn für Schönes und einen guten Riecher für Schnäppchen.“

Christoph nickte bestätigend. „Sie meinte beim Frühstück, heute wäre der perfekte Tag, um Weihnachtsdekoration zu kaufen. Viele Läden würden bereits jetzt reduzieren, um die Kunden zu locken. Nur nach Weihnachten sei es noch günstiger, allerdings gäbe es dann kaum noch Perlen zu entdecken. Ihr wisst, ich kann da nicht mitreden, aber ihre Logik ist bestechend.“

Daran hatte ich keinen Zweifel. Sie würde quer durch die Stadt fahren, um die perfekten Kugeln zu kaufen, die zwar den Einzelstücken von Murano nachstehen würden, aber sich harmonisch ins Gesamtbild der Dekoration einfügten.

„Was ist eigentlich mit den Kränzen?“

„Die habe ich gestern abgeholt“, erklärte Christoph und deutete in Richtung Garage. „Ihr könntet sie aufhängen. Mit der Lichterkette komme ich allein zurecht. Einmal ordentlich aufgerollt, gelingt das Abwickeln problemlos.“

Wieder trafen sich Matteos und meine Blicke. „In Ordnung.“

„Dein Bruder ist heute komisch“, meinte Matteo, als wir in der Garage die Kränze und Blumen ordneten, die dort zwischengelagert waren.

„Finde ich auch. Seine Laune ist für das Chaos etwas zu gut, findest du nicht? Außerdem haben wir mit Isabellas Ausfall eine Menge zu tun.“

„Vielleicht überspielt er die Angelegenheit auch nur.“

„Kann sein.“ Ich zuckte mit den Schultern und beschloss, Christophs sonderbarem Verhalten keine Beachtung beizumessen. Wie alle anderen unter dem Villendach hatte auch er das Recht, sich komisch aufzuführen. Vielleicht sogar am meisten, schließlich gehörte ihm das Dach.

Ich widmete mich dem Traum aus verschiedenen Arten Immergrün, dekoriert mit roten Beeren und weißen Kugeln sowie einem Hauch Kunstschnee. Erneut musste ich meiner Schwägerin einen exquisiten Geschmack zugestehen. Dass allein die Benutzung von Dekoschnee in diesem Ensemble nicht wie der größte Kitsch aussah, grenzte an ein Wunder. Ob es sich tatsächlich um Rosalie Jägers Bestellung handelte oder hatte die Blumenverkäuferin rechtzeitig Ersatz herbeigezaubert?

„Leonie." Matteo stand im Durchgang vom Haus zur Garage und bedachte mich mit einem intensiven Blick. Wo immer seine Gedanken hinwanderten, an Kränzen und Farbkombinationen waren sie vorbeigelaufen. Mein Bauch und Herz tanzten einen wilden Tango miteinander, und ich fühlte, wie Hitze in meine Wangen kroch. Allein die Art, wie er mich ansah, kurbelte meine schmutzige Fantasie an.

„Ja?" Meine Stimme klang fremd, als gehörte sie wem anders.

Statt einer Antwort bedeutete er mir mit einer Geste, zu ihm zu kommen. Ohne zu zögern, folgte ich seiner Bitte und fand mich wenige Herzschläge später in seinen Armen wieder. Unsere Lippen trafen sich für einen Kuss. Ich schloss die Augen, genoss den Druck seines Mundes auf meinem, seine Lippen, die mit meinen spielten, sanft um Einlass baten. Meine Finger fanden den feinen Streifen nackter Haut zwischen der Strickmütze und dem Kapuzenpullover. Er erschauderte unter der Berührung, während ich mit den Fingernägeln feine Linien auf seiner Haut zog. Wir kosteten den Moment aus, genossen den Kuss, das Spiel unserer Zungen, die Nähe zueinander. Es war schön, einfach zu fühlen.

Schließlich lösten wir uns schwer atmend voneinander, rangen um Luft wie zwei Marathonläufer, die das Ziel erreicht hatten.

Mit einem entschuldigenden Lächeln auf den Lippen murmelte Matteo: „Ich konnte nicht anders." Er deutete auf die Decke, an der ein Mistelzweig hing.

„Hast du den aufgehängt?"

Mit seinem Schulterzucken, dem schuldigen Lächeln und den roten Flecken auf den Wangen erinnerte er mich an einen Schuljungen, der eine gute Note erhalten hatte, aber sich für das Lob schämte.

„Du bist ein hoffnungsloser Romantiker, Matteo Russo."

Wieder heftete er seinen Blick auf mich, und noch bevor er sprach, spürte ich einen neuen Schwall Hitze meine Wangen hochkriechen.

„Mag sein. Bei dir fällt es mir ganz leicht." Mit angehaltenem Atem wartete ich darauf, dass er weitersprach. „Kennst du das Gefühl, wenn du jemanden triffst und sofort diese Verbindung da ist?"

Ich nickte und unterdrückte einen sarkastischen Spruch, mit dem ich ihn an unsere Unterhaltung in der Sauna erinnert hätte, wo er eingangs behauptet hatte, er hätte gedacht, es wäre nur ein One-Night-Stand.

„Ich gebe zu, mein allererster Gedanke, als wir uns vor zwei Jahren kennengelernt haben, war: Meine Güte hat die miese Laune. Aber dann war alles so leicht zwischen uns. Beinahe erschreckend leicht. Leonie, seitdem ist kein Tag vergangen, an dem ich nicht an dich gedacht habe."

Ich war sprachlos, wusste nicht, was ich darauf erwidern sollte. Natürlich hätte ich die Wahrheit sagen können: Dass auch ich ständig an ihn gedacht hatte, aber teils ganz schön negativ. Es hatte Tage gegeben, an dem ich ihm gern den Hals umgedreht hätte, weil ich ihn nicht erreichen konnte, obwohl ich selbstverständlich kein Recht dazu hatte. Die Erinnerungen stoben durcheinander, verflochten sich mit dem Hier und jetzt, überlagerten sich. Schließlich siegte der reale Matteo, der aus ernsten wachen Augen meine Gesichtskirmes verfolgte. Ich entschied, Schweigen ist Gold und küsste ihn.

Als wir zurück ins Wohnzimmer gingen, saß Isabella am Esstisch, dutzende Schachteln mit Christbaumschmuck vor sich, den sie behutsam auspackte. Dass sie mit der Gipshand kaum zupacken konnte, ignorierte sie geflissentlich. Sie gehörte zu der Sorte Menschen, die eine Krankheit mehr als lästige Angelegenheit statt Bedrohung empfanden, weil sie ausgebremst wurden. Getreu dem Motto: Der Tod hat angeklopft und will dich abholen – sag ihm, er soll später wiederkommen, ich hab zu tun.

Ich trat zu ihr. „Kann ich helfen?"

Sie bedachte mich mit einem abschätzenden Blick, als wägte sie ab, ob sie mir die neuen Schätze anvertrauen wollte. Ich rechnete mit einer schnippischen Antwort, mit Vorwürfen, denn schließlich waren wir so vor zwei

Tagen auseinandergegangen. „Nein. Ich will etwas zu tun haben.“

„Dann bereiten wir das Essen vor, Isa“, schlug Matteo vor. „Leonie und Christoph dekorieren den Baum und ich koche unter deiner Anleitung. Später kann Leonie uns helfen. Wenn morgen die ganze Sippschaft kommt, haben wir noch einiges vorzubereiten.“

Isabella dachte einen Moment auf seiner Idee rum. Schließlich erhob sie sich auf, legte die Kugel, an der sie den Aufhänger soeben befestigt hatte, vorsichtig zurück in die Schachtel und verließ mit Matteo den Raum.

Als sie außer Hörreichweite waren, sah ich meinen Bruder an. „Was stimmt mit ihr nicht?“

„Weil sie dir keine Vorwürfe macht?“ Ich schmunzelte, weil Christoph mich so gut kannte.

„Ganz genau. Beim letzten Mal war ich schuld an allem. Ich weiß gar nicht, wie ich nun damit umgehen soll, unschuldig zu sein. Das ist ein neues Gefühl. Ich bin verwirrt.“ Überhaupt überforderten mich die Entwicklungen der letzten Woche emotional.

„Bist du nicht. Faktisch ist dein Sturz für ihr gebrochenes Handgelenk verantwortlich, ob absichtlich oder nicht. Letzteres ist das, was zählt, Leonie. Es war ein Unfall. Das wissen wir.“

„Ist etwas in unserer Abwesenheit passiert? Wurde sie von Aliens entführt und ausgetauscht?“ Zumindest die erste Frage war ernst gemeint.

Christoph sah mich stumm an. Sein Blick ein Appell, ich solle mit meinen bissigen Äußerungen seiner Frau gegenüber aufpassen.

Dennoch sagte er: „Nein, hier ist nichts geschehen, und niemand da gewesen. Wo wir gerade vom Austausch reden: Läuft da etwas zwischen dir und Matteo?"

Da wusste ich mit absoluter Gewissheit, dass er log. Jemand war hier gewesen. Warum sonst seine Nichtanwesenheit betonen, warum mit einer persönlichen Gegenfrage ablenken?

„Wir haben uns vertragen", antwortete ich ausweichend.

„Interessante Formulierung."

„Was willst du hören, Christoph? Die Wahrheit? Ich weiß nicht, ob die sich aktuell wohlfühlt in diesem ehrwürdigen Haus." Unter anderen Umständen hätte ich meinem Bruder liebend gern von Matteo und mir erzählt, aber so?

Er atmete tief ein und aus, schob irgendetwas beiseite und setzte dann sein Anwaltslächeln auf. „Na schön. Belassen wir es dabei. Lass uns den Baum schmücken. Wie Matteo sagte, es gibt genug zu tun."

Irgendwann hatten wir es geschafft: Der Baum erstrahlte in grün-weißem Glanze. Nach anfänglichem Schweigen hatten wir schließlich eine Weihnachtsplaylist eingeschaltet und uns über dies und das unterhalten. Seit Tagen hatte ich kaum die Nachrichten verfolgt, weshalb ich dankbar für Christophs Update zur weltpolitischen Lage war. Und auch zum Tagesbruch wusste er Neues zu berichten: „Gestern war ein Fachmann vor Ort, der die schlimmsten Vermutungen bestätigt hat: Das Gebäude ist durch den Tagesbruch schwerer beschädigt als zunächst angenommen. Die

Rissbildung setzt sich im Inneren fort und ohne die Statik auszubessern, darf niemand rein. Bevor das passiert, müssen der Schaden behoben und die darunterliegenden Stollen verfüllt werden. Derzeitig weiß niemand, wie weit die Stollen reichen. Es ist durchaus möglich, dass es noch einen Abzweig gibt, der direkt unter den Häusern entlang führt. Bis alles geklärt ist, werden Monate vergehen."

Mein Gesichtsausdruck musste die perfekte Kopie des entsetzten, blau angelaufenen Emojis widerspiegeln, denn Christoph hob beschwichtigend die Hände. „Selbstverständlich darfst du so lange hier wohnen, wie du willst. Platz haben wir genug."

„Ähm. Danke." Mein Kopf war leer.

„Denk in Ruhe drüber nach. Deine Vermieterin wird sich bestimmt bei dir melden." Dann widmete er sich wieder dem Baumschmuck. Als er in einer Kiste eine Lage silbernen Lametta mit einem vergilbten Preisschild mit alter Währung entdeckte, bogen wir uns vor Lachen und schwelgten in Kindheitserinnerungen. Bittersüße, seltene Momente an Papa, der mit einiger Entfernung das Lametta schwungvoll in den Baum geworfen hat, was einfach nur schrecklich ausgesehen hatte, aber irgendwie Kult war, denn auch wenn er später nie half, den Baum zu schmücken, behielten wir das Ritual bei. Christoph sah mich verschmitzt an.

„Nur zu", ermutigte ich ihn.

Er ging auf Abstand, zielte – und der Lamettastrang zerfiel auf halber Strecke in seine Einzelteile. Schallendes Lachen brach aus mir heraus wie eine Bratenkruste, die im Ofen platzte. „Das will geübt sein."

„Mach's besser", forderte er mich heraus.

„Na schön!" Beherzt griff ich nach einem Strang, holte aus und traf immerhin den Baum.

„Glückwunsch, Schwester! Aber … schön ist anders, oder?"

„Jap. Besser kein Lametta."

Christoph sammelte die Fäden, die sich quer über drei Äste verteilt hatten, wieder ein und verbannte sie zurück in die Kiste.

„Willst du die etwas aufbewahren?", fragte ich entgeistert.

„Man weiß nie, wann einem nach Lamettaweitwurf ist", entgegnete er stoisch.

Darüber konnte ich nur den Kopf schütteln. „Hey, wie wäre es mit einem passenden Song dazu? Oh Tannenbaum?"

Irgendwann hatten wir es vollbracht. Die Leinwand war bemalt, das Kunstwerk vollendet. Ich kam nicht umhin, ein Foto des fertigen Meisterwerks zu machen und es Anna zu schicken. Als Reaktion erhielt ich ein staunendes Emoji, gefolgt von einem Aubergine-Emoji und einem Fragezeichen, die an unser Telefonat anknüpften, in dem ich ihr mitgeteilt hatte, was zwischen mir und Matteo gelaufen war.

Ich beschloss, Annas höchst indiskrete Nachfrage nach Matteos bestem Stück unbeantwortet zu lassen. Wenn wir uns sähen, hätten wir genug Zeit, über alle pikanten Details und Geheimnisse der Villa Kolb zu tratschen.

Mit einem breiten Lächeln auf den Lippen betrat ich die Küche, in der Matteo und Isabella sich im Plauderton unterhielten, während er Kartoffeln schälte. Gemeinsam schnippelten wir Gewürzgurken, kochten

Eier, rührten die Mayonnaise an. Der Duft von Fett und Essig hing in der Luft.

Als wir mit dem Kartoffelsalat fertig waren, bereiteten wir den Braten für morgen vor und zum ersten Mal in meinem Leben schnippelte und kochte ich Rotkohl. Bei uns hatte es das immer aus dem Glas gegeben. Mit lila gefärbten Fingern rührte ich die geschnittenen Streifen im riesigen Topf, bis die Menge fast um die Hälfte ihrer Masse reduziert war. Mittlerweile half auch Christoph mit, und gemeinsam befolgten wir Isabellas Rezepte mit höchster Akribie nach bestem Gewissen.

Stunde um Stunde verging. Das Kochen und Backen erdete. Der Duft von Zimtsternen, Lebkuchen und Eierlikör verdrängte den deftigen Bratengeruch. Immer wieder warfen Matteo und ich uns verstohlene Blicke zu. Als sich Isabella und Christoph für die Christmette umzogen und wir höflich ablehnten, mitzukommen, warf mein Bruder mir einen vielsagenden Blick zu. Ich schenkte ihm ein neutral-freundliches Lächeln und wünschte ihnen viel Spaß.

Dann war es plötzlich ruhig im Haus. In meinen Ohren rauschte der Puls. Der Kühlschrank summte im Hintergrund. Draußen fuhr ein Krankenwagen mit eingeschaltetem Martinshorn entlang, dessen Sirene sekündlich leiser wurde und schließlich ganz verstummte.

„Wollen wir uns einen Film ansehen?", fragte Matteo. „Einen der Klassiker?"

„Ehrlich gesagt habe ich noch etwas zu erledigen. Und ich hoffe, ich bin nicht zu spät dran." Matteo sah mich überrascht an. „Möchtest du mitkommen? Dann kann ich's dir zeigen."

In der Stadt herrschte gespenstische Ruhe. Die bunt beleuchteten Geschäfte blinkten gelassen vor sich hin, die letzten Angestellten hatten ihren Feierabend eingeläutet und waren in den Schoß der Familie gekehrt. Die Kirchenglocken setzten in dem Moment ein, als wir die Einkaufsstraße bergab liefen. Auf dem Weg hatte ich Matteo von dem plüschigen Dino erzählt, der meinem Geschenkepatenkind von heute an ein treuer Freund sein sollte.

„Ich warte hier", meinte Matteo, während ich direkt aufs Kirchenportal zusteuerte. Er drückte meine Hand und schenkte mir ein aufmunterndes Lächeln. „Das ist dein Ding."

Mit pochendem Herzen betrat ich die Kirche, die erfüllt war vom Stimmgewirr, Kinderlachen und einem Orgellied, das ich nicht erkannte. Nach einem kurzen Augenblick der Orientierung entdeckte ich weiter vorne einen prächtigen Tannenbaum sowie einen Gabentisch. Mit gestrafften Schultern durchquerte ich den Mittelgang. Der Priester – dieses Mal ohne bunten Schal – sortierte die Geschenke den Wünschen zu. Anscheinend gab es Kopien von den Zetteln und, so reimte ich mir die Sache nun zusammen, eine gute Seele, die ein Notfallgeschenk für den Fall organisiert hatte, dass ein Geschenk fehlte.

Ich räusperte mich, weil mir entfallen war, wie man einen Priester korrekt ansprach.

Er drehte sich um und lächelte, als er mich erkannte. „Ah, da sind Sie ja!", sagte er, als habe er nur auf mich gewartet. „Und wie ich sehe, waren Sie erfolgreich." Er deutete auf die riesige blaue Tüte des bekannten schwedischen Möbelhauses. Fast eine halbe Rolle Geschenkpapier hatte es benötigt, um den unförmlichen Plüschfreund einzuwickeln.

„Schön, Sie wiederzusehen", antwortete ich und meinte es genau so. „Wann findet die Bescherung statt?"

„Das kann ich nur erwidern. Nach dem Krippenspiel – also am Ende der Messe. Oh, ich sehe, das entlockt Ihnen keine Begeisterungsstürme. Nun, suchen Sie sich einen Platz aus. Das Haus Gottes steht jedem offen."

Kurz wägte ich die Situation ab. Draußen wartete Matteo, zuhause die verwüstete Küche und ein Weihnachtsfilm. Wenn ich Matteo fragte, würde er mir zuliebe bestimmt der Messe beiwohnen. Andererseits … „Wissen Sie, ich glaube, es ist mir nicht wichtig, die Bescherung mitzuerleben. Mir reicht es zu wissen, dass ich einem Kind einen Herzenswunsch erfüllen konnte."

Der Priester nickte verstehend. „Wenn das so ist … kommen Sie doch bei Gelegenheit wieder, dann berichte ich Ihnen von der Bescherung. Im Frühjahr erwacht der Garten im Kreuzgang zum Leben."

„Das klingt wunderbar." Wir verabschiedeten uns herzlich und mein Herz fühlte sich größer an als zuvor.

Draußen hatte sich Matteo in seinem Mantel verschanzt. Sein Atem kondensierte in der kalten Nachtluft. „Schon fertig?"

Ich nickte. „Ich hab's nicht so mit dem Gottesdienst. Wollte nur rasch das Geschenk abliefern."

Er legte einen Arm um mich und gab mir einen Kuss auf die Stirn. „Behalt das bloß."

„Was?" Irritiert sah ich ihn an.

„Deine Großherzigkeit, verpackt in einem grummeligen Giftzwerg."

Ich schnaubte. „Pah! Ich geb dir gleich Giftzwerg."

Lachend nahm er meine Hand und gemeinsam schlenderten wir den gesamten Weg zurück.

Zuhause empfing uns ein heilloses Chaos. Töpfe, Pfannen, Schlüsseln und andere Kochutensilien stapelten sich in und neben der Spüle sowie auf der gesamten Arbeitsfläche. „Lass uns das erledigen, danach gucken wir einen Film."

Überrascht sah er mich an. „Ehrlich? Du und ein Weihnachtsfilm?"

Achselzuckend sah ich ihn an. „Schließlich ist Weihnachten oder nicht?"

Er schien seinen Ohren nicht trauen zu wollen. „Schon, aber langsam bekomme ich's mit der Angst zu tun. Ich meine, was ist mit dem Grinch in dir passiert? Erst das Geschenk, jetzt ein Film."

„Dem wurde es eindeutig zu heiß, weshalb er sich verschanzt und beschlossen hat, den Dingen ihren Lauf zu lassen. Ich sag's mal so: Er erkennt derzeitig, dass Weihnachten weniger schlimm ist, wenn man die Tage mit jemandem verbringen kann, den man mag."

Matteo hatte die wenigen Schritte zwischen uns überbrückt. „Den man mag?", wiederholte er flüsternd.

Die plötzlich aufkeimende Nervosität ließ meinen Puls rasen. Dabei hatte sich den gesamten Abend die Richtung abgezeichnet.

„Den man sehr mag", entgegnete ich.

Ich sah ihm direkt in die Augen, sammelte all meinen Mut. Meine Gefühle spielten verrückt, mein Kopf schickte mir Bilder von dystopischen Zukunftsvisionen, in denen Matteo mich wieder sitzen lassen würde. Ich schlug sie alle in den Wind. Ich wollte an uns glauben, wollte wissen, wohin uns diese irre Anziehungskraft führen würde. Wollte mit jeder Faser herausfinden, ob da mehr war als leidenschaftliche Küsse und verbotene heiße Wasserspiele. Ich brauchte zwei Anläufe, um schließlich kaum hörbar hervorzubringen: „Jemand, in den man sich verliebt hat. Vor langer Zeit schon."

Mit angehaltenem Atem beobachtete ich seine Reaktion: Das Leuchten seiner Augen, der feuchte Glanz in ihnen, das schwere Atemholen, die eigene Überwindung, das über den Schatten springen. Schließlich nahm er meine Hände in seine und strich mir sanft mit dem Daumen über den Handrücken, bevor er endlich sagte, was ich mir sehnlichst wünschte. „Ich habe mich auch in dich verliebt, Leonie."

An diesem Abend schauten wir uns keinen Film an. Mitten in der Küche küssten wir uns, als hätten wir alle Zeit der Welt, als würde morgen nicht die gesamte Sippe einmarschieren, um wie die Heuschrecken über die Speisen herzufallen. Wir nahmen uns die Zeit, die uns angesichts unserer Gefühlsbekundungen angemessen erschien.

Erst danach räumten wir auf. Im Hintergrund dudelten die Weihnachtsklassiker. Die Moderatoren erklärten die Bräuche am Heiligenabend und tauschten sich über die unterschiedlichen Gerichte aus, die bei den

Ruhrpottfamilien auf den Tisch kamen. Wir deckten die Tafel – ab zwölf Plätzen durfte man das so nennen, oder! – fürs gemeinsame Abendessen.

Als Christoph und Isabella aus der Kirche zurückkehrten, fühlte ich mich zum ersten Mal seit meiner Ankunft in der Villa nicht wie ein ungebetener Schmarotzer, sondern wie ein willkommenes Familienmitglied.

Gemeinsam aßen wir Kartoffelsalat ohne Fleischwurst, aber mit aufgebrühter Bockwurst, dazu ein ordentlicher Schlag mittelscharfen Senf. Im Anschluss spielten wir mehrere Runden Scrabble, bei denen Christoph und ich abwechselnd gewannen, und schließlich – es war bereits Mitternacht – wünschten wir uns erst frohe Weihnachten und dann eine gute Nacht.

Arm in Arm schwankten Matteo und ich beschwipst vom Eierlikör zu meiner Wohnung im Gästetrakt. An der Tür hielt er inne und sah mich fragend an. „Darf ich mit reinkommen?"

Ich lachte leise, weil mir die Frage absurd erschien. Dann küsste ich ihn auf den Mund, schnappte mir seine Hand und zog ihn mit mir. Später schliefen wir miteinander, als wäre es unser erstes Mal. Vorsichtig, neugierig, voller Ehrfurcht und kleiner Wunder.

KAPITEL 19 – DIE WAHRHEIT TAPST AUF LEISEN SOHLEN

Schnuffel, der/die/das: liebliche Bezeichnung für eine Person, die man besonders mag. Anlehnung an das langohrige Nagetier, gern auch in Kombination mit weiteren Substantiven, z. B. „Schnuffelhase", um besondere Zuneigung auszudrücken.

„Matteo?" Schlaftrunken tastete ich nach ihm, streckte meine Finger in die Länge, trippelte mit den Kuppen über die Decke, robbte wie ein gestrandeter Seehund näher, in der festen Überzeugung, gegen ihn zu stoßen. Erst als ich beinahe von seiner Bettseite auf den Boden fiel, riss ich die Augen auf und realisierte: Seine Betthälfte war leer.

Hellwach schoss mir ein Gedanke durch den Kopf, der alle anderen Emotionen versenkte: Er hat mich verlassen! Erneut.

Mühsam zwang ich mich, ruhiger zu atmen, die Panik herunterzuregeln, um Alternativen zuzulassen. Er könnte zur Toilette gegangen sein.

Mit kalten Händen und Füßen tapste ich ins Wohnzimmer der Einliegerwohnung und lauschte. Eine Uhr tickte in die Stille hinein, jeder würde mein Herz schlagen hören. Von irgendwo hörte ich Weihnachtslieder. Möglicherweise spielte mir meine Fantasie einen Streich.

„Matteo?", flüsterte ich in Kinostärke.

Kein Ton. Kein Licht, das unter der Badezimmertür hindurchdrang. Er befand sich nicht in der Wohnung.

Die Angst wieder: Er ist weg!

Meine Vernunft: Er wird einen Grund haben, nicht hier zu sein. Ganz bestimmt.

Die beiden stritten sich lautstark in meinem Kopf und ich fühlte mich wie beim Tauziehen: mal zur einen, mal zur anderen Seite hingerissen. Nächtliche Kälte kroch über jeden freien Quadratzentimeter meiner Haut.

Von einem mulmigen Gefühl begleitet, wollte ich unbedingt an ein Szenario glauben, in dem sich die Vergangenheit nicht wiederholt hatte. Vielleicht war ihm das Geschenk wieder eingefallen, das er für seine Cousine gekauft hatte, und er versteckte es nun unterm Baum, damit sie es in der Früh fand. Oder er konnte nicht schlafen und geisterte wie ein Schlossgespenst durch die Villa, auf der Suche nach jemandem, den er erschrecken konnte. Möglicherweise hatte er sich dazu hinreißen lassen, ein paar Bahnen im Mondschein zu schwimmen. So oder so, herausfinden, was los war, würde ich nur, wenn ich mich bewegte.

Mit dem flauschigen Bademantel und dicken Socken bewaffnet, löste ich mich schließlich aus meiner Denkstarre und tapste in die dunkle Villa hinaus. In einem Herrenhaus würden mich die Ahnen beobachten. Hier waren es seelenlose, moderne Kunstwerke. Die Dunkelheit bereitete mir keine Angst. Ich fürchtete weder die Schatten noch, dass mir etwas zustoßen könnte. Dennoch hatte ich das dringende Bedürfnis zu schleichen, keinen Mucks von mir zu geben und ungesehen zu bleiben.

Bereits nach wenigen Metern bestätigte sich die Eingebung. Aus dem Gebäudeteil, wo Christophs Büro lag, drangen Stimmen. Matteo und Christoph. Was hatten sie nachts, noch dazu am Heiligenabend zu besprechen? Mit flachem Atem presste ich mich an die Wand, damit sie mich nicht entdeckten.

„Sobald diese Angelegenheit erledigt ist, verschwindest du. Ist das klar?", hörte ich meinen Bruder mit unterdrückter Wut sagen. „Du hast nun bei Weitem genug Chaos in dieser Familie angerichtet. Du kannst von Glück sagen, dass Isabella mich milde gestimmt und an unsere christlichen Pflichten erinnert hat, auch wenn ich auf Letztes wenig Wert lege. Ich war kurz davor, die Polizei zu rufen und den Wagen als vermisst zu melden."

„Dir geht's ums Auto?"

„Quatsch. Zwei Erwachsene, die einen Ausflug unternehmen, lockt die Polizei nicht aus der Reserve. Fraglich, ob sie für ein gestohlenes Auto ausgerückt wären. Vermutlich nicht. Spielt keine Rolle mehr, ihr seid wieder hier und das ist das Einzige, was zählt. Wenn Leonie etwas passiert wäre ..." Ein tiefer Atemzug unterbrach seine Drohung. „Sobald die Scheidung durch ist, verschwindest du."

Scheidung? Ich presste eine Hand vor meinen Mund, damit kein Laut meinen Lippen entwich.

„Was das angeht, danke ich dir. Die ganze Sache ist mir furchtbar unangenehm. Vor allem jetzt, wo ..."

„Schon gut", unterbrach Christoph ihn. „Ich will gar nicht wissen, was ihr treibt, du und meine Schwester."

„Wirklich, Christoph. Ich weiß, dass du viel in deiner Kanzlei zu tun hast und dass du dich für meinen Fall extra einlesen musstest. Das italienische Recht ist an mancher Stelle ja doch etwas, nun, wie sagt man, speziell? Das werde ich dir nicht vergessen."

„Brich ihr einfach nicht das Herz, dann sind wir quitt."

„Hab ich nicht vor", antwortete Matteo.

Meine Gedanken polterten unkoordiniert durch mein Hirn. Matteo war verheiratet? Seit wann? Mit wem? Etwa mit ihr? Dieser Frau, für die er vor zwei Jahren den Kontakt zu mir abgebrochen hatte? Plötzlich erschien unser Gespräch in der Sauna in einem ganz neuen Licht. Ein Versprechen, das er erfüllen musste. Das waren seine Worte gewesen. Ein Eheversprechen. Fuck, er hatte ihr ein auf immer und ewig, bis dass der Tod uns scheidet versprochen. Jetzt verstand ich auch, weshalb er unbedingt verhindern wollte, dass ich von der Angelegenheit Wind bekam. Er war verheiratet! Vermutlich sogar schon länger als zwei Jahre. Ich hatte unwissentlich mit einem verheirateten Mann geschlafen. Fuck, fuck, fuck.

Meine Füße bewegten sich ohne mein Zutun. Ich stolperte rückwärts, stieß gegen eine Pflanze, die auf einem modernen Blumengestell stand. Der Topf geriet ins Wanken und klapperte auf dem kalten Marmorboden. Die Männer verstummten. Ich flitzte um die Ecke, bevor sie mich sahen.

„Ist da jemand? Schatz, bist du das? Brauchst du etwas?" Christoph war in den Flur getreten. Aufgrund der

Lautstärke seiner Stimme wähnte ich ihn nur wenige Schritte von mir entfernt. Ich presste mich um die Ecke, erneut die Hand auf den Mund gedrückt und hoffte, er würde wieder ins Büro gehen. Ich kam mir albern vor, wie ich dort stand – nur mit Bademantel und Wollsocken bekleidet im dunklen Flur.

Andererseits, wer war albern? Zwei Heimlichtuer trafen sich nachts, um das Ende einer gescheiterten Ehe zu erörtern.

Und über mich zu reden, präziser: dass mein Herz brechen könnte. Wut flammte auf. Wie konnten sie wagen, über mich und meine Gefühle zu sprechen!

„Ich denke, wir sind fertig für heute", hörte ich Christoph mit größerer Entfernung sagen. „Wenn alles glatt läuft, bist du noch vor dem Jahreswechsel ein geschiedener Mann."

Rasch huschte ich die Korridore zurück zur Wohnung und kroch mit hämmernden Herzen unter die noch warme Bettdecke, rollte mich in ihr ein, als könnte der Kokon das soeben Gehörte von mir abschirmen.

Als Matteo kurze Zeit später wieder ins Bett schlüpfte und mich in den Arm nahm, als wäre nichts gewesen, stellte ich mich schlafend.

Die restliche Nacht tat ich kein Auge zu.

Kapitel 20 – Misteln und andere Schmarotzer

Misteln, die: Halbschmarotzer, die dem Baum Wasser und Nährstoffe entziehen. Betreiben sie selbstständig Fotosynthese, sind sie trotzdem auf andere Pflanzen angewiesen. Einst als Schutz vor bösen Geistern aufgehängt, obliegen Mistelzweige heutzutage romantischen Vorstellungen. Einem Paar, das sich unter einem Mistelzweig küsst, währt die ewige Liebe. Weiterführende Artikel zu diesem Thema: „Der Schmarotzer in meiner Familie – zehn Strategien, ihn loszuwerden."

Am Morgen stand ich früh auf, wusch mich, zog das frische und sogar gebügelte Outfit an, das ich spontan für die Weihnachtsfeier mit den Kollegen gekauft hatte, nachdem die Pfütze mich voll erwischt hatte. War es wirklich erst gut eine Woche her, dass der Tagesbruch die gesamte Hausgemeinschaft aus ihren Wohnungen vertrieben hatte? Vor einer Woche war mein Highlight der kommenden Feiertage der Filmmarathon mit Jamal gewesen, bei dem wir uns gegenseitig vernaschten. Um die Filme war es nie wirklich gegangen. Oder doch?

Das Gespräch der vergangenen Nacht spulte sich in Dauerschleife in mir ab und vergiftete meine Gedanken langsam, aber stetig. So sehr ich mich bemühte, mich auf das Ergebnis zu fokussieren. Die Scheidung bedeutete das Ende von Matteos Ehe, was wiederum positiv für mich war, denn Matteo wäre frei. Dennoch – es gelang mir nicht. Ich begriff nur, dass er mir diese Ehe verheimlicht hatte. Wie viele Geheimnisse hatte dieser Mann? Warum schwieg er vehement über seine Vergangenheit? Verdammt, er hätte mir doch von ihr erzählen können. Klar, vielleicht wären wir dann nicht miteinander im Bett gelandet, weil mich ein Ehering grundsätzlich abtörnte. Aber wer weiß, wie sich alles hätte entwickeln können, wenn unsere Basis Vertrauen gewesen wäre. Apropos Ehering. Mit spitzen Fingern lupfte ich die Bettdecke. Definitiv kein Ehering.

Als Matteo aufwachte, war meine Betthälfte erkaltet.

Gegen Mittag reiste die buckelige Verwandtschaft an. Tanten und Onkel, vorwiegend aus der Kolbschen Sippschaft.

Unheilvolles Klingeln verkündete ihre Ankunft. Ich ereiferte mich, aufzumachen.

Tante Ingrid begrüßte mich mit gespielter Herzlichkeit: „Leonie, wie schön, dich zu sehen. Frohe Weihnachten, meine Liebe. Hier, nimm das mal!"

Sie drückte mir ein schweres Paket in die Hand, das ich kaum halten konnte, weil ich weiterhin wie ein Butler die Tür offen hielt. Wenn sie nicht endlich ihren Hintern hineinschob, würde ich den Klotz fallen lassen.

„Hach, immer wieder schön, hier zu sein", sagte sie und entfernte sich, ohne mir das Paket abzunehmen.

Ich verfluchte meine Hilfsbereitschaft, die ohnehin nur geheuchelt war, weil mein einziger Beweggrund war, Matteo aus dem Weg zu gehen. Das hatte ich nun davon.

Ich stupste die Tür mit dem Fuß zu und stellte das Paket auf der Kommode ab. Im gleichen Moment klingelte es erneut. Es folgten einige Familienangehörige von Isabella, deren Namen ich mir nie merken konnte. Wie jedes Jahr nahm ich mir vor, einen Stammbaum anzufertigen, weil niemand die undurchsichtigen Verhältnisse und komplexen Strukturen nachvollzog. Vor vielen Jahren hatte ich verstanden: Nicht jeder, der „Onkel" genannt wurde, war tatsächlich blutsverwandt. Würde ich jemals ein Kind bekommen, wäre Anna mit ziemlicher Sicherheit die verrückte „Tante Anna". Besagter Stammbaum existierte allein aus einem Grund noch nicht: Am Ende des Festes stand ich kurz davor, jemanden umzubringen und meine Lust, auch nur ein Strichmännchen für diese Familie zu malen, geschweige denn ernsthafte Recherche zu betreiben, hielt sich stark in Grenzen.

Bis hierher war es mir gelungen, Matteo unter fadenscheinigen Begründungen erfolgreich aus dem Weg zu gehen und ich hatte jede angedeutete Turtelei im Keim erstickt. Da wollten Kartons weggeräumt werden, und die Tante, die wie jedes Jahr verhindert war, sollte eine Weihnachtskarte erhalten. Ungewohnt eifrig half ich Isabella in der Küche, bevor ich den Tisch zum insgesamt dritten Mal abwischte, während sich der Kronleuchter bereits darin spiegelte. Mein Verhalten war feige, dessen war ich mir deutlich bewusst. Aber Matteos auch, sein Schweigen hatte mich verletzt. Schließlich waren die Gäste eingetroffen. Da Onkel Ernst wegen seiner Arthritis Probleme mit dem Fleischschneiden hatte, bot ich freiwillig an, neben ihm zu sitzen. Und neben Tante Ingrid, die unbedingt wissen wollte, was aus dem netten jungen Mann geworden war, mit dem ich eine Zeit lang zusammen gewohnt hatte.

Unmöglich, dass Matteo nichts ahnte. Freiwillig hätte ich diese Platzauswahl niemals getroffen. Aber ihm fehlte die Gelegenheit, mich auf mein Verhalten anzusprechen, und so trat ein, was ich mir niemals zu denken erlaubt hatte: Ich hoffte, die Gesellschaft würde uns ablenken und lange bleiben. Mir graute vor der Konfrontation mit ihm. Wir hatten es geschafft, einen riesigen bunten Elefanten zwischen uns zu bugsieren, der fröhlich mit einem Hütchen auf dem breiten Schädel da saß und auf die Party wartete.

Dann startete der Fragenhagel: Hast du einen Freund, Leonie?

Wie läuft es bei der Arbeit, Leonie?

Was ist denn mit der Wohnung, Leonie?

Was, ein Bergbauschaden? Wo gibt es denn so etwas?

Willst du denn keine Kinder kriegen?

Darauf folgte dann ein Dossier über die Rolle der Frau in der heutigen Zeit, und dass sie – wenn überhaupt – immer später in die Mutterrolle fand und was für schreckliche Konsequenzen das auf die Kleinen hätte. Welche das genau seien, fragte ich. Ach, du weißt schon, hieß es. Aber das sei schließlich egal, denn ich würde keinen Mann haben und ohne Mann bekäme

Frau bekanntlich keinen Nachwuchs. Zum Schluss die Feststellung: Du scheinst kein glückliches Händchen zu haben, Leonie.

Über den Tisch hinweg sah ich, wie Matteos Kiefermuskeln sich jedes Mal verhärteten, sobald die Sprache auf das Fehlen eines Lebenspartners kam. Auch ich hatte das dringende Bedürfnis, Tante Ingrid unter die Nase zu reiben, dass ich vergeben war und der Mann, der mein Herz höherschlagen ließ, mir gegenübersaß. Aber wir vergeudeten kostbare Momente, weil er mir nicht die Wahrheit sagte und mich sein Geheimnis belastete, weil mir Worte und Mut für die bevorstehende Konversation fehlten. Es kostete mich einiges an Kraft, sie nicht anzufahren. Unter dem Tisch ballte ich die Hände zu Fäusten, und ich war mir sicher, Matteo bemerkte meine Anspannung.

Schließlich faselte sie irgendetwas über das schreckliche Wetter und ihr Rheuma. „Das ist so schrecklich. Immer dieses nasskalte Wetter hier in Deutschland. Hach, wenn wir doch nur überwintern könnten …"

Matteo starrte mich an, ich starrte zurück. Unsere Blicke klebten aneinander wie ein gezogenes Gummiseil. Im Hintergrund blubberte Tante Ingrid, klirrte das Besteck am Geschirr, schmatzte und gluckerte jeder Einzelne vor sich hin. Für Matteo und mich schien die Zeit angehalten zu haben. Wir ergründeten einander. Während er bestimmt einen Grund für mein ausweichendes Verhalten suchte, analysierte ich, wer Matteo Russo für mich war.

Was wir füreinander waren.

Ein Paar? Nur weil wir zweimal miteinander geschlafen hatten?

Wann war man zusammen? Wenn man miteinander redete und keine Geheimnisse voreinander hatte? Pff, auf welches Paar traf das zu? Jeder Mensch hatte Geheimnisse. – Was mich wieder einmal an Jamal erinnerte. Ihn behandelte ich nicht anders als Matteo seine Frau. Oder Ex-Frau. Wie auch immer der Status genau war.

War ich eigentlich schon immer ein hoffnungsloser Fall in Beziehungskram gewesen oder erst, seit mein Hirn seine Dienste verweigerte, sobald Matteo den Raum betrat?

Tante Ingrid rempelte mich an. Der Blickkontakt brach ab, der Zauber war gebrochen.

„Leonie, hör auf zu träumen. – Und sei bitte so gut, gib mir mal die Kartoffeln."

Ich reichte ihr die Schale und mied fortan Matteos Blick.

In Plauderton fuhr Tante Ingrid fort: „Ach, Isabella, meine Liebe, das ist so tragisch mit deinem Handgelenk. Christoph hat mir gerade davon erzählt. Hast du Schmerzen? Deine Knöchel sind ganz geschwollen. Sie sehen grässlich aus, du Arme. Dazu dieser widerliche Orangeton, der so schlimm nach Krankenhaus aussieht. Wie heißt das doch gleich? Jod?" Tante Ingrids versnobte Stimme ließ mich aufhorchen. „Du hast aber auch wirklich Pech in letzter Zeit, Liebes. Erst die furchtbare tragische Sache mit der Fehlgeburt und jetzt der Unfall. Da merkt man wieder einmal, Gesundheit ist das höchste Gut, ich sag's immer wieder. – Also ich kann von Glück reden, dass ich mit der Gesundheit meines Vaters gesegnet bin. Abgesehen von diesem schlimmen Rheuma natürlich. Das Wetter ist eine

Plage, besonders hier im Ruhrgebiet. So etwas gibt es bei uns nicht. Wie dem auch sei, ihr wisst ja, Vater war bis ins hohe Alter in tadelloser Verfassung; hoffen wir auf das Beste." Sie legte eine Hand an ihren massiven Busen und schwelgte für einen Moment in Erinnerungen an den Verstorbenen. Nach einer dramatischen Pause kehrte sie ins Diesseits zurück. Ein melancholisches, aufgesetztes Lächeln umspielte ihre Lippen, als sie zum finalen Schlag ausholte: „Hach, Liebes, wie unglaublich tapfer du mit den Bürden deines Lebens umgehst, einfach bewundernswert. Nie vergeht dein zauberhaftes Lächeln."

Man hätte die Baguettescheiben krümeln hören können. Anscheinend war ich nicht die Einzige, die von der Fehlgeburt bis dato nichts wusste. Alle starrten Isabella an, deren Gesichtsfarbe von ohnehin schon blass zu Weiß wechselte, auf dem sich rote Flecken bildeten. Jeder sah, wie sie um Fassung rang und blitzschnell abwog, wie sie auf diesen Affront reagieren sollte.

„Dein Mund steht offen", flüsterte Onkel Ernst mir in Zimmerlautstärke zu. Mechanisch schloss ich ihn.

„Meine liebste Ingrid, ich danke dir für deine Anteilnahme. Wie du ganz richtig bemerkt hast, teilte das Leben mir in diesem Jahr nicht die besten Karten zu." Sie ergriff Christophs Hand, die er unter dem Tisch garantiert zu Fäusten geballt hatte, und verschränkte ihre Finger mit seinen. Seine Maske bröckelte, Fältchen bildeten sich um seine Augen.

Mit diesem Glück glasierte Isabella ihre nächsten Worte: „Ich freue mich daher umso mehr, dass wir alle heute gemeinsam hier sind, um das Fest der Liebe zu begehen. Ein Fest, dessen höchstes Bestreben ist, füreinander da zu sein, einander Zeit und Liebe zu schenken. Insofern, liebste Ingrid, danke ich dir für die Aufmerksamkeit, die du meiner Person zuteil kommen lässt. Ich versichere dir, sei unbesorgt. Inmitten von liebenden Menschen könnte es mir niemals schlecht gehen. Im Übrigen, diesen hervorragenden Braten haben wir meiner Schwägerin Leonie sowie ...", Isabellas Blick zuckte erst zu mir, dann zu Matteo, der neben ihr saß.

Für einen flüchtigen Moment fürchtete ich, sie würde Freund sagen, doch dann schien sie sich zu besinnen und fuhr unbeirrt fort, „... und meinem Cousin Matteo zu verdanken. Ist er nicht fantastisch? Also der Braten, meine ich. Matteo, du natürlich auch!"

Dafür erntete sie einige zögerliche Lacher. Der Rest einschließlich mir befand sich weiterhin in Schockstarre. Ingrid begutachtete ihre Finger, die ausgespreizt vor ihr auf der Tischdecke lagen wie ein erlegtes Wildtier.

In Plauderton fuhr Isabella fort: „Die beiden waren extra im Sauerland, um diese wunderschöne Tanne zu schlagen. Dafür haben sie einiges auf sich genommen. Beinahe wären sie in einem Schneesturm stecken geblieben, ist das zu fassen? Keine hundert Kilometer von hier entfernt offenbart sich eine ganz andere Welt. Kaum auszumalen, was hätte passieren können. Zum Glück sind sie wohlbehalten wieder nach Hause gekehrt. Ihr merkt, in diesem Jahr ist die Tanne noch einmal etwas ganz Besonderes. Schaut sie euch an. Sie ist prächtig, nicht wahr?"

Die Gesellschaft richtete ihre Aufmerksamkeit auf den geschmückten Baum.

Ich aber musterte Isabella, die sich aufgrund ihres hervorragenden Ablenkungsmanövers unbeobachtet fühlte. Ich sah ihren Schmerz, ihre Verletztheit. Da begriff ich, woher die Besessenheit nach dem perfekten Weihnachtsfest kam. Sie inszenierte ein Bühnenstück, mit dem sie von ihrer Unvollkommenheit ablenken wollte, weil Menschen wie Tante Ingrid aufgrund ihrer Übergriffigkeit schwer zu ertragen waren. Perfektionismus war Isabellas Weg, mit Schicksalsschlägen umzugehen. Ihre Mission: die perfekte Feier, ausgerichtet von der makellosen Isabella Kolb, Gattin des erfolgreichsten Scheidungsanwalts Essens.

Dabei gab es nichts, wofür sie sich hätte schämen müssen. Da war kein Fehler, weil ein jeder Mensch Schicksalsschläge erlitt. Isabella erwiderte meinen Blick, und als ob sie meine Gedanken gelesen hätte und ahnte, wie kurz ich davor stand, Tante Ingrid gehörig die Meinung zu geigen, schüttelte sie kaum sichtbar den Kopf. Ich dachte darüber nach, ihre Bitte zu ignorieren, musterte jeden Einzelnen von dieser verlogenen Sippschaft, bevor ich mich erneut wortlos mit Isabella austauschte. Ich würde die Klappe halten, aber nur, weil ich endlich verstand.

Das Gebrabbel über den Tannenbaum mündete in einen regen Austausch über die köstlichen Speisen. Die Gespräche verloren sich in Belanglosigkeiten, aber ich kannte diese Familie und wusste, ich würde mich erst entspannen, wenn der Letzte von ihnen die Tür von außen geschlossen hatte. Wie Aasgeier lauerten sie darauf, zuzuschlagen, sobald man sich in Sicherheit wähnte, und von den Wunden zu aasen, von denen man glaubte, sie wären geheilt.

„Woher weißt du von der Fehlgeburt?", fragte ich Ingrid, nachdem sich der erste Staub gelegt hatte. Wir löffelten das herrlich fluffige Lebkuchen-Tiramisu, das Matteo und ich am Vortag zubereitet hatten. Als wir für einen Moment in der Küche allein gewesen waren, hatte ich die Creme von Matteos Finger gelutscht.

„Wieso? Ist das etwa ein Geheimnis?"

Ihre gespielte Überraschung widerte mich an. „Na, jetzt nicht mehr", erwiderte ich. „Hat Isabella dir davon erzählt?"

„Natürlich nicht. Wo denkst du hin!" Sie schnaubte. „Als ob mir in diesem Haus jemand etwas erzählen würde. Nichts erfährt man hier ohne hartnäckige Recherche und ...", sie senkte ihre Stimme, „... Verbindungen."

„Wie bitte?"

„Du hast mich schon verstanden, Schätzchen. Tu nicht so unschuldig."

„Was für Verbindungen?" Ich hatte keinen blassen Schimmer, wovon sie sprach.

„Nachbarn natürlich. Es geht doch nichts über anständige Nachbarn."

Ich blinzelte. „In welchem Universum sind Menschen, die intimste Geheimnisse anderer Menschen ausplaudern, anständig?" Tante Ingrid bedachte mich mit einem vielsagenden Blick, der vielleicht besagte: in meinem.

Oder: in unserem.

Oder: In einem, das du nicht kennst.

Die gesamte Situation erinnerte mich auf skurrile Weise an einen billigen, verdrehten Abklatsch des britischen Serienhits *Downtown Abbey*. Wann hatte

Tante Ingrid sich einen Dünkel erworben? Und gab es einen Mengenrabatt? Denn offensichtlich schien sie nicht die Einzige in dieser Familie zu sein, die sich für etwas Besseres hielt. Dabei waren wir alle Kinder des Ruhrgebiets. Auf Kohle geboren. Bergleute.

„Welche Nachbarn?", wiederholte ich.

„Ein guter Reporter verrät nie seine Quellen."

„Ingrid, du bist weder Reporterin noch Detektivin. In der Nachbarschaft gibt es nur eine Frau, die eine Perücke im Suppentopf versenken würde, damit jeder darin Haare findet."

„Welch widerlicher bildlicher Vergleich, Leonie, also wirklich."

Ich atmete durch, denn ich mochte den Vergleich. „Wer?"

„Dazu werde ich nichts sagen." Ihre Lippen verzogen sich zu einem Schmollmund und sie verschränkte die Arme vor ihrem gigantischen Busen, der, sobald sie die Arme zusammenpressen würde, platzte.

„Spielt auch keine Rolle", murmelte ich angesäuert.

Unabhängig davon, woher Tante Ingrid ihre Information hatte: Sie entsprach der Wahrheit. Das allein genügte, um das Verhalten meiner Schwägerin aus einer neuen Perspektive zu betrachten. Sie und mein Bruder hatten ein Kind verloren. Ich eine Nichte oder einen Neffen. Das Wissen versetzte mir einen Stich.

„Leonie, hilfst du mir abräumen?", fragte Matteo über den Tisch hinweg.

„Oh, das wäre sehr nett von euch", bekräftigte Isabella seinen Vorschlag, bevor ich mit einem fadenscheinigen Grund ablehnte.

„Na klar." Mist. Mist. Verdammter Mist.

In der Küche räumte Matteo die Spülmaschine ein, während ich immer wieder ins Esszimmer floh, um das Geschirr einzusammeln. Isabella bestand darauf, dass die übrigen Familienmitglieder sitzen blieben, weil sie sich nur einmal im Jahr in dieser Gesellschaft trafen.

„Du weichst mir aus", stellte Matteo fest, nachdem ich jeden Teller, jedes nicht mehr benötigte Besteckstück und jede Serviette eingesammelt und auf die Arbeitsplatte gestapelt hatte.

„Das kommt dir nur so vor, weil ich angestrengt versuche, den Tag zu überstehen." Und mich redlich bemühte, nicht an die Enthüllungen zu denken, von der ich keine Einzelne hatte kommen sehen. Besonders Isabellas Verlust klang verstörend intensiv in mir nach, mehr noch als die Sache mit Matteos Ex.

„Leonie, bitte. Verkauf mich nicht für dumm." Er legte das Spültuch beiseite und wischte seine nassen Hände über die Hose, um sie abzutrocknen. Da fiel ihm auf, dass sich das an Weihnachten nicht ziemte und griff nach einem Trockentuch. Dann kam er auf mich zu. „Etwas stimmt nicht. Seit heute Morgen bist du verändert."

„Wir hatten viel zu tun, das ist alles. Du weißt, wie sehr mich die Familie stresst. Die Sache mit Isabella ist das beste Beispiel dafür."

„Gestern haben wir keine Gelegenheit ausgelassen, uns zu küssen. Heute bist du unnahbar. Mir ist nicht entgangen, dass du über etwas grübelst." Er trat noch einen Schritt näher und senkte die Stimme: „Weißt du, gestern hätten wir uns in einer Situation wie dieser längst geküsst. Du und ich und die leere Küche ..."

„Ich möchte nicht, dass die Familie von uns erfährt“, antwortete ich wahrheitsgemäß. Zögernd fügte ich hinzu: „Wir wissen selbst nicht, was das zwischen uns ist. Wie sollen wir es anderen erklären?“

„Da gibt es nichts zu klären. Es ist einfach, Leonie: Du und ich.“

Ich atmete tief durch. „Und deine Ehe.“

Kapitel 21 – Die feine Ruhrpottsche Art

Kumpel, der: allerorts ein Mensch, den man mag. Im Pott ein Arbeiter, der Untertage malocht hat. Ist gemeinsam mit seinen Kumpels eingefahren (in den Schacht). Vom lateinischen „companio", wörtlich übersetzt der „Brotgenosse", dessen Begrifflichkeit die Pottler perfektionierten. Zur Pause saßen die Kumpel mit ihren Bütterken zusammen, abends gab's ein Pilsken anne Bude (vgl. auch: Trinkhalle als immaterielles Kulturerbe).

Die Menschen im Ruhrpott gelten als ehrlich und direkt. Passt ihnen etwas nicht in den Kram, knallen sie einem ihren Unmut mit ihrer Kodderschnauze direkt an den Kopp. Das gilt, sobald sie das eigene Haus verlassen haben.

Innerhalb einer Sippe dominierten Geheimnisse und das Ungesagte die Feierlichkeiten, so, wie es sich in jeder gutbürgerlichen Familie gehörte. Dabei verhalten sich die Geheimnisse wie ein Druckkessel. Je heißer sie werden, desto höher der Druck. Wird nichts unternommen, also die Gemüter nicht heruntergekühlt, platzt der Kessel.

Ich war in der Küche geplatzt.

Der Satz war einfach aus mir herausgeborsten, bevor mir die Konsequenzen klar wurden.

Du und ich. – Und deine Ehe.

Und dann hatte ich mich umgedreht, in der festen Absicht, ihn mit dem Scherbenhaufen allein zu lassen. Matteo hatte einen Moment gebraucht, um zu begreifen, dass ich ihm auf die Schliche gekommen war. Dass ich von ebenjener prekären Angelegenheit erfahren hatte, die er unbedingt hatte geheim halten wollen. Dann hatte er mich am Arm gepackt, bevor ich die Tür erreichte und mich gezwungen, ihn anzusehen.

„Lass mich los, wir müssen zurück", hatte ich gezischt.

„Nein, Leonie. Bitte, lass mich erklären."

Ich hörte Panik in seiner Stimme.

Und die zwei Leonies in mir stritten sich. Die eine, wütend auf den Barrikaden: Geschieht ihm recht, diesem ehebrecherischen Hallodri!

Die andere mit zusammengefalteten flehenden Händen: Er mag dich, er will sich entschuldigen, hör ihm zu.

Himmel, wenn das so weiterging, würde ich den Verstand verlieren. Ich schob beide beiseite und konzentrierte mich auf Matteo, der weiterhin meinen Arm festhielt, als befürchte er, ich würde ihm entwischen, sobald er mich losließ.

Aggro-Leonie gewann. „Auf einmal? Wo ich dein Geheimnis gelüftet habe? Da willst du reden? Tja, Matteo, das Problem ist nur, ich will es nicht mehr hören." Ich hatte mich losgerissen. Die Matteo-Fan-Leonie fügte hinzu: „Jedenfalls nicht jetzt. Wir müssen zurück“, wiederholte ich.

„Bitte, Leonie, lass es mich erklären. Die Sache ist erledigt.“

„Weil ihr euch scheiden lasst?“

Er war erblasst und ich hatte mich abgewandt.

Natürlich wollte ich seine Geschichte hören, wollte die ganze Angelegenheit endlich klären, aber nicht so. Nicht hier, nicht mit dieser Wut im Bauch und dem unguten Gefühl, er würde nur mit mir reden wollen, weil er seine Felle davonschwimmen sah. Ich wollte keine erzwungene Aussprache, wenn nebenan Menschen wie Tante Ingrid mit ihren riesigen Lauschlappen zu viel mitbekamen, und ich konnte nicht klar denken. Und erst recht wollte ich nichts sagen, was ich später bereute.

Wir saßen am Esstisch. Matteo mir gegenüber, ich eingepfercht zwischen Tante Ingrid und Onkel Ernst, dem im Sitzen die Augen zufielen, infolge eines massiven Fresskomas. Ob Gott an Weihnachten ein Auge in Sachen Völlerei zudrückte? Wenn nicht, hätten einige hier ein dickes Problem, im wahrsten Sinne des Wortes.

„Dein Handy hat geklingelt, Liebes“, sagte Ingrid im nasalen Tonfall. Hatte ich schon erwähnt, dass ich sie nicht ausstehen konnte? „Ein gewisser Jamal.“

„Du bist rangegangen?“

„Natürlich nicht“, antwortete sie empört. Stimmt, wie kam ich auf den absurden Gedanken, sie könnte sich in private Angelegenheiten einmischen? „Wo denkst du hin? Der Name stand auf dem Display. Es lag gut sichtbar auf deinem Stuhl." Sie reichte mir mein Smartphone, das ich wie die Hälfte der Menschheit stets in der Tasche am Allerwertesten trug. Vermutlich war es mir beim Sitzen rausgerutscht. Wäre nicht das erste Mal.

„Danke", antwortete ich steif.

„Willst du ihn denn nicht zurückrufen? Er hat's zweimal versucht", fügte sie mit vieldeutigem Tonfall und Wimpernklimpern hinzu. „Du verheimlichst doch nicht etwa einen Freund vor uns, Leonie?"

„Das kann ich später erledigen, Ingrid", ging ich beflissentlich über ihre Frage hinweg. „Ich möchte unser Beisammensein nicht mit Telefonaten stören."

Matteo fixierte mich über den Tisch hinweg. Er musste jedes Wort gehört haben.

In dem Moment erschien eine Nachricht von Jamal auf dem Handy:

Ich stehe vor der Villa. Kommst du raus?

Ich starrte die Worte an, bis das Display dunkel wurde. Jamal? Hier? An Weihnachten?

Mir wurde flau. Das hatte bei der Gefühlsduselei, die in der Luft lag, nichts Gutes zu bedeuten. So wie ich das sah, hatte ich nur zwei Optionen: Sitzen bleiben und so tun, als hätte ich die Nachricht nicht erhalten. Solange ich sie nicht anklickte und öffnete, würde sie als ungelesen auf seinem Smartphone angezeigt werden. Später könnte ich unter Bedauern behaupten, ich hätte ihn verpasst und sagen, wie leid es mir täte, dass er extra hergekommen war.

Die Alternative war, sich endlich zu stellen und hinzugehen. Wieder stritten sich die beiden Leonie-Biester in mir, wieder fürchtete ich um meinen Verstand. Wann würde das endlich aufhören?

In derselben Sekunde, in der sich die Frage in meinem Kopf formulierte, kannte ich die Antwort. Ich allein konnte das Chaos endlich beenden.

„Also, ich würde hingehen", mischte sich Ingrid ein. Natürlich würde sie das. Vermutlich würde sie auch – wenn sie zwanzig oder dreißig Jahre jünger wäre – Jamal anbaggern. Möglicherweise war ihr selbst der Altersunterschied egal. Ich traute dieser impertinenten Person alles zu.

„Ja", sagte ich, gefolgt von einem tiefen Seufzer.

„Wer ist denn nun dieser Jamal?"

„Mein Nachbar." Ich erhob mich.

„Aha, dann scheint er etwas Wichtiges mit dir bereden zu wollen, wenn er am ersten Weihnachtsfeiertag hierher kommt."

„Wir haben einen Tagesbruch in der Straße. Das gesamte Haus ist unbewohnbar", erklärte ich ihr. „Ich wohne seit einigen Tagen bei Christoph und Isabella in der Einliegerwohnung. Möglich, dass es um das Haus geht."

„Oder der junge Mann möchte dir etwas mitteilen", schwärmte sie, ohne zu ahnen, wie nah sie mit ihrer romantischen Vorstellung den Nagel auf den Kopf traf.

„Bin gleich wieder da." Als ich den Raum verließ, folgte mir Matteos Blick. Sein Misstrauen stand ihm quer ins Gesicht geschrieben wie eine Spaghetti, die man mit so viel Schwung geschlürft hatte, dass sie auf der Stirn kleben blieb.

An der Haustür holte er mich ein. Die Videoüberwachung verzerrte Jamal zu einer Comicfigur mit riesigem Kopf und winzigem Körper. Er trug eine grobe Strickmütze, die wir letztes Jahr bei einem Weihnachtsbummel, zu dem er mich genötigt hatte, erstanden hatten. Neugierig beäugte er das Tor und das Überwachungssystem, legte den Kopf in den Nacken und sah gen Himmel. Dann hob er eine Hand und fing etwas auf, das sich bei näherer Betrachtung um eine Schneeflocke handelte.

„Leonie."

„Matteo, das ist gerade wirklich schlecht ..."

„Ist mir egal. Du musst das hören, ob du willst oder nicht. Ich will nicht, dass wir erneut auseinandergehen, erst recht nicht so. Du hattest recht. Mit allem. Ich hätte dir von Anfang an die Wahrheit sagen sollen. Das hier ist das letzte Teil, danach kennst du die gesamte Geschichte. – Ja, ich bin noch verheiratet. Dein Bruder ist mein Scheidungsanwalt, aber ..."

„Stopp, ich will das nicht hören!" Mit geschlossenen Augen atmete ich tief durch. Einundzwanzig, zweiundzwanzig.

Etwas freundlicher fügte ich hinzu: „Bitte, lass uns später reden. Ich bin gerade nicht in der Stimmung, deine ...", ich suchte nach den richtigen Worten, weil ich trotz meiner Verletztheit nicht gemein sein wollte, „... Sicht der Dinge zu hören", setzte ich diplomatisch fort. Dann betätigte ich die Anlage, das Tor schwang auf. Deformations-Jamal drehte sich um und betrat erst zögerlich, dann selbstsicher die Einfahrt, bis er aus dem Sichtfeld der Kamera verschwunden war.

Zum Flöckchen hatten sich weitere gesellt. Feuchter Schnee fiel in dicken schweren Tropfen vom Himmel, der auf dem Boden Matsch hinterließ. Zwei Grad würden ausreichen, um die Pampe in zauberhaften Schnee zu verwandeln. Essen war nicht das Sauerland.

„Nur eine Minute. Sechzig Sekunden. Dann hast du alles gehört, was du hören musst", bettelte Matteo.

„Nein! Seit Tagen baggerst du an mir herum und wenn ich denke, alles sei gesagt und in bester Ordnung, erfahre ich, dass du verheiratet bist. Falls du einen Funken Empathie besitzt, kannst du dir nun ausmalen, dass das ein ziemlich ungeiles Gefühl ist. Ich verspreche dir, ich höre mir deine Geschichte an. Aber nicht jetzt."

„Ich …"

„Leonie, endlich!" Jamal kam zur Tür rein. Als er Matteo sah, hielt er inne. „Ich störe wohl?"

„Nein", sagte ich.

„Doch", widersprach Matteo.

„Ich brauche nicht lange. Können wir reden? Es ist wichtig", sagte Jamal und sah uns verwirrt an.

Am liebsten hätte ich ihm vorgeschlagen, eine Nummer zu ziehen. „Wenn es um das Haus geht, dann …"

„Nein." Jamals Blick huschte zu Matteo, dann zurück zu mir. „Um eine …", er suchte nach den passenden Worten, „… private Angelegenheit."

Matteo hob eine Augenbraue. Erst musterte er Jamal, dann mich. Da fiel der Groschen. „Ach, so ist das also", spottete er. „Interessant, Leonie. Du wirfst mir vor, unehrlich zu sein, und hast selbst etwas mit dem am Laufen?"

„Hey hey, schön freundlich bleiben, Mann, ja?"

Mist, das lief eindeutig falsch. Beschwichtigend hob ich die Hände und trat zwischen die beiden. Jamal hörte endlich auf, Matteo anzustarren und atmete tief durch, bevor er sich mir wieder zuwandte. „Seit Tagen versuche ich dich zu erreichen, Leo. Du machst es mir nicht einfach. Was ist los mit dir?“

„Willkommen im Club“, mischte sich Matteo ein. Binnen Sekunden wechselte er die Seiten.

Jamal blieb ungerührt. „Ich habe keine Ahnung, wovon du sprichst, Matthias?“

„Matteo.“

„Also, kein Plan, was du andeutest, aber das hier ist eine Sache zwischen mir und Leonie. Also, ich würde gern kurz mit ihr allein reden.“

Mein Zögern gab Matteo erneut Raum, mir Worte in den Mund zu legen. „Sie will nicht mir dir reden, sonst hätte sie dich nicht zappeln lassen. So schwer zu kapieren?“

Das muss der Richtige sagen, dachte ich bitter.

„Geht's noch?“, zischte ich Matteo an. „Ich kann für mich selbst sprechen!“

Matteo schnaubte. Hinter seiner coolen Machofassade, die mich ganz und gar abtörnte, erkannte ich, wie sehr ihn mein Verhalten und die Anwesenheit eines anderen Mannes, dessen Rolle in meinem Leben er noch nicht recht einzuordnen wusste, traf. „Also?“

„Gib uns ein paar Minuten. Bitte.“ Meine Hand lag auf Matteos Unterarm, bevor ich sie selbst an dieser Geste hindern konnte. Da hatte wohl Fan-Leonie wieder ihre Fingerchen im Spiel. Matteo betrachtete erst meine Hand, dann sah er mir direkt ins Gesicht. In seinem Blick las ich die tiefe Zuneigung zu mir und den

Schmerz, den ich ihm zufügte. Er hielt nichts zurück. Ihm schien scheißegal zu sein, ob Jamal mitbekam, was er für mich empfand.

Das war der emotionalste Schwanzvergleich aller Zeiten.

„Na schön.“ Matteo gab mich mit belegter Stimme frei.

Ich bedeutete Jamal, mir in die Diele zu folgen, damit wir nicht im Eingangsbereich wie die ungebetenen Gäste herumstanden, die wir waren.

„Ich freu mich für dich“, eröffnete Jamal das Gespräch. Verdattert blinzelte ich, was ihm ein Lachen entlockte. „Was denn? Man sieht euch das Glück aus zig Kilometern Entfernung an der Nasenspitze an.“

„Ähm. Das ist es nicht.“

„Ach, du glaubst, ich will dir sagen, ich hätte mich in dich verliebt?“ Jamal grinste noch breiter.

Ich fühlte mich wie ein Honk. „Das, nun, ja, das dachte ich wohl“, stotterte ich.

„Seit Tagen will ich dir sagen, dass ich jemanden kennengelernt habe, Leo.“ Sein Ausdruck wurde weich bei dem Gedanken an diejenige, die sein Herz erobert hatte. „Aber ich muss zugeben, dass mir bisher noch niemand so gekonnt ausgewichen ist wie du. Kurz dachte ich daran, dir einfach eine Nachricht zu schicken, aber das fühlte sich nicht richtig an.“

„Wäre für mich in Ordnung gewesen“, antwortete ich wahrheitsgemäß. „Vermutlich hätte uns das beiden eine Menge Chaos erspart.“

„Möglich. Aber das, was zwischen uns läuft, wollte ich nicht mit einer Textnachricht beenden.“ Nun kam wohl der ernste Teil. „Ich möchte es richtig anstellen,

von Anfang an. Dazu gehört auch ein sauberer Schluss-
strich. Weißt du, wir haben uns bereits im Herbst kennengelernt und seitdem viel Zeit miteinander verbracht. Anfangs war mir nicht klar, wie es sich entwickeln würde. Deswegen habe ich dir nichts von ihr erzählt."

„Bist du verliebt?"

„Schätze schon." Verlegen rieb er sich am Hinterkopf.
Die Mütze rutschte ein Stück hoch und bildete eine
Luftdelle, die unfreiwillig komisch aussah. „Deswegen
müssen wir das, nun, du weißt schon, beenden."

„Klar, verstehe", antwortete ich hastig, bemüht, das
Kind, das längst den Brunnenschacht hinabgesegelt
war, zu retten. Ein bisschen Stolz wollte ich mir bewah-
ren, ein winziges bisschen.

„Dann ist alles okay zwischen uns?"

„Offen gesagt mehr als das", gestand ich ihm. „Ich
komme mir dämlich vor, weil ich fest im Glauben war,
du würdest mir deine Liebe gestehen."

Das amüsierte Funkeln kehrte in seine Augen zurück.
„Hey, ich find dich heiß, liebe Nachbarin."

„Wusste ich's", knurrte Matteo, der wie aus dem
Nichts neben uns stand.

„Hey, Mann ..."

„Spar dir deine Ausflüchte!" Matteo baute sich vor Jamal auf.

„Matteo, nicht!" Wie zuvor an der Tür legte ich ihm
eine Hand auf den Unterarm, doch nun schüttelte er sie
brüsk ab. Ärger lag in der Luft.

„Was glaubst du eigentlich, wer du bist? Tauchst hier
an Weihnachten auf und flirtest meine Freundin an.

Ich warne dich einmal, danach nie wieder: Verpiss
dich!“

Sämtliche Härchen richteten sich auf und mein Magen verwandelte sich in einen eiskalten Klumpen. Die
heitere, scherzhafte Stimmung war ausradiert. Dann
schaltete ich auf Autopilot um, sah mich selbst von außen agieren. Eine andere Leonie ergriff von mir Besitz:
eine ruhige, krisenerprobte, von deren Existenz ich bisher keinen blassen Schimmer gehabt hatte.

„Matteo.“ Keine Frage, eine Ansage. Sein Kopf neigte
sich mir zu, den Blick weiterhin auf Jamal, den auser-
korenen Feind gerichtet, der beschwichtigend die
Hände gehoben hatte. „Jamal hat einen Scherz gemacht. Er hat eine Freundin, von der er mir soeben erzählt hat.“

„Der Scheißkerl baggert dich an, obwohl er eine
Freundin hat?“

Na wunderbar, das funktionierte toll. Ich unterdrückte den Impuls, mit den Augen zu rollen. Stattdessen sagte ich: „Du kannst aufhören, dein Revier zu mar-
kieren. Da läuft nichts. Okay?“ Er sah mich an wie ein
Prüfer, der beim Abschluss seinen Schüler fragte, ob
dieser jemals während seiner gesamten Schullaufbahn
geschummelt habe. Ich zuckte nicht mit der Wimper.

„Was macht der Scheißtyp dann hier? An Weihnachten? Als ob ich das nicht raffen würde.“ Bitterkeit
tropfte aus jedem Einzelnen von Matteo Worten.

„Das kann ich dir erklären“, sagte ich ohne Eile. „Darf
ich?“

Matteo atmete tief durch, dann nickte er.

Jamal nutzte die Gelegenheit, außerhalb seiner Reichweite zu gelangen. „Schätze, das ist mein Stichwort.“ Er

deutete mit dem Daumen Richtung Tür, sah mich aber fragend an, als wolle er sich vergewissern, dass ich in Sicherheit war oder mich sicher fühlte. Obwohl die Situation heikel war, vielleicht sogar auf gewisse Weise bedrohlich, fürchtete ich mich nicht. Matteo würde mir nichts tun. „Ich komm klar, Jamal. Danke, dass du hier warst. Frohe Weihnachten.“

„Danke, dir auch.“ Verunsichert zuckte sein Blick noch einmal von Matteo zu mir. Erneutes Nicken meinerseits. Mit wenigen Schritten war er verschwunden.

„Tschüss“, knurrte Matteo überflüssigerweise, nachdem die Tür ins Schloss gefallen war. Ein eisiger Windzug huschte durch den Flur, bevor abrupt der Kältestrom abriss.

„Das ist wohl meine Schuld“, murmelte ich. „Setzen wir uns?“

Ich deutete auf zwei Sitzhocker, die aussahen, als hätte noch nie jemand auf ihnen gesessen. Weißes glänzendes Leder mit goldenen Sockeln. Todschick.

Wir schwiegen. Matteo kühlte sein erhitztes Gemüt, indem er die nackte Wand anstarrte. In meinem Kopf setzten sich die Puzzleteile zusammen. Ich war eine echte Knalltüte. Wie war ich nur auf den Gedanken gekommen, Jamal hätte sich in mich verliebt? Wie selbstgefällig! Die Kette auf dem Weihnachtsmarkt, von der ich arroganterweise angenommen hatte, sie wäre für mich, hing nun bestimmt an ihrem Hals.

„Du hattest was mit diesem Kerl?“

„Dieser Kerl hat einen Namen. Er heißt Jamal. Wir kennen uns seit einigen Jahren. Matteo, du führst dich auf wie ein liebeskranker Bock.“

„Wart ihr im Bett?“

„Möglich."

„Leonie!"

„Was willst du?! Ich bin nicht diejenige, die vor der Person, in die er sich angeblich verliebt hat, eine Ehe verheimlicht. Ich bin eine erwachsene moderne Frau, die in einer Großstadt und nicht, wie du dir vielleicht wünschst, in einem Kloster in der Walachei lebt. Also ja, wenn du es genau wissen willst, wir hatten was miteinander. Eine Freundschaft mit gewissen Vorzügen, wie man so schön sagt. Wir hatten eine gute Zeit ohne Verpflichtungen. Und wie du nun sehr genau weißt, ist das Extra ab heute Geschichte. Und falls es dich auch noch interessiert, das war es vorher für mich auch schon. Seit ich hier bin, habe ich kaum an ihn gedacht. Ich bin ihm ausgewichen, weil er signalisiert hat, dass er mit mir reden will. Ich dachte, er hätte sich in mich verliebt, was, wie du nun bemerkt hast, das genaue Gegenteil ist. Er hat eine Freundin und besaß den Anstand, mich darüber zu informieren, damit wir offiziell wieder Freunde sind. Nur Freunde. Mehr nicht." Mein Brustkorb hob und senkte sich, als hätte ich einen Sprint hingelegt.

Mit ernster Miene sortierte Matteo das soeben gehörte. „Liebst du ihn?"

Ich schnaubte. „Ich mag ihn – als Freund."

„Du hast gesagt, ich wäre angeblich in dich verliebt."

„Das ist mir rausgerutscht", murmelte ich, an meiner Unterlippe knabbernd.

„Damit eins ganz klar ist: Ich habe mich in dich verliebt, Leonie. Ich will mit dir zusammen sein. Herrgott noch eins!" Verzweifelt raufte er sich die Haare. „Was machst du mit mir? Wie führe ich mich eigentlich auf?"

„Wie ein liebeskr…“

„Ja ja, schon gut!“ Resigniert schloss er die Augen, sortierte seine Gedanken.

Mein Herz weinte. Ihn so zu sehen, schmerzte. Vorsichtig nahm ich seine Hand in meine. Mit tränennassen Augen sah er mich an. Eifersucht und Ärger waren wie weggeblasen. „Das scheint so ein Ding von dir zu sein, den Männern keine Gelegenheit zu geben, die Sachen richtigzustellen“, begann er. „Darf ich nun endlich? Denn danach würde ich dich sehr gern endlich küssen und den Flachpiepen darin zeigen, dass wir beide zusammen sind.“

Ich zögerte, noch immer verschreckt von seinem heftigen Gefühlsausbruch. Das hätte ordentlich nach hinten losgehen können. Was wusste ich schon über Matteo? Vielleicht hätte er meinetwegen eine Schlägerei mit Jamal angefangen. Ich würde es nie erfahren.

„Das geht mir etwas zu schnell“, gestand ich ihm, und weil ich seine Enttäuschung nicht ertragen konnte, fügte ich versöhnlich hinzu: „Eins nach dem anderen, ja?“

Kapitel 22 – Der Wahrheit letzter Schluss

Bedrullje, die: ruhrpottsche Ausdrucksweise. „Da steckse aba mal richtig in de Bedrullje" heißt es, wenn jemand in der Klemme steckt, z. B., weil er sich um Kopf und Kragen redet. Nicht zu verwechseln ist die Bredullje mit der Betragne, die malerische Region mit Nordwesten Frankreichs, die insbesondere durch ihre dramatisch zerklüfteten Felsformationen andeutet, was einem Ruhrpottler bevorsteht, wenn er unrettbar tief in der Bredullje steckt.

Einige Stunden später fanden Matteo und ich uns mit einem Glühwein in den Händen im Wintergarten wieder. In weiter Ferne summte das Stimmgewirr der Weihnachtsgesellschaft wie ein Bienenstock. Ich hatte meinem Bruder heimlich signalisiert, dass wir etwas zu erledigen hatten, vermutlich würde uns nach dem Essen ohnehin niemand vermissen. Der Pflichtteil unserer Weihnachtsfeier war seit Stunden erfüllt. Auch hier waren fleißig Geschenke verteilt worden, die weniger bescheiden waren als die meines Geschenkepatenkindes. Nach dem kurzen Ausflug gestern in die Kirche überstand ich das lieblose Prozedere und die Lästereien gleichmütig. Die eine gute Tat leuchtete hell in meinem Herzen, strahlte die wohl platzierten Bomben meiner Sippschaft einfach nieder.

Die To-do-Liste des diesjährigen Weihnachtsfestes war am Ende angelangt.

Mit einer Ausnahme: uns. Ich war endlich bereit, Matteo zuzuhören.

Vornübergebeugt, die Arme auf den Oberschenkeln, drehte Matteo gedankenverloren den armen Punsch in der Tasse schwindelig, sodass er beinahe über den Rand schwappte.

„Pass auf, dass du dir nicht die Finger verbrühst", warnte ich ihn.

Er blickte auf und schenkte mir ein halbes Lächeln, das seine Augen nicht erreichte. Allein das knisternde Kaminfeuer fehlte für die Melancholie und Romantik, die bedeutungsschwanger in der Luft hingen. Von seinen nächsten Worten hing so viel ab. Reichte unser Verliebtsein als Basis für eine echte Beziehung? Waren wir zu mehr imstande als Frotzeleien und heiße Stunden?

Schließlich begann Matteo zu erzählen, und ich verlor mich in seinen Erinnerungen. Er beschrieb nicht einfach nur, sondern nahm mich mit auf eine Reise in seine eigene Vergangenheit, in ihrer beider Vergangenheit. Dabei vergaß er, dass ich bei ihm war, vergaß, wo er war. Er erzählte meisterhaft seine eigene Lebens- und Liebesgeschichte und das auf eine Weise, von der ich spürte, dass er sie sich selbst zum ersten Mal erzählte. Ich hing an seinen Lippen, lauschte jedem seiner Worten wie einem actiongeladenen Thriller, bei dem es um Leben und Tod ging. Obwohl ich das Ende kannte, wollte ich die Kapitel lesen.

Matteo schmückte den ersten Schultag aus, an dem er seine große Liebe Adriana kennenlernte. Beide Außenseiter, Sprösslinge italienischer Einwandererfamilien, die sich anfangs mit der Sprache schwertaten und Anschluss suchten. Einander fanden sie Halt, Freundschaft und später, als die ersten Gefühle in den Heranwachsenden erwachten, Liebe. Die Art, wie Matteo sie beschrieb, rührte mich. Vor meinem geistigen Auge sah ich die junge Adriana auf einem Aussichtspunkt stehen, das lange dunkle Haar tanzend im Wind, die schlanke Silhouette in einem makellosen schlichten Kleid, ein warmes Lächeln auf den perfekten Lippen, in die Matteo sich ebenso verliebte wie in den Rest dieser Frau. Immer tiefer versank ich in seiner Erzählung, lauschte seinen Worten und begann zu meiner eigenen Überraschung Adriana zu mögen. Ihre Verbindung schien für die Ewigkeit geschaffen.

„Was ist passiert?", fragte ich ihn leise, als er stockte.

Mit dem Blick auf die Tasse gerichtet, rang er um Worte. Egal wie lange es her sein mochte, hier und jetzt streifte die Vergangenheit das Herz der Gegenwart. Ein Flugzeug überquerte den Garten im Landeanflug auf Düsseldorf. Wolkengedämpfte Motoren.

„Wir haben uns auseinandergelebt. Adriana und ich waren neunzehn, als wir geheiratet haben. Unsere Eltern haben nicht gerade Freudentänze veranstaltet, aber da wir volljährig waren, konnten sie die Hochzeit nicht verbieten. Wir wären weggelaufen, wenn sie es versucht hätten. Wir waren jung, unsterblich ineinander verliebt und an manchen Tagen fühlten wir uns wie Romeo und Julia. Besonders, wenn wir mitbekamen, wie unsere Mammas unseretwegen verzweifelten. Sie wussten weder ein noch aus, hatten andere Pläne für uns geschmiedet. Das ist schon merkwürdig. Einerseits wünschen sich Eltern nichts sehnlicher, als dass ihre Kinder erwachsen werden, eine Familie gründen und glücklich bis ans Ende ihres Lebens sind. Aber wenn es so weit ist, dann – na ja, dann finden sie Gründe und Ausreden, warum man warten sollte. Plötzlich klingt es so, als würde die Eheschließung das Leben beenden. So ein Unsinn. Adriana und ich heirateten an einem heißen Junimorgen in Italien, ohne die Familie. Sie trug ein weißes Spitzenkleid, nie hatte sie schöner ausgesehen. Gott, sie war perfekt. Ich konnte mich nicht erinnern, wann ich je glücklicher war als in diesem Augenblick, als ich ihr den Ring an den Finger steckte und in ihre großen nussbraunen Augen sah, für die es nur mich gab.“

Er stockte, nippte an seinem erkaltenden Glühwein und mied meinen Blick. In mir tobte das Gefühlschaos. Ihn so über eine andere Frau sprechen zu hören, schmerzte mich, was rein logisch betrachtet völlig irrational war, denn: Ich war hier, sie nicht. Die beiden waren nicht mehr zusammen. Aber verdammt, seine Geschichte fühlte sich lebendig an.

„Mit jedem Jahr, das verging, erkannten unsere Familien, dass wir glücklich miteinander waren und die richtige Entscheidung getroffen haben“, fuhr er fort. „Wir hatten viele schöne Jahre.“ Ein Lächeln huschte über sein Gesicht, das mit jedem weiteren Satz zu einem Schatten verblasste: „Aber Menschen verändern sich. Sie entwickeln sich weiter. Niemand ist der, der er vor zehn oder zwanzig Jahren war. Jeder entwickelt eigene Interessen, lernt Menschen kennen, die ihn prägen, interessiert sich für Dinge, die den anderen langweilen und umgekehrt. Wenn du mich fragst, ist das mit diesem Wenn-du-sie-wirklich-liebst-dann-interessierst-du-dich-für-alles-was-sie-tut-Ding totaler Schwachsinn. Ich wollte wissen, wie sie ihre Tage verbrachte, aber nicht jedes Detail versetzte mich in Freudensprünge. Und Adriana ging es genauso. Natürlich haben wir versucht, einen gemeinsamen Weg für uns zu finden oder unseren Weg nicht zu verlieren. Denke, das trifft es besser. Wir wollten mit aller Macht festhalten, was wir hatten. Es war so besonders. Eine Trennung schien uns absurd. Aber eines Morgens – ich weiß es noch ganz genau, wir waren im Urlaub in Rom – saß sie weinend auf dem Balkon. Die ganze Stadt lag ihr zu Füßen, der Sonnenaufgang hatte die Dächer orangerot gefärbt, das Gold schimmerte in der Sonne. In diesem Moment begriff ich, dass wir einander nicht mehr glücklich machen konnten. Nicht als Paar, nicht als Liebende, die wir einmal waren. Also haben wir uns getrennt.“ Matteo blickte auf und sah mir direkt in die Augen. „Das war vor fünf Jahren.“

Mit dem Bild der Ewigen Stadt vor Augen brauchte ich einige Herzschläge, um in die Gegenwart zurückzukehren. Moment, seit fünf Jahren lebten sie getrennt?

„Aber“, begann ich, ohne zu wissen, wie der Satz endete. Irgendwo im Hinterstübchen passte die Information nicht zu dem, was ich bisher angenommen hatte. War Matteo nicht vor zwei Jahren ihretwegen abgetaucht?

Matteo schien meine Gedanken zu erraten. „Du hast richtig gehört, wir haben uns vor fünf Jahren getrennt. Du fragst dich, warum wir uns jetzt scheiden lassen?“

Ich nickte mechanisch.

„Das hat zwei Gründe. Der erste und wie ich finde, deutlich wichtigere ist: Wir haben fast unser gesamtes Leben miteinander verbracht. An der Trennung würden wir nicht rütteln, das war für uns beide von Anfang an klar. Aber ohne einander leben, das wollten wir nicht. Wir wurden Freunde und überraschten wieder alle, sogar uns selbst, denn es klappte. Niemand kannte uns besser als wir. Wenn einer Sorgen hatte, war der andere zur Stelle. Rückblickend betrachtet wäre es natürlich klug gewesen, sofort die Scheidung einzureichen. Dann hätten wir einen klaren Strich gehabt, aber wir waren nicht so weit. Die offizielle Scheidung hätte sich angefühlt, als würden wir uns als Menschen voneinander trennen, nicht nur als Eheleute. Als wir dann so weit waren, mussten wir feststellen, dass wir, was die gerichtliche Wartezeit angeht, wertvolle Zeit vergeudet hatten, denn und das ist der zweite Grund: Italien ist ein erzkatholisches Land. Scheidungen sind dort ein Sakrileg. Man muss erst gemeinsam beim Gericht erscheinen und eine Scheidungsabsicht einreichen. Danach sitzt man eine dreijährige Wartezeit ab, bevor schließlich die tatsächliche Scheidung erfolgt. Außerdem“, er hielt inne und schien über seine Wortwahl nachzudenken, „es mag altmodisch klingen, aber das Ehegelübde bedeutet mir viel. Wir haben in einer kleinen Kapelle in den Bergen Norditaliens geheiratet – nur der Pastor, Adriana und ich. Ich wollte mein Wort halten, und ich müsste lügen, wenn ich behaupten würde, dass ein Teil von mir nicht insgeheim doch hoffte, wir würden eines Tages wieder zueinanderfinden. Wie gesagt, wir wussten immer, dass es das Ende war. Aber gegen die Hoffnung ist man machtlos."

Seine Aussage versetzte mir einen Stich, was Matteo mir ansah. „Das war nicht das, was du hören wolltest und nicht die Antwort auf die Frage nach dem Timing. Nun, Leonie. Kannst du dir das nicht denken?"

Ich schüttelte den Kopf, verwirrter denn je. Jeder Satz klang für mich mehr danach, als hätte er mit Adriana die Liebe seines Lebens verloren.

Schließlich stellte er die Tasse beiseite, rutschte auf seinem Sessel nach vorn, ergriff meine Hand und sah mir direkt in die Augen. „Leonie, du bist wirklich ein Blindfisch, wenn du das nicht erkennst. Du bist der Grund."

„Ich?" Mir schwirrte der Kopf. „Aber du hast gerade gesagt, dass du immer gehofft hast, ihr würdet wieder zusammenkommen", setzte ich an.

„Du hörst nicht richtig zu", antwortete er sanft. Jedem anderen hätte ich für diesen Tonfall eine reinhauen wollen, aber Matteos Stimme beruhigte mich. Ich hörte zu.

„Ich sagte, ein Teil von mir hat immer gehofft, wir würden wieder zueinanderfinden. Mir war stets klar, dass das nicht geschehen würde, und sobald ich mich ernsthaft mit der Vorstellung auseinandersetzte, kam ich stets zum selben Schluss: Es wäre nie mehr wie früher. Wir hatten unsere Zeit. Die Menschen, die wir heute sind, gehören nicht zueinander."

Ich ließ seine Worte sacken und erlaubte ihnen, ihre Wirkung in mir zu entfalten. Er hatte Adriana geliebt, aber jetzt liebte er sie nicht mehr.

Nachdenklich kaute ich auf meiner Unterlippe herum. „Eine letzte Sache noch, danach höre ich auf mit meinen Fragen. Du hast deine Scheidung auf den Weg gebracht, bevor du wusstest, dass wir uns begegnen würden. Du wusstest nicht, ob ich Single bin oder dich überhaupt mögen würde. Am ersten Abend habe ich Isabella gehört, wie sie dich warnte, deine Geschichte für dich zu behalten."

„Das ist keine Frage", stellte er lächelnd fest. Vor dem Wintergartenfenstern verwandelte sich der Regen in Schnee. „Die Scheidung ist das Ergebnis einer langen Reise. Unsere Begegnung vor zwei Jahren hat etwas in mir ausgelöst, Leonie. Du bist mir nicht aus dem Kopf gegangen. Zum ersten Mal seit vielen Jahren spürte ich das Verlangen, einem anderen Menschen nahe sein zu wollen. Da war ein Sehnen und Ziehen, diese unwiderstehliche Anziehungskraft, der man sich weder entziehen kann noch will, und ich erkannte, dass ich diese Gefühle für Adriana nie wieder fühlen würde. Plötzlich sah ich das Ende unserer Beziehung deutlich vor mir, und die besagte Hoffnung, nun, die schwieg von jenem Tag an. Also bin ich nach Italien geflogen, wo sie mittlerweile wieder lebt, um mit ihr über die Scheidung zu sprechen."

„Zwei Jahre lang? Ihr habt zwei Jahre lang über die Scheidung gesprochen? Und … Moment. Sagtest du nicht, die Wartezeit würde drei Jahre betragen?", fragte ich tonlos. Fast hätte er mich gehabt. Aber nicht mit mir!

Wie viele Geständnisse, wie viele Überraschungen würden noch kommen?

Matteo stand auf, trat ans Fenster, verschränkte die Arme hinter dem Rücken und sah hinaus. „Schnee an Weihnachten, das gab es seit zehn Jahren nicht mehr. Wer hätte das gedacht?"

Ich trat neben ihn, bebend vor Aufregung und der Kälte, die durch die Fensterritzen kroch. „Sprich mit mir, Matteo", bat ich ihn. „Das letzte Kapitel."

Unsere Arme berührten sich. Durch die dünne Tannenbaumbluse und seinen feinen Strickpulli spürte ich seine Wärme. In der schwummrigen Lichterkettendeko, die den Wintergarten verzauberte, spiegelten wir uns vor dem dunklen Garten. Er nahm meine Hand und verschränkte seine Finger mit meinen.

„Adriana hatte jemanden kennengelernt", fuhr er leise fort. „Sie war sehr glücklich. Ich kam mit meinem Anliegen zur rechten Zeit. Wir freuten uns füreinander, auch wenn ein bisschen Schwermut über das Verlorene unser stetiger Begleiter war. Wir wollten alles einfädeln, ich lernte sogar ihren neuen Freund kennen. Ein alter Klassenkamerad, zu dem ich jahrelang keinen Kontakt hatte. Ist schon witzig, wie klein die Welt ist. Ausgerechnet im Urlaub sind sie sich begegnet, um dann festzustellen, dass sie fast Nachbarn sind." Sein Tonfall verriet, dass die Geschichte nicht gut ausgehen würde, und meine Fantasie schickte mir Schlaglichter übelster Bilder. Ich unterdrückte den Impuls, Matteo ungeduldig zu fragen, was geschehen war.

„Leider hatte sie kein glückliches Händchen. Im Gegensatz zu ihr war mir sofort klar, dass er ein – wie würdest du sagen? – Hallodri war."

Mir kamen eine Reihe von passenden Begriffen in den Sinn: Halunke, Flitzpiepe, Heiopei oder mein Favorit: Pissnelke. Ich hielt die Klappe.

„Sie sprachen von Hochzeit, einer Familie, das ganze Programm. Er wollte ihr ein Haus bauen, einen Garten anlegen, einen Baum pflanzen. Schau nicht so, darüber würde ich nie scherzen. Er versprach, sie auf Händen zu tragen. Dann erfuhr er, dass sie schwanger ist – und hat sie sitzen gelassen. Er ist weggezogen, von jetzt auf gleich. Niemand wusste wohin."

„Vielleicht ist ihm etwas zugestoßen?", fragte ich in der schwachen Hoffnung auf ein Happy End für Adriana und ihr Kind.

„Netter Gedanke. Aber nein, er ist wirklich ein unzuverlässiger Scheißtyp. Immerhin hat er sie das noch wissen lassen. Wenn er mir je in die Finger kommt", knurrte Matteo. Dann riss er sich zusammen, schluckte die Drohung hinunter und wandte sich mir ganz zu. „Leonie, ich konnte nicht anders, ich musste Adriana beistehen. Kannst du das verstehen? Zumindest, bis sie wieder auf eigenen Beinen stand. Und was die drei Jahre angeht: Dein Bruder ist ein ziemlich guter Anwalt. Er meinte, er hätte ein Schlupfloch gefunden. Ich kann mir das kaum vorstellen, aber ich werde der Letzte sein, der sich in seine Arbeit einmischt, erst recht nicht, wenn sie zu meinen Gunsten ausgeht."

Mir schwirrte der Kopf. „Ich … ich weiß nicht. Ja, ich denke schon. Ich – Matteo, klar, ich versteh dich. Die Geschichte ist übel und sie ist die Liebe deines Lebens, aber … darüber muss ich in Ruhe nachdenken. Verstehst du das? Das ist eine krasse Geschichte mit einer Menge Informationen, die ich erst verarbeiten muss.

Eine Jugendliebe, eine Scheidung, ein Kind? ... Meine Güte, was ist mit dem Kind?"

Da strahlte er plötzlich wie die Sonne nach einem Wolkenbruch. „Raffaela ist ein Engel. Die Kleine kommt nach ihrer Mutter, quirlig und blitzgescheit."

„Denkt sie, du bist ihr ...?"

„Sie kennt mich als Onkel. Sie ist zu klein, um zu verstehen, dass ich der Ex ihrer Mutter bin, aber sie weiß, dass ich nicht ihr Vater bin. Leonie, mein Job ist beendet. Adriana geht es gut und Raffaela entwickelt sich prächtig. Die beiden leben nun bei Adrianas Schwester. Die Fronten sind geklärt, so sagt man doch?"

Das ließ mich lächeln. „Ja, sagt man."

Sein sanfter Händedruck erinnerte mich an meine Hand in seiner, und ich sah ihn an, sah ihn einfach an, wie er dort stand. Fragte mich, warum er aus einer herzensguten Sache ein solches Geheimnis gemacht hatte. Die an allem zweifelnde Leonie in mir flüsterte mir zu, dass es keinen Grund gab, die gute Tat zu vertuschen, aber vielleicht einen Haken, ein weiteres Geheimnis. Matteo Russo steckte voller Geheimnisse.

Ich forschte in seinen Blick, suchte darin etwas, das meine Gedanken beruhigte, mich weiterbrachte, mir Vertrauen schenkte. Im schwachen Licht schimmerten seine Augen tiefbraun wie die Erde bei Nacht.

„Ich würde gern ein bisschen allein hier sein", brachte ich schweren Herzens hervor. Eine letzte Hürde musste ich überwinden: mein Misstrauen. Niemand würde mir dabei helfen, erst recht nicht Matteo Russo mit den treuen Augen.

„Bringst du mir eine Decke?"

Mit einem traurigen Lächeln verließ er den Wintergarten. Ich konnte nur erahnen, was in ihm vorging, und horchte in mich hinein. Innerhalb weniger Stunden standen meine Beziehungen Kopf. Jamal hatte unsere Freundschaft auf den Status „platonisch" degradiert, während Matteo mir seine Gefühle gestanden hatte (und ich ihm!). Das allein reichte für einige Abende mit der besten Freundin, vielen Flaschen Wein und dunklen Ringen unter den Augen.

Als Krönung hatte mir Matteo gestanden, dass unsere Begegnung vor zwei Jahren sein Leben verändert hatte. Ich hatte fest angenommen, sie wäre für ihn ein bedeutungsloser One-Night-Stand gewesen.

Aber war das möglich? Besaß eine einzige Begegnung die Kraft, das eigene Leben in andere Bahnen zu bringen? Geschah das nicht immer nur in Filmen oder in Romanen?

Noch während sich dieser Gedanke formte, kannte ich die Antwort: Natürlich war das möglich.

Ebenjene Begegnungen trugen oft die größte Wirkung nach sich. Eine kleine Geste versüßte den gesamten Tag, manchmal erinnerte sich der Empfänger Jahre später an den einen Moment. Die richtigen Worte zur rechten Zeit retten Leben. Oder die Falschen zerstören eines. Würde mein Geschenkepatenkind sich in schweren Zeiten in die Stummelärmchen des Dinos flüchten? Ich wünschte diesem kleinen Menschen inständig, dass die positiven Seiten des Lebens überwögen.

Ich sah in den dunklen Garten hinaus, wo sich in weiter Entfernung weiße Lichtlein verloren, auf die sich eine dünne Schicht frischen Schnees legte.

Vor zwei Jahren hatte es geregnet. Damals fand ich Matteo ziemlich heiß und konnte mein Glück kaum fassen, als der Abend in seinem Bett endete. Wir hatten einige Male in dieser Nacht miteinander geschlafen, hatten die Finger nicht voneinander lassen können. In aller Herrgottsfrühe war ich am zweiten Weihnachtsfeiertag aus dem Haus geschlichen, denn Christoph und Isabella sollten nichts mitbekommen. Ein One-Night-Stand. So hatte es angefangen.

Wie es endete, wussten allein die Sterne.

Aber wie es weiterging, das lag bei mir.

Als Matteo mit einer exquisiten Markendecke aus feinstem Kaschmir zurückkehrte, die er sich wie ein Butler über den Arm drapiert hatte, hatte sich mein Herz einen winzigen Spalt geöffnet.

Ich nahm ihm die Decke ab und zog ihn zu mir in den Sessel. Er stieß einen überraschten Laut aus, als er beinahe mit seinem gesamten Körpergewicht auf mir gelandet wäre. In letzter Sekunde stützte er sich ab.

„Was tust du denn?"

„Dich küssen", erwiderte ich und tat genau das.

Kapitel 23 – Zimtsterntorte mit Puderzucker

Zimtsterne, die: aus Schwaben stammendes Weihnachtsgebäck aus Eischnee, Zucker, Mandeln, Mehl und der namensgebenden Zutat: Zimt. Bereits früh wurden dem Zimt heilkundige Eigenschaften nachgewiesen: entzündungshemmend, antioxidativ, – aphrodisierend. Eine noch durchzuführende Selbststudie hat zum Ziel die aphrodisierende Wirksamkeit in geringer Dosierung, z. B. als Bestandteil einer Tortenverzierung, zu prüfen. Wie sonst lässt sich diese Gefühlsduselei erklären?

„Hier steckt ihr zwei", erklang eine Stimme vom Eingang des Wintergartens.

Matteo und ich hatten uns auf das Sofa gelegt und die Schneeflocken beobachtet, die unaufhaltsam zum Erdboden segelten, wo sie eine Decke über das regenschwangere Grün des Gartens legten, als wollten sie signalisieren: Gönn dir eine Pause, schließlich ist Weihnachten.

Schlaftrunken drehte ich meinen Kopf Richtung Christoph, zu müde, um zu verstehen, vor wem wir offensichtlich kuschelten. Christoph wiederum schien damit gerechnet zu haben, uns beide Arm in Arm vorzufinden. Welche Drohungen er Matteo gegenüber zuvor ausgesprochen hatte, mittlerweile schien er die Sache locker zu sehen. Vielleicht war er meinem guten Beispiel gefolgt und hatte ebenfalls akzeptiert, dass Matteo und ich die Finger nicht voneinander lassen konnten.

Matteo richtete sich auf und zog mich mit sich in die Vertikale.

„Leonie, ich möchte dich um einen Gefallen bitten“, teilte mir Christoph mit.

Müde rieb ich mir die Augen, was beiden Männern ein amüsiertes Grinsen entlockte. Da begriff ich. „Scheiße. Schau ich nun aus wie ein Panda?“

Matteo presste die Lippen aufeinander, um nicht zu prusten. Mühsam brachte er hervor: „Jap. Wasserfeste Wimperntusche wäre gut gewesen.“

„Mist.“ Ich fummelte mit einem Finger unter dem Wimpernkranz rum, in der Hoffnung, den größten Schmier abzubekommen. Das Ergebnis war eine schwarze Fingerkuppe und ein erfolgloser Rettungsversuch, denn Christoph schüttelte weiterhin amüsiert den Kopf. Ich winkte ab. „Kümmere ich mich gleich drum. Was ist los?“

„Isabella möchte Rosalie ein paar Stücke Kuchen vorbeibringen.“

„Schön? Was hat das mit mir zu tun?“

„Würdest du sie begleiten?“

„Ich?“

Christoph nickte.

„Warum?“, fragte ich.

„Es ist ihr wichtig.“

„Aha, und deswegen ist es dir wichtig“, schlussfolgerte ich.

„Ganz genau.“ Er sah zwischen Matteo und mir hin und her, als wolle er sagen: Das wirst du verstehen, wenn ihr einander wirklich liebt.

Ich zögerte. Beim letzten Mal hatte Rosalie mir einen Bären aufgetischt und mir dreist ins Gesicht gelogen, womit sie mich in ihren Zickenkrieg mit Isabella hineingezogen hatte. Zwar leuchtete mir im Nachhinein ein, warum sich die beiden Frauen spinnefeind waren, aber das Klügste wäre, sich rauszuhalten.

„Warum will Isabella ihr überhaupt Kuchen bringen? Ist da Gift drin?“ Matteo stieß mir mit dem Ellbogen in die Rippen. „Aua! – Ja ja, schon gut. Ich bin ja nett. Trotzdem, ich raff’s nicht.“

„Musst du immer alles verstehen? Reicht es nicht, wenn ich dich darum bitte, sie zu begleiten?“, fragte Christoph. „Wirklich, Leonie. Mittlerweile begreife ich, warum Mama das ein oder andere Mal am Rande der Verzweiflung war. Du würdest nicht einmal einen Brief einwerfen, ohne nach dem Warum zu fragen. Was ist das mit eurer Generation?“

„Lass Mama da raus. Ich bin eben neugierig. Sie verhält sich ungewöhnlich. Außerdem lass ich mich ungern instrumentalisieren.“

„Du wärst eine gute Detektivin geworden“, sagte er mit resigniertem Spott. „Am besten in England. In so einem alten Cottage mit einem kleinen Rosengarten.“

„Pappnase. Da gibt's kein Internet. Wie dem auch sei, ich begleite Isabella und trage den Kuchen. Aber dann will ich den Rest des Abends nichts mehr mit Weihnachten zu tun haben."

„Ich habe eine Wassermelone getragen", zitierte Matteo kaum hörbar neben mir das bedeutende, aber wenig geistreiche Filmzitat aus *Dirty Dancing*.

Wir sahen einander an, bierernst, dann prusteten wir los. Mein Bruder kapierte nichts. Er schnaubte und verließ kopfschüttelnd wegen unseres kindischen Benehmens den Wintergarten.

Nachdem wir uns wieder eingekriegt hatten, stand ich auf. „Ich restauriere mein Make-up, dann kümmere ich mich um den Gefallen. Vielleicht fällt Isabella aus der Lippe, warum sie ausgerechnet ihrer Feindin Kuchen schenken will. Ich muss zugeben, ich bin neugierig."

„Na dann, ran ans letzte Geheimnis." Zur Ermutigung legte Matteo die Arme um mich, zog mich an sich und küsste mich stürmisch.

Schwer atmend löste ich mich. „Hey, wofür war das denn?"

„Nur für den Fall, dass dich die Drachin auffrisst."

„Ich hatte gehofft, sie steht auf Zimtsterntorte. Die ist schließlich Weltklasse."

Matteo grinste sein Schuljungengrinsen. „Einen Versuch war's wert."

Schweigend liefen wir die menschenleere Straße entlang: Ich den Wassermelonenkuchen aka die Zimtsterntorte tragend, Isabella eine ernste Miene, passend zu ihrer Gipsschiene. Ich, die ewig sinnsuchende Single-Lady, die auf bestem Weg war, von einer heißen Freundschaftseskapade in eine handfeste Romanze zu schlittern. Sie, die gesetzte Verheiratete mit zu viel Kummer und Schmerz im Herzen und Gesichtszügen aus Marmor.

Was für ein Bild wir abgeben mussten!

„Liebst du ihn?"

Isabellas Frage erwischte mich eiskalt. Sie sah mich nicht an, ging einfach weiter, als hätte sie festgestellt, dass es schneite oder mich fragte, wie mein Tag gewesen wäre. Small Talk. Ich hingegen blieb wie angewurzelt stehen. Nach einigen Metern bemerkte sie meine Abwesenheit und drehte sich um.

„Hätte ich nicht fragen dürfen?"

„Weiß nicht", antwortete ich wahrheitsgemäß.

„Ob du ihn liebst?"

Ich schüttelte den Kopf. „Ob ich die Frage von dir hören möchte."

„Ah, hätte mich gewundert, wenn du etwas anderes gesagt hättest", meinte Isabella. „Wir hatten einen schlechten Start."

Wie bitte? Ich musste mich verhört haben. Skeptisch musterte ich sie und versuchte es mit einem meiner Sprüche. „Wer bist du und was hast du mit meiner Schwägerin gemacht?"

Mit der gesunden Hand massierte sie ihre Nasenwurzel. „Das ist typisch für dich, Leonie. Jemand ist freundlich zu dir und du wehrst ihn ab. Mach nicht den gleichen Fehler bei Matteo. Nicht, wenn er dir wirklich etwas bedeutet. Wir haben gesehen, wie ihr euch anschaut. Versau es nicht."

„Komisch, Christoph sagte so etwas zu Matteo.“

„Natürlich. Du bist seine Schwester, er möchte dir Kummer und Leid ersparen. Er will das für dich, was ich für Matteo will. Er hat genug durchgemacht.“

„Wenn dir sein Seelenheil so viel bedeutet, warum hast du ihm den Mund verboten? Was seine Vergangenheit angeht, meine ich. Hätte er von Anfang an offen mit mir geredet, wäre uns eine Menge Drama erspart geblieben.“ Und auch ein paar Tränen, ergänzte ich in Gedanken.

„Dass ausgerechnet du das nach heute fragst, überrascht mich. Du hast miterlebt, wie die Familie sein kann. Das intimste Geheimnis wird ausgegraben und dort platziert, wo es den größtmöglichen Schaden anrichten kann. Ob absichtlich oder nicht, sei mal dahingestellt.“

„Was das angeht“, ich rang nach Worten, „es tut mir so leid. Ich wusste nichts von eurem Verlust.“

„Danke.“

Schweigen. Fußstapfen im Schnee. Am Ende der Straße thronte Rosalies Stadtvilla, funkelte und glitzerte in der Dunkelheit wie ein Stern.

„Ja, ich liebe ihn“, hörte ich mich zu meiner eigenen Überraschung sagen. „Verdammt, ja.“

Ein Lächeln huschte über Isabellas Gesicht. Sie sah sehr hübsch aus, wenn sie lächelte. Ich konnte nachvollziehen, warum mein Bruder sich in sie verliebt hatte und ja, die Gutmensch-Leonie in mir begann, sie zu mögen.

Bevor ich weiter darauf herumdenken konnte, wie schräg das alles war, fragte sie plötzlich: „Wo ist das Problem? Traust du ihm nicht?“

„Das ist es nicht. Na ja, jedenfalls nicht nur ...“

Also erzählte ich ihr von unserem Techtelmechtel vor zwei Jahren und dass wir seitdem keinen Kontakt hatten. Davon, dass ich der festen Meinung gewesen war, Matteo Russo wolle nichts von mir, aber mich seine Flirterei von Anfang an ins Schleudern gebracht hatte, bis ich mich schließlich entscheiden musste, ob ich die Vergangenheit hinter uns lassen wollte oder nicht. „Aber irgendwo zwischen Sauerland und Kartoffelsalat ist mir klar geworden, dass unsere Begegnung der Anfang war. Der Anfang sein könnte.“

„Von etwas Großem“, ergänzte Isabella.

Ein leicht irres Lachen entfloh mir. „Ganz genau. Scheiße, das klingt megakitschig. Keine Ahnung, was mit mir los ist.“

„Du hast es gerade selbst gesagt: Du bist verliebt. Da sagt und tut man Dinge, die nicht immer rational sind und die meistens von Außenstehenden wenig nachvollziehbar sind.“

„Ehrlich gesagt macht mir das eine scheiß Angst“, gestand ich, und erneut erstaunte mich, mit wem ich hier so offen über meine Gefühle redete. Vielleicht hatte unsere Familie doch an einem Alien-Austausch-Programm teilgenommen, sodass nun irgendwo im All jemand das Vergnügen mit meiner Schwägerin hatte. Arme Socke.

Wir erreichten das Tor. Bevor Isabella anklingelte, hielt sie mich zurück und sagte: „Leonie, die Angst vor dem Verletztwerden gehört dazu, das ist die Schattenseite der Liebe. Aber nur wenn du bereit bist, sie mit ihrer Dunkelheit anzunehmen, wirst du die Chance erhalten, alle Facetten der Liebe zu entdecken. Für mich ist sie das größte Abenteuer, das ein Mensch in seinem Leben erfahren darf. Eine Wanderung, an deren Ende ein erfülltes Leben wartet. Der Gedanke gibt mir in schweren Zeiten Kraft. Wir haben eine ziemlich anstrengende Zeit vor uns. Das Leben besteht nicht nur aus Höhen und weißt du was? Das ist auch gut so! Gäbe es nur Hochphasen, nur Positivität, würden wir das Gute nicht wertschätzen. Wir müssen schlechte Erfahrungen sammeln, damit wir das Glück erkennen, wenn es anklopft. Unsere derzeitige Lage sehe ich als holprige Steigung. Wir müssen sie langsam angehen, aufpassen, wohin wir treten und durchhalten. Am Ende werden wir sie gemeinsam überwinden, auf das Tal zu unseren Füßen hinabblicken und die Aussicht genießen – gemeinsam. Davon bin ich fest überzeugt."

Von ihren Worten ergriffen umklammerte ich die Wassermelonentorte. Meine Schwägerin strahlte eine Ruhe und Kraft aus, die ich in der Form zum ersten Mal an ihr entdeckte. Sie glaubte, was sie sagte, und dieser Glaube gab ihr Halt. Dann drückte sie auf den Klingelknopf und der Zauber war jäh verflogen, ehe ich die Gelegenheit bekam, auf ihre Worte einzugehen.

Sekunden später fanden wir uns im Entree der Villa wieder. Dort standen wir Rosalie gegenüber, die ebenso überrascht über Isabellas Wandlung wirkte wie ich. Skeptisch beäugte sie die Torte. Der Höflichkeit halber bot uns Rosalie etwas zu trinken an, bedeutete uns allerdings, ihr in die Küche zu folgen. Im Wohnzimmer saß die Familie beisammen.

Ich fragte, ob die beiden allein sein wollten, aber Isabella winkte ab. „Wir halten uns nicht lange auf, Rosalie."

„Schön." Ihre Lippen waren ein dünner Strich, die Arme vor der Brust verschränkt. „Was kann ich für dich tun, Isabella?"

Immerhin bemühte sie sich um eine freundlichere Formulierung als das Ruhrpotttypische: Wat willse? Das hätte ich getan. Ich war eben mehr Ruhrpott und weniger Schickimicki.

„Du könntest den Kuchen als Friedensangebot sehen", eröffnete Isabella ihrer alten Freundin frei heraus. Diese beäugte Isabella misstrauisch von Kopf bis Fuß, wobei sie auch am gipsumhüllten Handgelenk hängen blieb, das aus dem weit geschnittenen Cape hervorlugte. Den Ärmel des Mantels hatte Isabella nicht über bekommen. Sie zog ihre Schulterblätter nach hinten. Eine minimale Bewegung, die ich nur wahrnahm, weil sie plötzlich größer wirkte, regelrecht raumeinnehmend. „Rosalie, wir waren so gute Freundinnen."

„Waren." Ihre Lippen waren zu einem Strich verkniffen, was sie gleich fünf Jahre älter aussehen ließ.

„Ich denke, es ist Zeit, das Kriegsbeil zu begraben und neu anzufangen, meinst du nicht?"

Rosalie schien ernsthaft über Isabellas Worte nachzudenken. Vermutlich dachte sie ebenfalls an die guten alten Zeiten zurück. „Woher kommt der Sinneswandel? Hat sie damit zu tun?" Rosalie deutete in meine Richtung. „Ich nehme an, du hast ihr Hintergrundwissen übermittelt?"

Puh, langsam verstand ich, woher der Zwist kam. Beide besaßen die Gabe, ätzend zu sein. Steif und geschwollen, geradezu versnobt. Ich musste mich arg zusammenreißen, den beiden nicht den Kuchen ins Gesicht zu drücken und abzuhauen.

„Ich habe mich mit Leonie unterhalten", antwortete Isabella vage. „Nur das tut nichts zur Sache. Ich möchte kein weiteres Weihnachtsfest wie dieses erleben. Mir reicht's mit den Geheimnissen, mit dem hinterrücks über den anderen reden und ausstechen. Mal ehrlich, was haben wir davon, außer Stress und Neid und schlechten Gefühlen?"

Skeptisch musterte Rosalie uns beide. „Was ist passiert?", fragte sie mich direkt.

„Ähm", begann ich und sah kurz zu Isabella rüber, die mit den Schultern zuckte. „Ich weiß gar nicht, wo ich anfangen soll. Unsere Familie ist schwierig. Sagen wir einfach, dass ein paar Wahrheiten auf äußerst unschöne Art ans Licht gezerrt wurden, die an der großen Festtafel oder im feierlichen Rahmen nichts zu suchen haben. Das war sehr unangenehm. Trifft's das?"

Isabella nickte und ergänzte: „Ich bin müde von all den Heimlichtuereien und hinterrücks gesponnenen Intrigen."

„Wer bist du und was hast du mit Isabella gemacht?", fragte Rosalie mit geweiteten Augen.

Ich prustete in die vorgehaltene Hand, weil sie exakt meine Worte getroffen hatte und ein winziger Schimmer Ruhrpottgöre durch diese akkurat gepflegte Fassade blitzte. Den wenigsten gelang es, die eigene Heimat zu verleugnen.

Dann seufzte Rosalie tief, und ihre starre Abwehrhaltung fiel in sich zusammen. „Vielleicht hast du recht", räumte sie ein. „Es an der Zeit, nach vorn zu blicken.

Aber ich warne dich. Wenn du wieder deine Nummer abziehst, war's das ein für alle Mal mit uns."

„Was für eine Nummer?", wollte ich wissen.

„Dieses Perfektionsmusgehabe, das sie allen in der Nachbarschaft aufdrängt. Das kann sie Ihnen bei Gelegenheit selbst erklären, Sie scheinen einige Zeit bei ihr zu wohnen, wie ich gehört habe. Ich muss nun zurück zu meinen Gästen. Der Kuchen sieht übrigens hervorragend aus, Isabella. Frohe Weihnachten", sagte Rosalie und schickte sich an, die Küche zu verlassen. „Worauf wartest du? Ab in den Kühlschrank damit und raus mit euch."

Sprachlos sah ich ihr hinterher. „Ist die immer so?", wollte ich von Isabella wissen, als ich mir sicher war, dass Rosalie außer Hörreichweite war.

Isabella nickte amüsiert: „Ja, sie hat einen feinen Humor."

„Du hast dich wirklich verändert", stellte ich erneut fest.

„Und du dich", erwiderte Isabella.

„Gefällt mir", sagte ich.

„Mir auch."

Höchstwahrscheinlich würden wir keine besten Freundinnen werden, meine Schwägerin und ich, aber anscheinend waren wir an einen Punkt gelangt, an dem ich ihr nicht mehr zutraute, mir Gift in den Tee zu mischen und nicht mehr das dringende Bedürfnis verspürte, ihr an die Gurgel zu springen. Das war ein Riesenfortschritt.

Wir stellten die Torte in den Kühlschrank, der wie vermutlich bei jeder Familie in Europa an Weihnachten aus allen Nähten platzte, und verließen die Villa.

Auf dem Rückweg erzählte Isabella mir weitere Anekdoten von sich und Rosalie. „Was ist?" Sie blieb auf dem Absatz stehen und sah mich fragend an, weil ich mich nicht rührte. Die jungen Äste bogen sich unter der Last des Schnees. Morgen früh gäbe es ein riesiges Verkehrschaos.

„Ich habe mich bloß gefragt, wie das passieren konnte", konstatierte ich.

„Wie was passieren konnte?"

„Das alles hier. Du, ich. Rosalie und du. Matteo und ich. Jamal. Dieses Weihnachten ist besonders, und ich frage mich, wieso. Es fing alles ganz normal an, also bis zu dem Zeitpunkt, wo diese vermaledeite Straße beschlossen hat, einzustürzen und ich hier bei euch gestrandet bin."

„Christoph hat recht, du hinterfragst sehr viel."

„Ist das schlimm?"

„Im Grunde nicht. Du bist kein Schaf, das der Herde hinterherläuft. Aber lass dir einen gut gemeinten Rat geben, Leonie. Hinterfrag nur die Dinge, die sich schlecht anfühlen, nicht die guten Momente, nicht das Glück. Sei nicht misstrauisch, wenn dich jemand mag, sondern nimm das Gute an. Wenn du zu lange grübelst, zieht es weiter und du merkst erst, was du hättest haben können, wenn es längst außer Reichweite ist. – Du schaust schon wieder so entgeistert, als wäre ich ein Alien. Und jetzt wieder. Weil ich ‚Alien' gesagt habe?"

„Weil du dich mit einem vergleichst."

„Ich habe einen Therapeuten, der sehr kluge Dinge sagt. Dein Glück ist, dass ich dir einige seiner besten

Tipps gratis weitergebe. Weißt du, was ein guter Therapeut kostet?" Ich schüttelte den Kopf. „Eine Menge, Leonie. Eine Menge."

„Okay, cool." Ich wusste nicht, was ich sonst sagen sollte. Die Chucks an meinen Füßen waren durchnässt und zwei Zehen befanden sich kurz davor, abzufrieren. Trotzdem blieb ich, wo ich war.

„Du wirst nie wissen, wohin ein Weg dich führt, wenn du ihn nicht gehst."

„Dafür gibt's Google Maps."

„Aber nicht für die Liebe, Leonie."

Ich nickte, machte aber keine Anstalten, Isabella ins Haus zu folgen.

„Gedenkst du hier draußen zu bleiben? Soll ich dir einen Kakao rausbringen? Oder einen Glühwein?", fragte sie in ironischem Ton.

Ich schüttelte den Kopf. „Gib mir nur einen Moment, ich komm gleich nach."

„Wag es ja nicht, mit den dreckigen Latschen durchs Haus zu laufen."

Blinzelnd sah ich ihr nach, bis die Tür fast ins Schloss fiel. Im letzten Moment sprang ich vor und lehnte sie vorsichtig an, damit sie nicht einrastete.

„Beruhigend, dass du noch du bist, Isabella", murmelte ich in die Nacht hinein.

Da stand ich also nun mit durchweichten Schuhen und Schnee in den Haaren. In mir klangen Matteos Worte nach wie das Rauschen in den Ohren nach einem lauten Konzert. Gefühlstinnitus.

Ich legte den Kopf in den Nacken und sah in den wolkenverhangenen Himmel hinauf, aus dem unablässig dieses weiße Zeug fiel, das bei den meisten Menschen romantische Gefühle auslöste, insbesondere an Weihnachten. Ich wollte mich nicht länger gegen seinen Zauber wehren. Die Stille, die Reinheit, das Knistern und Knirschen bei jedem Schritt. Plötzlich war ich wieder mit Matteo im Sauerland, doch dieses Mal würde ich seine Hand nehmen und wir würden durch den Wald schlendern, die Natur mit jedem Atemzug genießen. Tannenduft und Puderzuckerguss und ein Kuss unter wilden Mistelzweigen. Die Wärme und das Kribbeln im Bauch, das kein Sekt und kein Glühwein der Welt auszulösen vermochte, sondern nur Matteo mit diesem intensiven Blick aus nussbraunen Augen.

Das Bild war so klar, als wäre es real. Sehnsucht erfüllte mich. Mein Herz wusste schon längst, was es wollte.

Ich musste zu Matteo.

Kapitel 24 – Wundersames in der Kissenburg

Weihnachtswunder, das: Ein Wunder, das naturgemäß an Weihnachten geschieht. Gilt bekanntermaßen die Geburt des Heilands in Bethlehem als das größte Weihnachtswunder, wurde der Begriff im Laufe der Geschichte für überraschende Handlungen, die zufällig an Weihnachten stattfinden, zweckentfremdet und nicht zuletzt dank Hollywood verkitscht.

Ich fand Matteo in der von mir okkupierten Einliegerwohnung. Isabellas und mein Versöhnungsausflug zur Nachbarin hatte höchstens eine halbe Stunde gedauert, aber das schien auch den letzten Mitgliedern der buckeligen Verwandtschaft ausgereicht zu haben, um sich unter fadenscheinigen Gründen davonzustehlen. Bis zum Platzen vollgefressen, mit exquisiten Geschenken auf dem Arm und neuem Tratsch im Gepäck, hatten sie sich vom Acker gemacht. Viele würde ich erst nächstes Jahr wiedersehen. Dreihundertfünfundsechzig Tage Ruhe – welch Segen!

Matteo musste jedes Kissen im Haus eingesammelt haben. Jedenfalls entdeckte ich ihn auf einem Kissenberg, auf dem er im Schneidersitz wie eine surreale Version eines yogaverliebten Königs saß. Erwartungsvoll schaute er zu mir auf, als ich den Raum betrat.

„Was zum Geier tust du da? Ist das Sofa so unbequem?"

„Wonach sieht es denn aus?", konterte er und tätschelte die leere Stelle rechts von sich. „Setz dich, es ist herrlich."

„Wie viel Eierpunsch hast du intus?", versuchte ich einen zweiten Anlauf.

„Zwei Tassen. Und ich habe Glühwein getrunken, keinen Punsch, mit dir – du erinnerst dich?"

„Natürlich. Im Gegensatz zu dir scheint diese Menge Alkohol sich nicht auf kuriose Weise auf mein Oberstübchen auszuwirken." Dennoch ließ ich mich auf der weichen Kissenschicht neben ihm nieder.

„Das mag ich an dir, du bist nie um einen Spruch verlegen." Er legte einen Arm um mich. Der Kissenteppichersatzboden war erstaunlich bequem. Wie fluffiger Strand, nur ohne Sand im Po.

„Und ich mag an dir, dass du meine Sprüche aushältst", erwiderte ich.

„Du meinst, ich spiele Spruchtennis mit dir."

Ich lachte. „Das trifft's!"

„Wenn du hier bist", begann er, nachdem wir eine Weile aneinander gekuschelt zeitvergessen unseren Atemzügen und der Stille, die endlich ins Haus eingekehrt war, gelauscht hatten, „heißt das, du hast dich entschieden? Ich war mir nach dem Kuss im Wintergarten unsicher. Wir waren einige Male an diesem Punkt."

Ich rückte ein Stück von ihm ab, um ihn besser ansehen zu können, musterte sein Gesicht und entdeckte schließlich die Andeutung eines hoffnungsvollen Lächelns, das meine eigenen Mundwinkel dazu veranlasste, sich ebenfalls zu heben. Mein Herz fühlte sich so leicht an. Alles an mir fühlte sich leicht an. „Soll ich etwas Kitschiges sagen?", fragte ich leise.

„Gott bewahre. Besser nicht", frotzelte Matteo. „Ich hab Angst, was dabei herauskommt. Wer weiß, welch Poetin sich hinter der knallharten Fassade verbirgt. Hinterher müssen wir dieses Kissenparadies entschmalzen, wenn du richtig loslegst. Der Stoff ist nicht kitschfest."

Ich schnaubte. „Da will man einmal romantisch sein, und dann das!"

„Nur zu", forderte er mit blitzenden Augen.

Sofort wechselte die Stimmung, wie es sonst nur den Wolken in den Bergen gelang. Spannung knisterte in der Luft und plötzlich vergaß ich, was ich sagen wollte, vergaß all die romantischen Dinge, die gerade in meinem Kopf Sinn ergeben hatten. Mir fehlten die Worte, wieder einmal.

Also sagte ich, was mir als Erstes in den Sinn kam: „Ich bin froh, dass du mir endlich alles erzählt hast." Die Kissen hatten schöne geometrische Muster. „Und ... verdammt, ich kann das nicht. Ich hasse Geständnisse und diesen ganzen gefühlsduseligen Kram. Darf ich dich einfach küssen?"

Matteos Lachen spülte meine Nervosität davon. „Unbedingt!"

Mit zwei Fingern hob er mein Kinn an, damit ich ihm in die Augen sah, dann flüsterte er: „Ich find dich auch gut, Leonie."

Der Kuss schmeckte nach Glühwein, Zimt und Neuanfang.

Als mir schwindelig wurde – ob von den Nachwirkungen des Alkohols, Luftnot oder dem Gefühlssturm ließ sich schwer ausmachen – fielen wir in die Horizontale. Matteos Hände strichen über mein Gesicht, meinen Nacken, den Rücken hinab, fanden den Weg unter meine Bluse, doch bevor wir uns nackt auf dem Flauschgebilde wälzten, hielt er inne. Er starrte mich an, als wäre ich das achte, neunte und zehnte Weltwunder zugleich.

„Alles okay?", flüsterte ich, weil lauter zu laut wäre.

„Alles bestens. Es ist nur ... eigentlich wollte ich mit dir endlich einen Film schauen, daher diese urgemütliche Kissenpalette ..."

Ich richtete mich auf und zupfte die Bluse zurecht. „Ich könnte mir zwar auch sehr gut etwas anderes vorstellen, aber ja, ich ahne, was dir vorschwebt und finde die Idee perfekt. Ist ja schließlich kein Anti-Weihnachtsfilm, sondern ein ziemlich weihnachtlicher Weihnachtsfilm mit vielen weihnachtlichen Elementen und einer urkomischen Familie, die noch schrulliger ist als unsere."

Matteo schenkte mir ein schwer verliebtes Lächeln, erhob sich und holte eine abgegriffene DVD hervor. Dann legte er *Schöne Bescherung* ein. Wir lachten uns kaputt, bis die Lungen brannten, wir Seitenstiche bekamen und die Tränen die Wangen hinabkullerten. Aber

noch mehr als Chevy Chases Katastrophensammlung
brachte mich Matteo zum Lachen, der den Film zum
ersten Mal sah und nicht wusste, wohin mit sich.

Und während ich Matteo betrachtete und mir die Tränen aus den Augenwinkeln wischte, schwiegen die letzten Zweifel in meinem Kopf, waren beide Leonies mit
sich im Reinen, und mein Herz war endlich bereit für
das kleine große Weihnachtswunder namens Liebe.

ENDE

Nachwort und Danksagung

Lieber Weihnachts-Mensch, ich hoffe, du hattest beim Lesen so viel Freude wie ich beim Schreiben. Die Entwicklung und Ausarbeitung von *Wer braucht schon Weihnachten?* haben mir unglaublich viel Spaß gemacht. Die Vergleiche sind häufig nach dem Motto „je skurriler, desto besser" entstanden, z. B. die Begriffserläuterung zum „Grubenwasser" in Kapitel acht, wo das tiefergelegte Kultauto mit dem abgesackten Ruhrgebiet verglichen wird. Die Opelwerke in Bochum sind ebenso ein Teil der spannenden und komplexen Ruhrpottgeschichte wie der Bergbau und die Pommesschranke (oder: Manta-Schale).

Das Schreiben von Leonie und Matteos Geschichte hat mich meine Heimat mit anderen Augen entdecken lassen. Sie hat die Liebe zur Region in mir neu entfacht – dafür bin ich unfassbar dankbar.

Dankbar bin ich auch meinen fleißigen Testleserinnen Lidia, Yvette und Babsi. Ihr habt bis zum Ende mitgefiebert, gelacht, gelitten und wurdet nie müde, mir schiefe, mit dem Finger gemalte Herzchen aufs Smartphone zu schicken. Ihr seid die Besten! <3

Maddy – same procedure as every story: <3

Meinem Mann, weil er im Sommer selbst gebackenen Lebkuchen essen „musste". Von wegen, die Supermärkte sind jedes Jahr früher dran! (Übrigens, Lebkuchengewürz ist ganz einfach selbst zusammengemischt!)

Manuela, du hast Glück gehabt: Der Platzhalter weicht einem lieben Gruß und Dank nach Österreich! ;-)

Zu guter Letzt danke ich meiner Agentin, Alisha, und meinem Verlag, dp Verlag, dafür, dass ihr mir die Chance gegeben habt, diese Geschichte zum Leben zu erwecken wie Frankensteins Monster (sorry, ein letzter Vergleich musste raus!). Wir wussten alle nicht so recht, was draus werden würde, aber ich denke, das Ergebnis kann sich sehen lassen!

Wer vom Ruhrpott nicht genug bekommt, dem empfehle ich beizeiten eine Führung beim Weltkulturerbe Zeche Zollverein – gebt unbedingt im Bemerkungsfeld an, dass ihr euch, sofern möglich, als Tourguide einen ehemaligen Kumpel wünscht.